무상검

無常劍

무상검 4

일묘 新무협 판타지 소설

초판 1쇄 찍은 날 § 2002년 9월 10일
초판 1쇄 펴낸 날 § 2002년 9월 20일

지은이 § 일묘
펴낸이 § 서경석

편집장 § 문혜영
편집책임 § 장상수
편집 § 박영주 · 김희정 · 권민정 · 이종민
마케팅 § 정필 · 강양원 · 김규진 · 안진원

펴낸곳 § 도서출판 청어람
등록번호 § 제1081-1-89호
등록일자 § 1999. 5. 31
어람번호 § 제2-0130호

주소 § 경기도 부천시 원미구 심곡1동 350-1 남성B/D 3F (우) 420-011
전화 § 032-656-4452   팩스 § 032-656-4453
E-mail § eoram99@chollian.net

ⓒ 일묘, 2002

값 7,500원

ISBN 89-5505-395-9 (SET)
ISBN 89-5505-478-5 04810

무사귀검

일묘 新무협 판타지

FANTASTIC ORIENTAL HEROES

無常劍

4 ◆검을 들다

도서출판 청어람

◆목

차

보수를 받기 위하여

보수를  위하여

“보수를…….”

뭔가 미진한 느낌에 한마디 더 하려던 유검은 문득 자신의 말이 텅 빈 허공에 홀로 메아리치고 있는 것을 보고 말끝을 흐렸다.

호패천이나 불그스름한 머리칼의 두타는 물론 자신을 에워싼 수십 명의 흑의복면인들 중 어느 누구도 자신의 말에 귀를 기울이지 않았다. 그건 당연했다. 오히려 이해 못할 이야기를 지껄였다고 얼굴을 붉히며 당장 칼밥을 먹이려 달려들지 않은 게 이상할 지경이니까.

자신의 말이 조금이라도 설득력을 지니기 위해서는 마땅히 그 이유를 설명했어야 했다. 물론 화를 안고 있는 불그스름한 머리칼의 두타를 향해 두 주먹을 흔들어 보이면서. 그리고 아주 정중한 어조로.

“잠시 그 소녀를 제게 빌려주시겠습니까? 그녀에게 저의 보수를 받고 나서 다시 돌려드리겠습니다. 물론 그 보수에 합당한 일을 하기 위해서는 당신들과 싸울지도 모르겠습니다만."

물론 그런 말을 할 생각은 추호도 없었다. 설령 한다 치더라도 호패천과 두타 등이 웃으며 순순히 소녀를 내놓고 서로 화기애애하게 손을 흔들며 작별 인사를 나누는 일은 일어나지 않을 것이다.

다만 스스로에게는 억지로나마 고개를 끄덕일 수 있을지 모른다. '화' 를 구하기 위해 싸우려 하는 자신의 행동에 대하여.

화를 구해내야 한다는 생각에 이르자 유검은 한 가닥 쓸쓸한 마음이 들었다.

'나에게 과연 자격이 있는가?'

예전 그녀를 도와주어야 할 때가 있었다. 마교에게 노려졌다는 이유 하나만으로 모든 자유 의지를 박탈당한 채 무림맹으로 끌려갔을 때, 그녀의 아버지조차 강호의 대의라는 말 한마디에 제대로 항변조차 못하고 무력하게 있을 때, 그때 자신은 나섰어야 했다. 최소한 간절히 도움을 바라는 그녀의 눈빛을 외면하지는 말았어야 했다.

무표정한 얼굴의 한 소녀가 무림맹으로 끌려가고 난 후 쏟아져 내리는 폭우와 천둥 번개 속에서 밤새도록 검무를 추었다. 미친 듯이 검을 휘둘렀지만 끝내 잊을 수가 없었다. 소리없는 눈물로 도움을 바라던 한 소녀의 눈빛을.

지금에 이르러 어찌 도와주겠다고, 구해주겠다고 뻔뻔스럽게 말할 수 있겠는가. 그날 자신은 무감각한 시선으로 그녀를 지켜보던 무책임한 관중들 중의 하나였는데.

애당초 그녀를 도와주겠다는 약속을 지키지 못한 것이다.

'약속' 이라는 단어를 떠올리자 유검은 심장의 한 부위가 조각나서 옆으로 미끄러져 버리는 것 같았다. 달콤하면서도 고통스러운 추억과 함께.

어릴 적, 관운장 수염을 한 무서운 할아버지의 손을 잡고 무당산에 오른 꼬마 계집아이가 하나 있었다. 그 또래의 남자 아이가 흔히 그러하듯 그때 유검은 알 수 없는 질투에 휘말려 낯선 환경에 어쩔 줄을 몰라 하는 그 꼬마 계집아이를 울리고 말았었다. 항상 들고 다니던 그 목검으로 계집아이가 품에 꼭 껴안고 있던 인형의 목을 단숨에 잘라 버린 것이다. 그렇게 처음으로 여자 아이를 울리고 말았다.

이후 그 꼬마 계집아이가 품에 꼭 껴안고 있던 인형이 바로 그녀의 부모님이 남긴 유일한 유품(遺品)이란 사실을 뒤늦게 알게 되었을 때, 유검은 약속했었다. 검에 대고 맹서했었다. 두 번 다시 그녀의 그 큰 두 눈에서 눈물은 보이지 않게 하겠노라고.

하지만 유검은 그 약속을 지키지 못했다.

그리고 지금 정신을 잃은 채 자신의 품에 안겨 있는 진여영이란 여인은 어떤가. 이 여인에게도 반드시 시험을 치르겠다는 약속을 어겨 버렸다.

유검은 쓸쓸한 눈빛으로 정신을 잃고 두타의 품에 안겨져 있는 화를 바라보았다.

'나는… 지독한 거짓말쟁이군.'

이런 말을 중얼거리면서도 가슴을 메우는 것이 자책감이 아닌 한 가닥 쓸쓸함이란 것은 참으로 이상한 노릇이었다.

유검의 시선은 하늘로 향했다.

이럴 때 한바탕 커다란 폭우(暴雨)가 쏟아져 내리지 않는 것은 정말 유감이었다.

태양은 자기 탓은 아니라고 변명하며 슬쩍 한 덩이의 구름으로 자기 얼굴을 반쯤 가렸다. 반쯤 남은 햇살로 괜찮냐고, 무척 피곤해 보인다며 제법 친한 친구처럼 위로하기도 했다.

유검은 귀찮았지만 오랜 친구의 말에 대꾸하지 않을 수 없었다.

'나는 괜찮아. 피곤하기는 하지만 내 할 일은 해야지. 그리고… 이번 일은 제법 까다로울 것 같으니 보수는 반드시 많은 값을 쳐서 받아낼 거라네. 그때 술 한잔 사지. 약속하네.'

태양은 그때를 기대하고 있겠다며 호들갑을 떨었고, 유검은 건성으로 고개를 끄덕이며 천천히 청삼을 벗었다. 그리고 안고 있던 진여영을 등 뒤에 업고는 천잠사로 만들어진 그 청삼으로 그녀와 자신을 친친 동여맸다.

양팔의 소맷자락을 허리띠 삼아 꽉 졸라매고 나서 천천히 주위를 돌아보았다.

호패천은 난감한 표정으로 난 모르겠다는 듯 아예 팔짱을 끼고 관망하고 있었고, 아무런 지시를 받지 못한 흑의복면인들은 저마다 침묵 섞인 살기만 증폭시킨 채 주위를 둘러싸고 있었다.

왜 공격해 들어오지 않는지 알 수는 없지만 반드시 싸우게 될 것이라는 사실만큼은 변함없다. 자신이 알고 있는 마교의 무리들은 결코 인심 좋은 동네 할아버지는 아니니까.

주위는 사방이 절벽과 기진(奇陣)으로 둘러싸여진 탓에 바람 한 점 없었다.

다시 구름이 걷히며 태양이 뻔뻔스럽게 웃으며 얼굴을 드러내었다.

하늘로부터 쏟아져 내리는 따가운 햇살은 유검과 마교 무리들 가운데 기묘하게 형성된 침묵을 부풀렸다. 금방이라도 고막을 난타하는 기합들로 폭발해 버릴 듯했다.

새로운 긴장감이 따갑게 피부를 조여오자 유검은 자신도 모르게 미소 짓고 말았다. 이유야 어떻든 곧 벌어질 싸움을 즐길 준비가 된 것이다.

"그나저나… 저 얼뜨기 납치범들은 언제까지 저러고 있을 셈이지? 설마 하니 무림맹의 사람들이 모두 몰려오기를 기다리는 걸까?"

얼뜨기 납치범 중의 하나인 불그스름한 머리칼의 두타는 미적지근하게 변해 있는 현재의 상황을 이해할 수가 없어 눈살을 찌푸렸다. 그가 여태껏 가만히 유검의 행동을 지켜보기만 할 뿐 손을 쓰지 않은 것은 어디까지나 이번 계획에서 그가 맡은 역할이 달랐기 때문이다. 몰려드는 무림맹의 날파리들을 물리치는 것은 어디까지나 호패천의 몫이었으니까.

그 망할 놈의 역할 분담 때문에 짜증스러움이 담긴 살기(殺氣)를 애써 억누르고는 있지만 건방진 애송이의 행동이 눈꼴시다는 것만큼은 확실했다.

여러 가시 엇갈린 사고와 감정들로 인해 우연히 형성되어 버린 침묵의 영토에 돌연 난폭한 진흙 발의 침입자가 나타났다.

유검이 시비를 걸어온 것이다.

"미리 경고하건대 쓴맛을 보고 싶지 않다면 얌전히 그 소녀를 돌려주는 게 좋을 거야."

이 어이없는 협박에 두타의 오른쪽 입꼬리가 귀밑까지 말려 올라갔다. 갑자기 황당한 말을 들었을 때 나타나는 그만의 습관이었다.

"겨, 경고?"

'경고'라는 단어는 자신의 귀로 들어야 할 단어 목록 중에는 포함되지 않았기에 자신도 모르게 사실 여부를 확인해 물었다.

"흠, 불만인 모양이군. 그럼 위협으로 정정!"

"위협?"

"당신이 나보다 한참 나이 많은 늙다리란 건 알지만, 어차피 싸워야 할 적이니까 하대한다고 기분 나빠하지는 말라구."

두타는 자신도 모르게 호패천을 돌아보았다. 방금 괴이하기 짝이 없는 이야기를 들었는데, 과연 자신의 귀가 정상인지 어떤지 의심스러워졌다. 그런 의미가 담긴 행동이었다.

본래 두타는 호패천과 함께 일월교의 사대호법 중 하나였다. 그의 별호는 적발사신(赤髮死神)으로 성품이 괴이하고 잔인하기 그지없어 적은 물론 수하들에게까지 공포의 대상으로 군림하는 존재였다.

그런 그였기에 경고나 위협이란 단어를 함부로 내뱉으며 자신에게 시비 거는 인간이 있다는 것을 믿기 힘들었던 것이다. 설령 적이라 할지라도…….

"이봐, 방금 무슨 말을 들었나? 이 애송이 녀석이……."

적발사신은 제대로 말을 다 잇지 못했다. 뭔가 심상찮은 느낌이 전신을 자극한 탓이었다.

그는 자신도 모르게 천천히 고개를 돌렸다.

유검이 한 걸음씩 다가오고 있었다. 등 뒤에 한 여인을 업은 모습으로. 그 움직임에 따라 금방 내뱉은 말조차 흐르지 못하고 부유해 버릴 듯 답답하기 그지없는 분지의 공기가 천천히 거대한 몸을 일으켜 세워 기지개를 켜기 시작했다.

적발마신은 말로 형언하기 힘든 묘한 이질감을 느꼈다.

머리 속으로는 '별것없는 애송이'라고 생각했지만 도검(刀劍)의 산에서 뒹굴고 살아온 강호의 세월이 그의 전신을 긴장시키고 있었다. 피부에 와 닿는 미묘한 공기의 흐름이 무인으로서의 감각을 일깨우고 있었던 것이다.

‘어째서……?’

그의 눈살이 찌푸려졌다.

‘별것 아니야. …하지만 만일을 위해서.’

내심 그렇게 중얼거리며 전신의 내공을 단전에서 끌어올려 사지백해(四肢百骸)로 운기하기 시작했다. 별것 아니라는 그의 내심과는 상관없이 독문신공인 고목공(枯木功)을 육성까지 끌어올렸다.

더 끌어올려야 된다는 소리가 머리 속에 메아리쳤으나 고목공은 육성에서 멈췄다.

고목공을 육성 이상 끌어올리면 외모가 변해 버린다. 피부 껍질이 마치 마른나무처럼 꺼칠꺼칠해지며 딱딱해져 버리는 것이다. 비록 그 단계부터 도검이 불침하는 효능이 있으나, 애송이 녀석을 상대로 고목공을 육성 이상 끌어올린 모습을 여우 같은 호패천에게 보이고 싶지 않았다. 후일 그에게 놀림당할 것을 걱정해서였다.

하지만 그는 좀 더 자신의 감각을 믿는 편이 좋았다. 수십 년 이상 강호의 칼밥을 먹으며 저절로 갈고 닦여진 무인으로서의 감각을.

휘이이이잉—

돌연 광풍이 일었다.

모래가 섞인 흙먼지와 풀잎들이 허공으로 날리며 시야를 가로막고 요동 치는 공기의 흐름에 순간적으로 상대의 기척을 놓치고 말았다.

‘도대체 어디서 이런 바람이?’

예측할 수 없는 상황의 변화에 적발사신은 불쾌감이 일었다. 더욱 기분이 나빠진 것은, 자기도 모르게 돌연 나타난 이 광풍이 마치 애송이 녀석이 불러낸 것 같다는 착각을 잠시 떠올려서였다.

"흥, 사술(邪術)인가?"

적발사신은 유검이 눈속임수를 펼치고 있다 여기고 가소로움이 담긴 냉소를 터뜨렸다. 이따위 사술로 자신을 속이려 들다니!

흙먼지를 뚫고 느닷없이 하나의 손가락이 나타나더니 전광석화처럼 뻗어 나왔다.

그 손가락이 노리는 곳은 적발사신의 두 눈이었다.

대개의 사람들은 눈을 찌르려 들면 일단 피하고 본다. 그것은 자신의 몸을 지키고자 하는 본능 때문이다. 하지만 적발사신은 그것을 보고도 피하지 않았다. 상승무공을 익힌 무인이란 스스로의 본능을 억제하고 이성의 판단에 따라 절제된 행동을 할 수 있는 비인간적인 족속들이니까.

적발사신은 이미 상황 판단을 끝내놓고 있었다.

애송이가 최종적으로 노리는 것은 자신의 두 눈이 아니라 자기 품속에 있는 소녀다. 그런 적의 의도를 정확히 파악하고 있었던 것이다.

"흥!"

적발사신은 싸늘한 냉소와 함께 쏘아져 오는 손가락을 향해 자신의 웅후한 내공이 담긴 손바닥을 밀어냈다.

손가락의 힘이 아무리 대단하다 할지라도 고목공이 담겨진 자신의 손바닥과 부딪치게 된다면 무참히 부러지고 말 것이다. 애송이 녀석은 그것을 모를 정도로 어리석지는 않을 것이다. 초식을 변화시켜 소녀를 노릴 것이 분명했다. 적발사신은 그 순간의 허점을 노려 단숨에 상대를 쓰러뜨릴 생각이었다.

이와 같은 생각은 특별할 건 못 되었다.

말하자면 그렇게 되어가는 것이 일반적인 상식이고, 최선이며, 마치 위험한 도박 규칙 가운데서 이기는 길을 찾아가는 것과 같은 것이니까.

이는 바둑을 둘 때 수 읽기를 하는 것과 마찬가지였다.

무공이 고강할수록 이런 수 읽기에 대한 폭은 넓었고, 그에 따른 변화에 대해서도 습관적으로 반응하도록 단련이 되어 있다.

물론 적발사신은 스스로의 무공에 대해서 자부심이 강했다. 당연히 스스로의 판단에 항상 확신을 가지고 있었다.

하지만 그로서도 전혀 예측 못한 일이 벌어졌다.

바둑의 고수가 지극히 단순한 단수를 못 본 것처럼, 도박에서 가장 낮은 확률에 돈을 거는 멍청이가 있다는 것을 생각 못한 것처럼, 생명을 걸고 한 판의 도박판을 벌이는 싸움 와중에 스스로 불에 뛰어들어 몸을 사르는 불나방 같은 짓을 하는 놈이 있으리라고는 전혀 예측 못한 것이다.

애송이는 초식을 변화시키지 않았다. 어이없게도 손가락으로 자신의 손바닥을 찌른 것이다. 그리고 그 결과는 더욱 어처구니없는 일이었다. 무쇳넝어리 같은 그의 손바닥이 겨우 상대방의 가냘픈 손가락에 의해 뚫려 버린 것이다.

"으윽―!"

적발사신은 고통의 신음을 흘리며 튕기듯 뒤로 물러서지 않을 수 없었다.

"비겁한……!"

적발사신은 분노하여 소리쳤다. 분명 자신이 예측 못한 예리한 암기에 암습당했다고 생각한 것이다.

상대의 손가락에 의해 자신의 손바닥이 뚫렸다고는 절대 생각할 수 없었다. 그런 일이 가능한 것은 상대의 공력이 자신보다 월등히 높거나, 혹은 강호상에 전설적으로 전해져 오는 이대지공(二大指功) 중의 하나일 경우뿐이다.

전자의 경우는 애송이의 나이로 보건대 믿을 수 없었고 후자의 경우는……

'설마……?'

뒷생각을 잇기도 전에 유검의 손가락이 다시 찔러오고 있었다. 이번에는 그의 인후를 향해서였다.

"이 애송이 놈이—!"

버럭 분노가 치밀어 올라 흙먼지 사이로 모습을 드러내는 유검의 머리통을 향해 냅다 일장을 내려치려 했다.

이 순간 갑자기 손가락이 쭉 늘어나는 것 같았다. 뻗어오던 속도가 갑자기 빨라진 것이다. 별다른 변화도, 특징도 없는 간단한 공격이었지만 일단 빨랐다. 최소한 그가 예측했던 속도보다 훨씬 더.

"빠드득!"

적발사신은 이빨을 갈며 또다시 뒤로 물러날 수밖에 없었다.

애당초 처음부터 그런 속도였다면 제아무리 빠르다 할지라도 미리 예측을 하고 반응을 할 수 있었겠지만 갑작스레 이리 빨라지고 보면 일단은 뒤로 물러설 수밖에 없는 것이다.

적발사신은 자신이 제대로 반격도 못해보고 뒤로 물러선 사실보다 상대의 속셈을 읽지 못했다는 것에 더 화가 치밀어 올랐다.

강호에서 무공을 삼 할, 경험을 칠 할로 삼는 것은 아무리 상승무공을 지녔어도 경험이 일천하면 상대에게 쉽게 무공노수(武功路數)를 읽히기 때문이다. 그리고 그 경험이란 것은 대개 나이와 비례한다.

그런데 눈앞의 애송이 녀석은 오히려 노회하기 그지없는 강호의 늙은 능구렁이보다 더 교활하지 않은가.

그 점을 깨달았으면서도 적발사신은 오히려 그러한 생각을 무시해 버렸다. 애송이 녀석을 인정한다는 것은 그의 자존심이 허락지 않았다.

반발적으로 치솟는 살기.

적발사신의 몸이 부르르 떨었다.

"크아아아아악―!"

괴성과 함께 그의 전신에서 우두둑 뼈마디가 부딪치는 소리가 났다.

그의 몸 안에 잠재되어 있던 내공이 솟구치며 치렁치렁 어깨까지 늘어 내린 그의 불그스름한 머리카락이 하늘로 뻗어 나갔다. 동시에 얼굴과 손등으로 드러난 피부는 쩍쩍 갈라져 흉측한 고목처럼 변해갔다. 고목공을 극성까지 끌어올린 것이다.

이때의 그는 마치 흉신악살과도 같이 두려운 모습이었다. 겁이 많은 사람이라면 보는 것만으로도 심장이 멎어버릴 정도였다. 적발사신이라는 별호가 이 모습으로 만들어진 것이 틀림없었다.

돌연 유검의 신형이 허깨비처럼 흐릿해지더니 대담하게도 적발사신의 품 안으로 뛰어들며 가슴팍을 움켜쥐려 했다. 아니, 그가 안고 있는 소녀를 낚아채려 하였다.

"애송이 놈!"

겁도 없이 바로 뛰어드는 유검의 행동에 적발사신은 분노하면서도 머리는 차갑게 상황 판단을 내리고 있었다.

방심한 적에게서 한두 수 성공했다고 패기만만하게 함부로 적의 품으로 뛰어들다니!

'흥, 애송이 놈! 제법 한 수 한다만, 그게 네 한계다.'

속으로 그렇게 비웃으며 슬쩍 뒤로 물러났다. 아니, 짐짓 물러나려는 시늉을 했다. 조금 전에는 어쩔 수 없이 뒤로 물러설 수밖에 없었지만 이번에는 의도된 유인책이었다.

과연 유검은 젊은 혈기를 이기지 못한 듯 그의 예측대로 성급하게 뒤쫓아오며 자신의 품에 있는 소녀를 빼앗으려 들었다.

적발사신은 상대를 더욱 흥분시키기 위해 버럭 소리를 지르면서 안고 있던 소녀를 훌쩍 위로 집어 던졌다.

과연 그의 예측은 어긋나지 않았다.

소녀가 하늘을 날듯 위로 솟구쳐 오르는 것을 보고 이 애송이 녀석은 무의식적으로 그녀를 향해 손을 뻗는 것이 아닌가. 이어질 자신의 공격은 전혀 꿈에도 생각 못한 듯이.

적발사신은 싸늘한 미소를 지으며 쌍장을 옆으로 활짝 펼쳤다.

유검이 소녀를 향해 손을 뻗는 순간 그의 커다란 두 개의 손바닥은 상대의 머리 양쪽 태양혈을 향해 덮쳐 갔다. 당장 피박살이라도 낼 듯 무시무시한 기세였다.

환포육합(環抱六合).

상대의 양 관자놀이를 향해 박수 치듯 손바닥을 합치는 필살의 초식이었다.

만약 유검이 용케 피한다면 단숨에 달려들어 그의 목을 잡고 비틀어 버릴 생각이었다.

이 순간 유검은 또다시 적발사신의 예측을 벗어나고 있었다.

유검은 전혀 피할 생각을 하지 않았다. 그의 시선은 만 근(萬斤:약 6톤)의 힘을 실어 자신의 몸뚱어리를 분쇄시키려는 적발사신의 두 손바닥이 아니라 흙먼지들 사이로 허공에 둥실 떠올라 있는 화에게로 고정되어 있었다.

자신의 몸뚱어리를 향해 날아오는 적발사신의 쌍장을 마치 나비의 날갯짓 정도로 생각하는 듯 안중에도 두지 않는 태도였다.

유검은 화를 향해 두 발에 힘을 주어 땅을 차고 뛰어올랐다.

퍼억—!

두 개의 커다란 손바닥이 유검의 양 옆구리를 때렸다. 바윗덩어리가 가루로 변해 버리는 듯한 기묘한 타격음이 울려 퍼졌다. 결코 큰 소리는 아니었지만 깊숙한 울림이 있어 듣는 이로 하여금 절로 소름 끼치게 만드는 음향이었다.

유검의 몸에 흐르는 모든 혈액과 체액들이 태풍을 만난 바다처럼 격렬하게 요동 쳤다. 그의 전신은 마치 지진이라도 일어난 듯 부르르 떨렸다. 제아무리 금강불괴에 가까운 몸일지라도 충격받지 않을 수는 없었던 모양이다.

여태껏 경험해 보지 못한 충격에 유검은 정신이 몽롱해지고 시야에 들어온 세상이 마구 뒤흔들리는 경험을 했다.

울컥—!

유검의 입에서 선혈이 뿜어져 나왔다. 주위를 맴도는 광풍에 피안개가 되어 사방으로 뿌려지며 시야를 가렸다.

그 와중에 유검은 가까스로 화의 허리를 단단히 껴안을 수 있었다. 피할 수 있음에도 피하지 않고 무시무시한 공격을 고스란히 몸으로 때운 대가인 셈이다.

"홍!"

적발사신은 땅으로 떨어져 내리는 어리석은 애송이를 향해 코웃음을 치며 그의 복부를 발로 찼다. 동시에 금나수를 펼쳐 소녀를 다시 자신의 품속으로 끌어당기려 했다. 애송이는 자신의 환포육합 초식에 이미 절명했다 여겼기에 그의 행동은 당당하고 여유가 있었다.

하지만 곧 그는 이해할 수 없는 상황에 부딪치고 말았다.

발에 와 닿는 상대의 감촉은 없었고, 무엇보다 소녀를 붙잡았다고 생각한 자신의 손에는 찌이익 하는 소리와 함께 한 조각의 옷자락만 남겨져 있을 뿐이었다.

그리고 광풍의 흙먼지 속에 희미해져 가는 인영의 그림자를 보았다.

이것이 의미하는 바는 애송이 녀석이 자신의 두 손바닥 힘을 맨몸으로 견디고 소녀를 무사히 구출해 갔다는 것이다.

삼척동자도 알 수 있는 이러한 상황을 적발사신은 두 눈으로 보면서도 도저히 믿을 수가 없었다. 도저히 그의 상식으로는 이해할 수가 없었던 것이다.

잠시 자신이 환술에 걸렸다고 판단했다.

그도 그럴 것이 자신의 두 손바닥에 담긴 힘은 무쇳덩어리조차 찌부러뜨릴 정도이니 피와 살로 이루어진 사람의 몸뚱어리로 이를 견뎌내는 상황은 그가 전혀 상상도 해보지 않았던 일인 것이다.

뭐가 뭔지 알 수 없는 멍한 상태는 그리 오래 지속되지 않았다.

유검의 몸뚱어리와 접촉을 가졌던 두 손바닥이 충격의 고통을 처절하게 노래하며 적발마신의 전신을 부르르 떨게 만들었던 것이다.

"크아아아악—!"

참을 수 없는 분노의 발작은 괴성으로 이어졌다.

"이따위 사술(邪術)을!"

이미 오 장여 뒤로 달아나 버린 유검의 뒤를 쫓으려는 순간, 적발사신의 어깨를 잡아 말리는 손이 있었다.

호패천이었다.

第二章

대화를 나누다

유검은 들끓는 기혈을 참을 수 없어 또다시 한 모금의 선혈을 대지
위에 뿜어내야만 했다. 광풍의 분양은 흩어져 주위로 이는 바람은 서
서히 사그라들었다.

유검은 눈살을 찌푸렸다.

'내 몸도 한물 가버렸나?'

적발사신이 들었다면 어이가 없어 가슴을 칠 일이었지만 유검은 내
심 그렇게 투덜거렸다.

사실 진삼원의 일검에 당했을 때야 그렇다 치더라도 두타의 일장에
기혈이 들끓어올라 피를 뿜고 만 것은 이상한 일이었다.

그의 일장에 격중당하는 순간 끌어올린 내공이 급속도로 뒤엉키며
사라져 버렸다. 다시 광풍의 힘으로 사라진 기운을 보충시켰지만, 그
찰나의 순간에 입은 충격으로 말미암아 유검은 선혈을 내뿜고 말았다.

'마교의 무리들답게 지닌 바 무공이 괴이하군.'

예전 주점에서 화에게서 들은 내용이 떠올랐다. 마교의 무리들이 지닌 무공의 괴이함에 대해서였다. 한 번 격중당하고 나면 마치 주화입마당한 것처럼 경맥이 뒤틀리거나 산공독을 먹은 것처럼 내공이 흩어져 버린다고 했던가?

하지만 유검에게는 별달리 소용이 없었다. 사라진 만큼 다시 기운을 채워 넣으면 되니까. 다만 그러한 공격을 연속으로 받는다면 위험할 수 있으니 그 점은 반드시 주의해야 될 것이라 생각했다.

유검은 초록빛 풀잎들 위로 조심스레 화를 내려놓았다.

주위를 돌아보니 흑의복면인들은 아직 공격해 오지 않았다. 아직 명을 받지 못했기에 침묵의 살기를 내뿜으며 포위만 하고 있었다.

적발사신 역시 호패천에게 무슨 소리를 들었는지 일그러뜨린 얼굴로 유검을 쏘아보기만 할 뿐 달려들지는 않았다.

"아직 좋은 상황은 아니지만……."

유검은 소맷자락으로 입가에 흐르는 핏줄기를 닦아내며 중얼거렸다.

"어쨌든 성공이라고 해두자. 그러니까 보수를 받아도 될 것 같은데… 그렇지 않아?"

마지막 말은 화에게였다. 물론 유검은 도톰한 화의 입술이 열리며 흔쾌히 인정하는 말이 나오기를 기대한 것은 아니었다. 정신을 잃고 있다는 것쯤은 이미 알고 있으니까.

다시 말해서, 그녀의 왼쪽 어깻죽지에서부터 가슴 부위까지 옷이 찢겨져 있어 그 사이로 매끈한 속살이 태양 아래 노출되어 있는 것을 보기 위한 핑곗거리로 그녀에게 말을 거는 척한 것은 절대 아니라는 것이다.

　'이건 계산에서 빼야 해. 나는 보수에 관한 권리를 주장한 것뿐이고, 그러다 우연찮게 보게 된 것뿐이니까. 내 잘못은 아니지. 게다가 가슴도 작고…….'

　적절한 평을 내리기 어렵다고 생각하던 중 잠시 사고의 흐름이 정지되어 버렸다. 정신을 잃고 있던 것으로 생각되었던 화의 두 눈이 천천히 떠지고 있었던 것이다.

　무방비 상태에서 흑요석 같은 그녀의 두 눈동자와 마주치자 유검은 당황해서 소리쳤다.

　"아! 딱히 작은 게 아니라……."

　차가워 보이는 그녀의 눈빛에 유검은 창틀의 고드름이 떨어지듯 입을 다물었다.

　유검은 천천히 하늘로 눈길을 돌렸다. 새벽 울음을 준비하며 보름달이 지기만을 기다리는 닭처럼 망연하기 짝이 없는 시선이었다. 하나 곧 진지한 얼굴로 강한 햇살이 불만이라는 듯 눈살을 찌푸렸다.

　"…날씨가 꽤 덥군."

　유검은 곧 귀청을 찢을 듯한 비명 소리를 예감하며 잠시 의식을 다른 세계로 가져다 놓았다. 다시 말해 현실 도피.

　판결을 기다리는 죄수처럼 가슴을 쿵쾅거리며 화의 싸늘한 반응을 기다렸지만, 아무런 조짐이 없었다.

　또르르—

　유검의 이마에서 식은땀이 한 방울 흘러내렸다.

　참을성은 곧 바닥나고 말았고, 유검은 슬쩍 눈길을 아래로 돌렸다.

　시선이 가슴에 이르기도 전에 그녀의 눈길과 마주치고 말았다.

유검은 다시 황급히 고개를 하늘로 향했다.

"오랜… 만이구나."

인사를 건넸는데도 대꾸 한마디 없었다. 그리고 노출된 가슴을 가리려는 동작의 기미조차 보이지 않았다. 별다른 기척이 전혀 없는 것으로 보아 조금 전 눕혀놓은 그대로 그냥 가만히 있는 것 같았다.

눈길을 아래로 돌릴 수도 없고, 말을 걸어도 대꾸조차 않으니 유검은 난감했다.

어떤 강적을 만나더라도, 아무리 불리한 상황에 처하더라도, 설령 당장 목이 달아날 지경에 이르더라도 냉정하게 주위 상황을 판단하고 과감한 행동을 취할 수 있는 유검이었지만 이런 어색한 상황에서는 단지 머리가 텅 비어버린 한낱 멍청이에 불과했다.

'쳇, 아무리 그래도 뭐라고 한마디쯤은 해줘야지. 만약 나와 말 한마디 나누기 싫다면 일어나 가버리면 될 것 아니냐? 왜 그냥 가만히 있는 거지? 마치 아혈(啞穴)이나 마혈(麻穴)이 제압당한 것처럼…….'

떵~!

갑자기 머리 속에서 종소리가 울려 퍼졌다.

아혈과 마혈이라는 두 단어가 쓸데없는 고민과 잡념으로 어우러진 유검의 정신 세계를 단칼에 베어버렸다. 백정이 소를 잡다 갑자기 대오각성(大悟覺醒)한 것처럼 유검의 의식 세계를 온통 진흙밭로 헤집고 다니던 의문들을 이 두 단어가 모조리 없애 버리고 만 것이다.

유검은 두 주먹을 부르르 떨었다.

모든 의문을 풀게 된 기쁨과 이렇게도 쉬운 문제에 대한 답을 이제야 알았다는 스스로의 정신 능력에 대한 회의감이 겹쳐져 당장이라도 자신의 머리통을 쥐어박으며 바보라고 소리치고 싶은 충동 때문이었다.

“휴……”

혼돈의 끝은 한숨으로 끝났다.

유검은 무엇에 대한 긍정인지 연신 고개를 끄덕이며 말했다.

“잠시만 기다려 다오. 곧 혈도를 풀어주마.”

유검은 우선 천잠사로 만든 청삼을 풀어 진여영을 화 옆에 눕혀놓았다. 짐이 하나 더 늘어난 이상, 그녀를 업고 있는 것은 별 의미가 없었으니까.

화는 두 눈을 감고 있었는데, 억제하기 힘든 분노 때문인지 눈꼬리가 파르르 떨리고 있었다. 그리고 은은히 그녀의 얼굴에 홍조가 떠 있었다. 많은 사람들 앞에서 어깻죽지로부터 가슴에 이르는 속살을 드러내고 있으니 부끄럽지 않을 리가 없었다.

‘일단… 보수는 물 건너갔군.’

천잠사로 만든 청삼으로 그녀의 상체를 덮어주며 그렇게 생각했다.

유검은 두 눈을 감고 광풍의 기운을 끌어올렸다. 혹여나 마교의 무리들이 암습해 오지 않을까 염려되어 예민하게 신경을 곤두세웠다.

그 상태에서 화의 정수리 백회혈(百會穴)에 손바닥을 대고 기운을 불어넣었다.

섬세하게 전신의 경락을 더듬어 나가며 제압된 혈도를 풀어 나가다 한 가지 이상한 점을 발견했다. 일단 목 뒤의 아문혈(瘂門穴)과 등 뒤 대추혈(大椎穴)이 제압된 것으로 보여 기운을 예풍의 문양으로 날카롭게 하여 뚫으려 하는데 알 수 없는 기묘한 저항감이 느껴진 것이다. 어떤 독문 수법에 의해 제압된 것인지는 모르겠지만 유검이 알고 있는 점혈 수법과는 사뭇 다른 듯했다.

‘마교의 수법인가?’

무의식적으로 무당파의 해혈(解穴) 수법을 쓰려다 흠칫했다.

'아… 난 파문당했었지.'

유검의 미간이 찌푸려졌다.

본래 어떻게 그 혈도를 제압당했느냐에 따라 해혈 수법이 정해진다. 이는 간단히 말해 크게 두 가지로 나뉜다.

점혈의 기운이 경락을 따라 흐르는 기운의 방향에 순응하느냐, 아니면 역행하느냐를 보고, 또 한 가지는 그 혈도를 제압한 기운의 음양(陰陽) 분배였다. 기운의 음양 분배가 삼 대 칠이냐, 아니면 사 대 육이냐, 아니면 순음(純陰)이냐, 순양(純陽)이냐에 따라 해혈의 수법도 복잡다단하기 그지없어진다. 그래서 독문 수법으로 제압당하게 되면 본인이 아닌 한 쉽사리 풀기 어려웠다.

하지만 무당파와 같이 오랜 전통을 이어받은 명가의 해혈 수법은 특별한 바가 있었다. 얽힌 실타래를 풀어가듯 나름대로 점층적으로 해혈해 나가는 수법이 있는 것이다. 간단함으로 복잡함을 풀고, 무딤으로 예리함을 제압하는 심오한 수법들이 전대의 고수들에 의해 발전되어 있었다. 그것이 바로 전통의 힘이었다.

그러한 무당파의 해혈 수법을 금제당하고 보니 당장 화의 아혈과 마혈을 풀어주는 것이 어렵게 되었다. 그렇다고 곧 혈도를 풀어주겠노라 말해 놓고 그냥 이대로 물러설 수는 없는 노릇!

'이거… 어떡하나?'

유검의 미간은 내 천(川) 자로 고랑이 파이고 그 사이로 식은땀이 두 방울 연달아 흘러내렸다.

이때, 누군가 다가오는 기척이 느껴졌다. 발자국 소리는 없었다. 살기도 없었다. 다만 끌어올린 광풍의 능력으로 기척만이 느껴질 뿐.

눈을 떠보니 호패천이 천천히 걸어오고 있었다.

유검은 내심 안도의 한숨을 쉬며 몸을 일으켰다.

"홋, 예의도 없는 친구들이군. 잠시도 기다려 주지 않다니 말이야."

어쩔 수 없다는 듯 어깨를 으쓱여 보이며 마음에도 없는 그런 말을 했다. 사실은 곤란한 처지에서 벗어날 수 있게 해준 그에게 감사의 말이라도 해주고 싶은 심정이었다.

유검은 그런 내심을 들키지 않기 위해 서둘러 화에게 말했다.

"약속하지. 저들이 왜 너를 노리는지는 몰라도……."

그녀를 안심시키기 위해서였지만 약속이란 말을 꺼낸 것을 곧 후회했다.

'거짓말쟁이로 이미 낙인찍혔는데 이런 나의 말이 먹힐 리가 없지.'

그렇게 생각하면서도 뒷말을 잇지 않을 수 없었다.

"나의 시체를 보지 않고서는 너를 납치해 갈 수 없을 거다. 뭐… 믿지 않아도 할 수 없지만."

처음에는 말의 내용에 진지함과 비장함을 담기 위해 한껏 목소리를 낮춰 깔았지만 뒤로 갈수록 의기소침해져 말끝을 흐리고 말았다.

유검은 두 발을 어깨 넓이로 벌리고 광풍의 기운을 끌어올렸다.

조금 전 두타에게 한바탕 사기극—유검 스스로는 치밀한 심리 공격이라 생각하지만—을 성공시킬 때와는 달리 주위로 이는 바람을 최대한 억제시켰다.

광풍의 기운으로 적의 기척은 알아낼 수 있지만 거동조차 하지 못하고 누워 있는 두 여인의 경우는 다르다. 두 여인을 언제든지 시야에 확보해 두기 위해서는 최대한 바람의 기운을 억제할 필요성이 있었던 것이다.

그리고 또 한 가지 이유는 호패천이 거대한 체구와 위맹해 보이는 외모와는 달리 여우처럼 교활하다는 사실을 알고 있었기 때문이다. 자칫 방심하다가는 어떤 암습이 있을지 모른다.

유검은 두 주먹을 서서히 들어 올려 공격 및 방어 태세를 갖추었지만, 문득 손아귀에 아무것도 쥐어지지 않은 허전함을 느꼈다.

'검이 있다면…….'

검은 등 뒤에 메고 있다. 그것도 보통 검이 아니라 천하의 명검 한천검이다. 하지만 지금 검을 쥘 수는 없다.

그 사실이 유검의 가슴을 허전하게 만들었다.

사실 궐음경이란 검은 책표지의 문양을 터득하여 신비롭고도 강력한 힘을 얻기는 했지만, 이는 한평생 함께한 검과 같지는 못했다. 자신의 깊은 속마음까지 헤아려 주는 오랜 친구인 검처럼 마음대로 믿고 쓸 수 있는 힘은 아니었다. 아니, 정확히 말하자면 그 궐음경의 힘을 제대로 발휘하려면 반드시 검이 필요한 것이다.

'어쨌든… 지금은 싸울 때!'

유검은 검미(劍眉)를 치켜세우며 광풍의 기운을 단전에 갈무리했다.

팍―!

한 점으로 응축된 힘은 거대한 기세가 되어 유검의 주위를 감돌았다.

태산이 서 있는 듯 장엄한 기세 속에 중기(中氣)가 가득한 유검의 일성이 터졌다.

"오라!"

목소리가 웅웅 울리며 바람을 타고 분지 구석구석까지 퍼져 나갔다. 천군만마를 홀로 막아서는 장엄한 영웅의 기세였다.

다가서던 호패천은 이 장여 거리를 두고 걸음을 멈췄다. 고수들 간에는 지척이나 다름없는 거리. 하지만 그에게서 살기나 적의는 보이지 않았다. 게다가 마치 동향(同鄕)의 사람을 만난 듯 친근한 미소라니?

"어이, 그렇게 긴장할 필요는 없어. 싸우기 위해서가 아니라 대화를 위해 온 것이니까."

"대화?"

유검은 이해할 수 없는 단어를 내뱉은 호패천에게 노골적으로 의심의 눈초리를 보냈다.

호패천은 그런 유검의 태도에 아랑곳 않고 친절히 되풀이해 주었다.

"그렇지, 대화! 나는 자네와 대화를 나눠보고 싶다네."

"…검? 칼? 주먹? 어떤 대화를 바라시오?"

"내가 말하는 대화는 검도, 칼도, 주먹도 아니라네."

"그럼… 독(毒)?"

호패천온 자신의 진심을 몰라주는 유검에게 서운한 표정을 지어 보였다.

"내가 말하는 대화는 바로 보통 사람들이 말하는 바로 그 '대화' 일세."

유검은 잠시 생각을 정리하고 나서 믿기 힘든 표정으로 되물었다.

"설마 하니… 입으로 내뱉는… 말로 된 대화?"

호패천은 활짝 웃으며 맞장구쳤다.

"그렇지! 내가 말하는 대화는 바로 그 '대화' 일세!"

"……."

"나는 무의미한 피는 흘리고 싶지 않다네. 그래서 대화를 바라는 것이지."

피를 흘리고 싶지 않다?

강호에 갓 출도한 애송이일지라도 그 말을 액면 그대로 믿지는 않을 것이다. 이럴 경우 강호에서는 그 말을 협박으로 받아들이는 것이 일반적인 관례였다.

그럼에도 유검은 호패천의 말이 전혀 위협으로 들려지지 않아 당혹한 기분을 느껴야만 했다.

싸우려는 투지(鬪志)가 허탈한 기분과 함께 한숨 되어 새어 나갈 것 같아 유검은 서둘러 시비조로 물었다.

"설마 제가 그 말을 믿을 것이라 생각하십니까?"

호패천은 힘차게 고개를 끄덕였다.

"자네는 믿어야만 하네."

그는 주위를 포위하고 있는 흑의복면인들을 손가락으로 가리키며 말을 이었다.

"여기 있는 내 수하들이 한꺼번에 공격해 가면 어떻게 될까? 물론 자네 한 몸은 어떻게든 지켜낼 수 있을지 모르지. 하지만……."

그는 힐끔 풀밭 위의 두 여인을 훔쳐보며 말끝을 흐렸다. 직접적으로 말은 하지 않았지만 그 의미는 명백했다.

유검은 그의 위협에 대한 의미를 곰곰이 되씹지 않을 수 없었다.

만약 양 옆구리에 두 여인을 끼고 전력을 다해 경공술을 펼친다면 어떻게 될까? 광풍의 문양에서 비롯된 바람의 힘을 빌린다면, 그들이 쫓아오지 못할 정도의 속도를 낼 수 있지 않을까?

하지만 내심 유검은 고개를 가로젓지 않을 수 없었다.

우선 이들의 포위망을 뚫는 것은 둘째 치더라도 사방이 십방진과 절벽으로 둘러싸여 있어 단숨에 마교의 무리들을 따돌리고 이 분지를 벗어나기는 어려워 보였다.

둘째로 설령 그렇게 달아날 가능성이 있다 할지라도 두 여인의 안전을 보장하기 힘들었다. 광풍의 힘을 빈다면 상상하기 힘들 정도의 속도를 낼 수는 있겠지만, 정신을 잃은 한 여인과 아혈과 마혈이 제압당해 있는 한 소녀가 그 빠르기의 압력을 견뎌내기는 힘들 것이다.

그러니 두 여인을 양 옆구리에 끼고 바람처럼 날아서 달아난다는 생각은 어쩔 수 없는 최후의 순간에서야 선택할 방법이지 최우선의 상책은 아니었다.

현재는 시간을 끌며 무림맹의 사람들이 빨리 도착하기를 기다리는 것이 가장 최상책이었다.

'그렇다면 대화를 나눈다는 것 자체는 오히려 내가 가장 바라던 바군.'

그리고 만일의 경우를 대비해 화의 혈도를 푸는 것도 시급했다.

유검은 조금 더 여유를 부리기로 결심했다.

느긋하게 팔짱을 끼며 부드럽게 입을 열었다.

"자!"

유검은 느긋하게 팔짱을 끼고 부드럽게 입을 열었다.

"좋습니다. 사람에게는 물론 대화가 필요하지요. 그 의견에 적극 찬성입니다. 다만… 좀 더 화기애애한 분위기가 필요하지 않을까요?"

말과 함께 둘러싼 흑의복면인들을 힐끔거렸다.

일단 시간을 끌기로 결심했기에 유검의 말투는 시비조와 부탁의 중간선상에 놓여져 있었다. 화를 내기도 뭐하고 그렇다고 부탁을 들어주기도 어정쩡한 그런 내용으로 막연히 시간을 끌 생각이었던 것이다.

그런데 호패천의 행동은 뜻밖이었다.

"그야 물론이지!"

호패천은 시원스럽게 고개를 끄덕이며 주위를 향해 손을 휘저었다. 미리 약속이 된 수신호인 듯 흑의복면인들은 썰물 빠져나가듯 일제히 오 장여 뒤로 물러섰다. 적발사신도 못마땅한 듯 잔뜩 얼굴을 찌푸리기는 했지만 군소리없이 순순히 뒤로 물러났다.

'도대체 무슨 속셈일까?'

호패천의 내심을 짐작할 수 없었기에 유검은 긴장의 끈을 늦추지 않으며 예리한 눈빛으로 그의 일거수일투족을 살폈다.

호패천은 어떠냐는 듯 두 손바닥을 펼쳐 보였다.

그의 선의를 믿을 수 없었지만 유검은 흐뭇한 미소를 보여주며 고개를 끄덕여 주었다. 돈 드는 일도 아닌데 군이 미소를 아낄 이유는 없으니까.

유검은 아예 그 자리에 털썩 주저앉았다.

"아주 좋습니다. 이제 대화를 나눠볼까요?"

"좋지, 좋아!"

호패천은 크게 고개를 끄덕이며 유검처럼 이 장여 거리를 두고 가부좌를 틀고 앉았다.

"잘 들어보게나. 이제부터 내가 하려는 말은……."

"잠깐만!"

유검은 호패천의 말을 급히 가로막았다.

"서로 좋은 대화를 나누기 위해서는 맛 좋은 술이 필요한 법입니다. 그렇지 않습니까? 술 없는 대화란 너무 삭막하군요."

어떻게든 시간을 끌려 하는 유검의 속셈이 너무 노골적이라 호패천은 눈살을 찌푸렸다.

"술이라……."

호패천은 피식 웃으며 고개를 끄덕였다.

"그것 좋은 생각이군. 역시 대화를 나눌 때 맛 좋은 술이 없다면 뭔가 허전하지."

유검의 어거지 같은 요구에 맞장구를 치더니 돌연 허공을 향해 외쳤다.

"들었소?"

그 음성에는 심후한 내공이 실려 있어 대기 중의 공기가 우르릉 요동 치는 듯했다.

"이왕이면 당신도 같이 술 한잔하며 대화를 나눠보는 게 어떻겠소?"

유검은 그의 돌연한 행동에 어안이 벙벙해졌다.

'도대체 누구를 향해 소리치는 것일까?

호패천의 내공이 실린 말이 분지 안을 가득 메아리치며 울렸다. 그 여운이 가시기도 선에 포위하고 있던 흑의복면인들 중의 하나가 돌연 대열을 이탈했다.

호패천은 그를 보고 눈빛을 예리하게 빛냈다.

"흥, 설마 하니 수하들 중 하나로 끼어들어 와 있을 줄이야… 혹시 성이 서(鼠)씨 아니오?"

뒷말은 대열을 이탈해 천천히 이곳으로 다가오고 있는 흑의복면인을 향해서였다. 성이 서가라고 물은 것은 쥐새끼처럼 몰래 들어왔음을 조롱한 것이다.

"나의 성은……."

흑의복면인은 검은 두건을 벗으며 입을 열었다.

"진(震)가라오."

그 말에는 내공이 담겨 있지도 않았고, 또한 특이한 내용이 담겨 있지도 않았다. 그럼에도 불구하고 주위의 공기가 싸늘하게 얼어붙었다. 검은 두건이 벗겨지고 각진 얼굴이 나타나자 분지 안에 있던 모든 사람들은 한순간 모든 동작을 멈췄다.

찰나 같은 긴 침묵 뒤에 돌연 앙천광소(仰天狂笑)가 터져 나왔다.

"으하하하하—!"

호패천은 도저히 웃음을 참지 못하겠다는 듯 땅을 치며 데굴데굴 굴렀다. 그런 그의 이빨 사이로 한 사람의 이름이 으깨어진 채 새어 나왔다.

"지, 지, 지사먼……! 푸흐흐흐헤헤헤!"

정말로 우스워서 웃는 것인지, 아니면 좋아서 웃는 것인지, 하여간 정체를 알 수 없는 웃음이었다.

검은 두건을 벗은 사내가 불만 어린 어조로 중얼거렸다.

"발음은 똑바로 해줬으면 좋겠군. 내 이름은 진삼원이라네."

그 한마디는 주위의 공기를 내리누르는 무게를 가졌다.

낄낄거리며 웃음을 참지 못하던 호패천은 돌연 벌떡 일어나더니 진삼원을 향해 위맹한 일권을 날렸다. 거리는 비록 삼 장여 떨어져 있었지만 일권에 담긴 권풍은 먹이를 노리는 맹수처럼 일순간 공간을 뛰어넘어 와락 진삼원을 향해 덮쳐 갔다.

뜻밖의 기습에 진삼원은 눈살을 찌푸리며 역시 마주 일권을 뻗었다.

펑—!

요란한 폭음과 함께 진삼원은 비틀거리며 몇 걸음 뒤로 물러서고 말았다.

위이잉—!

　호패천은 진삼원을 향해 두 번째 권풍을 발출해 내며 벼락처럼 달려들었다. 하지만 곧 자신의 막강한 권풍이 종잇장처럼 허무하게 조각나 버리고 그 뒤를 이어 묵직하면서도 예리한 기운이 몰려오자 이미 짐작했다는 듯 추호의 망설임도 없이 뒤로 물러났다.

　진삼원의 손에 이미 철검이 들려 있는 것을 본 것이다.

　맨주먹일 때는 몰라도 그가 검을 든 이상 홀로 대적한다는 것은 자살 행위였다.

　이때 흑의복면인들 중 몇몇이 황급히 진삼원을 향해 검을 뽑아 달려들고 있었다. 유검과 적발사신이 싸울 때는 명이 없었기에 전혀 미동도 않던 그들이었지만, 직속상관인 호패천이 위급해지자 본능적으로 달려들었다. 이는 직속상관이 임무 수행 중에 목숨을 잃게 되면 수행하던 수하들 모두가 지독한 처벌을 받게 되는 그들의 율법 때문이었다.

　호패천이 흠칫하여 다급히 외쳤다.

　"이 강아지 새끼들아! 물러나! 어서!"

　고함 소리와 함께 품속에서 여간해서는 꺼내 들지 않는 그의 독문병기 건곤권을 주먹에 끼우고 다시 진삼원을 향해 공격해 들어갔다. 원형의 고리에 달린 반달 모양의 날들이 나선형을 그리며 예리한 경기를 쏟아내었다.

　하나의 움직임이 있었다.

　세상이 정지되어 버린 듯한 정적 속에 철검이 허공에 원형의 궤적을 만들어내었다. 그 영역 안에 있던 모든 것들이 저항할 수 없는 거력(巨力)에 모두 분쇄되고 말았다.

　허공에 자욱한 피안개가 뿌려지고 호패천은 허망하게 부서져 버린 자신의 기문병기와 함께 뒤로 튕겨져야만 했다.

달려든 동료들이 한순간에 몰살당하자 포위하고 있던 흑의복면인들
은 살기를 내뿜으며 일시에 달려들려 했다.

호패천은 신형을 안정시키기도 전에 버럭 외쳤다.

"멈춰라!"

흑의복면인들은 일시에 동작을 멈췄다. 몸을 부르르 떨다가 다시 자
신의 자리로 돌아갔다. 그들은 격렬한 증오와 살기, 참을 수 없는 분노
의 소용돌이 속에서도 일절 입을 열지 않았다. 명을 받은 이상 감정이
없는 인형이 되어야만 하니까.

호패천은 이를 바드득 갈며 진삼원을 향해 중얼거렸다.

"진삼원! 검을 들면 하늘조차 막을 수 없다… 가짜는 아니었군."

혹시나 싶어 진위 여부를 가려보기 위해 공세를 취해본 것인데 그
일로 인해 아까운 수하들을 잃고 말았다. 호패천의 말에는 그런 의미
가 담긴 안타까움이 묻어 나왔다.

진삼원은 허리춤의 검집에 자신의 철검을 집어넣으며 고개를 끄덕
였다.

"이번에는 제대로 내 이름을 불러주는군."

조금 전 아무리 적이라고는 하지만 몇 명의 목숨을 잔인하게 앗아간
살인자치고는 너무나 담담한 목소리였다.

호패천은 부서져 버린 자신의 건곤권을 신경질적으로 내팽개쳤다.

"무림맹에서 수작을 부릴 줄은 알았지만, 젠장! 설마 하니……."

진삼원이 있을 줄은 몰랐다는 뒷말은 잇지 않았다. 그 이름 석 자를
부르는 것만으로도 끈적끈적한 불안감이 일어서였다.

호패천은 냉소하며 진삼원에게 물었다.

"자, 속셈을 밝히는 게 어떤가? 우리를 계속 가로막을 텐가?"

진삼원은 약간 미간을 찌푸릴 뿐 대답하지 않았다.

유검은 잔인한 광경과 코를 찌르는 피 냄새에 고개를 돌리고 있었는데, 호패천의 말에 한순간 까닭을 알 수 없는 불안감을 느꼈다.

마교의 무리들이 금역으로 쳐들어와 사람을 납치해 가려는데 막는 건 당연하다. 그런데 호패천은 그 당연한 질문을 왜 묻는 것인가? 또 진삼원은 왜 그 당연한 대답을 말하지 않는 것인가?

의문은 꼬리를 물고 일어났다.

진삼원이 마교 수하들 중의 하나로 변장해 들어가 있었다니? 그렇다면 무림맹은 마교의 행동을 미리 알고 있었다는 말인가? 그리고 호패천의 태도를 보니 그러한 무림맹의 행동을 어느 정도 예측하고 있었던 것 같지 않은가.

따지고 생각해 보니 이상한 점이 한둘이 아니었다.

무수한 천하의 영웅들이 집결되어 용담호혈(龍潭虎穴)로 일컬어지는 이곳 무림맹에서, 그것도 직계 가족늘만 줄입이 허용된다는 금역(禁域)에서 이들 난폭한 마교의 불청객들은 마치 제 집처럼 행동하고 있었다. 사람을 납치하러 온 주제에 어디 놀러 나온 듯 너무 여유있는 태도들이었다. 게다가 진여영 외에는 무림맹의 무사와 마교의 무리들이 서로 싸운 흔적조차 없었다.

설마 하니 하룻밤 새 무림맹이 멸망이라도 해버렸단 말인가?

이는 녹음이 우거진 한여름날 펄펄 하얀 눈이 날리는 광경을 보는 것처럼 참으로 이질적이고도 낯선 광경이었다.

유검은 화를 구해내는 동안에는 이러한 이상한 점들을 애써 무시했다. 하지만 지금 이 순간, 불쾌하기 짝이 없는 의심과 불안감이 의식의 표면 위로 튀어 올랐다. 애써 누르려 할수록 폭주하듯 수많은 의심들이 꼬리를 물었다. 견디기 힘든 혐오감도 함께였다.

'설마… 그럴 리야……'

의식 못하는 사이 유검의 안색은 바윗덩어리처럼 굳어갔다. 한 가지 의심이 확신으로 자리 잡으면서였다.

유검은 천천히 몸을 일으키며 입을 열었다.

"진 대협……"

유검은 애써 자신의 감정을 드러내지 않으려 했지만 고목의 나무껍질처럼 목소리가 갈라지는 걸 막을 수는 없었다.

진삼원은 정신을 잃고 쓰러져 있는 진여영을 힐끔 쳐다보며 말했다.

"의외로군. 자네가 여기 있을 줄은 미처 짐작하지 못했다네."

"하지만……"

여전히 코끝을 찌르는 피 냄새 때문일까? 아니면 강렬한 햇살 때문일까? 유검의 찌푸려진 미간은 펴질 줄을 몰랐다.

"하지만 마교에서 저 소녀를 납치할 계획은 이미 알고 있었겠지요. 아니, 어쩌면 무림맹에서 그렇게 유도를 했습니다. 틀렸습니까?"

가정으로 출발된 물음은 단정으로 끝이 났다.

그러한 유검의 물음에 진삼원은 대답하기 어려운 듯 곤혹스러운 표정을 지었다. 유검은 그런 그의 태도에 까닭을 알 수 없는 분기가 치밀어 올랐다.

호패천은 큭큭거리며 억지로 웃음을 참고 있었다.

유검은 그를 향해 날카롭게 물었다.

"혹시 당신이 나와 대화하고 싶다는 내용이 바로 그것이었습니까?"

호패천은 놀란 표정을 지으며 감탄사를 터뜨렸다.

"오호~! 똑똑한데?"

그 말은 당연히 칭찬이 아닌 비아냥이었다. 그리고 그 어투는 유검이 억제하고 있던 분노의 심지에 불을 붙여 버렸다.

"그러니까 간단히 말해서……."

유검의 냉정한 분노를 담은 날카로운 시선은 호패천이 아닌 진삼원에게로 향했다.

"저 소녀를… 미끼로 쓴 것이군요."

음성은 높지 않았다. 오히려 책을 읽듯 무심한 어조였다. 격정에 이르는 순간 한평생 쌓아온 무인으로서의 본능이 감정 표출을 억제시킨 때문이었다. 상대와 생사혈전을 벌일 때 분노라는 감정은 초식을 흐트러뜨릴 수 있으니까.

그래서 무심한 어조는 더욱 차갑게 느껴졌다. 이는 달리 말해 당장이라도 싸울 태세를 갖추었다는 말과 동일했다.

그렇다고 쌓여진 분노의 질과 양이 줄어드는 것은 아니었다. 오히려 억제시킨 만큼 분출구를 찾아 증폭되어 나갔다.

유검은 무심한 어조로 물었다.

"왜……?"

음성은 진삼원이 아닌 호패천에게서 흘러나왔다.

"내가 먼저 말해도 될까?"

유검의 시선이 자신에게로 향하자 호패천은 스산한 미소를 머금은 채 입을 열었다.

"그 대답을 듣기 위해서는 일단 이번 일의 과정에 대해 자세히 알 필요가 있지. 나는 자네 사부에게 한 번 제압당한 적이 있다네. 아니, 엄밀히 말하자면 자네 사부와 거루고 있는데 강호의 친구들이 천하제일검이라고 치켜세워 주는 저자에게 암습을 당한 거지."

　호패천의 말에 진삼원은 미간만 찌푸릴 뿐 아무런 부인도 하지 않았다.

　"내가 정신을 차리고 보니 무림맹 안의 감옥이더군. 그곳에서 며칠 있는 동안 몇 차례 형식적인 고문이 있었지만 별것 아니었다네. 어차피 내 입에서 중대한 정보를 얻을 수 없다는 것은 하늘도 알고 나도 알고 그들도 알고 있었으니까. 하루는 감옥 안의 두 간수들이 서로 이야기를 주고받더군. 바로 저 소녀에 관해서였네."

　호패천은 친절하게도 풀밭 위에 눕혀져 있는 화를 직접 손가락으로 가리키며 그렇게 말했다.

　"나는 소녀에 대한 중요한 정보를 얻고 나서 생각했지. 이게 과연 저 간수들의 실수일까? 아니면 일부러 정보를 흘리는 것일까? 잠시 후 기생오라비처럼 생긴 한 놈이 오더니 내게 지껄이더군. 주위 경계가 어떻고 저떻고… 탈출은 어림도 없다고 말하고 떠났지만… 흐흐, 사실은 내게 도움이 되는 정보였지. 그날밤 저녁을 먹고 나서 난 한 가지 사실을 깨달았다네. 산공독(散功毒)이 풀린 거야. 물론 내공도 되찾았지. 아마도 저녁밥 속에 해독제를 넣은 모양이었어. 그 후 나는 손쉽게 그 감옥을 탈출할 수 있었네."

　호패천은 잠시 말을 멈추며 냉소를 터뜨렸다.

　"흥, 너무나 뻔히 드러나 보이는 짓거리였지! 그들이 의도적으로 나를 풀어주었다는 것 정도는 삼척동자도 짐작할 수 있을 정도였다네. 너무 노골적이었고, 그 수법이 조잡하기 그지없었지. 무림맹의 골빈 멍청이들이 아무리 바보 짓을 잘한다지만 그렇게 나를 풀어주고 감쪽같이 속였다고 생각하지는 않겠지. 정말 진실로 그들이 그렇게 생각한다면 상대하는 우리까지 바보가 되니까 그런 가정은 제외시켰다네. 나

는 생각했지. 그렇다면 왜 나를 풀어주었을까? 내가 충분히 알아채도
록 흔적을 남기면서 말이야. 설마 하니 나의 뒤를 미행하여 숨겨진 본
교의 총단을 알아내기 위해서일까? 하지만 이것은 말이 안 되는 소리
지. 일부러 풀어주었다는 것을 아는데 내가 그런 멍청한 짓을 할 리가
없고, 그런 사실을 무림맹도 충분히 알고 있을 테니까. 그럼 무엇 때문
일까? 왜 충분히 이런 사실을 눈치 채게 만들면서 나를 일부러 풀어준
것일까?"

호패천은 징그럽게 씨익 웃으며 말했다.

"복잡한 듯하지만 결론은 간단하지. 그들은 나에게 무언의 제안을
해온 거야. 서로 한번 도박을 해보지 않겠냐는!"

도박이란 말에 유검은 말할 수 없는 불쾌감을 느꼈다.

"그렇지! 다시 말해 이건 일종의 도박이야. 무림맹은 이렇게 말한
거지. 자, 너희가 바라는 저 소녀에 관한 정보를 알려주마. 알아들었
나? 좋다구. 그럼 저 소녀를 납치해 가도 좋다. 난, 우리는 함정을 파고
기다리고 있을 것이다. 물론 너희들을 몰살시킬 생각 따위는 없어. 다
만 너희들이 원하는 그 소녀를 데리고 얼른 총단으로 가라구. 알아서
필사적으로 도망치라구. 우리는 너희들의 뒤를 쫓아갈 테니까 말이
야."

유검의 얼굴이 일그러지는 것을 느긋하게 감상하며 호패천은 말을
이었다.

"물론 한 가지 의문이 들겠지. 만약 본 교의 총단이 아닌 다른 곳으
로 가면 어떡하냐고? 그래도 상관없지. 어쨌든 우리가 함정이라는 것
을 알고도 이렇게 쳐들어올 정도면, 그 소녀를 데리고 가는 곳이 분명
본 교에 있어 정말로 중요한 곳일 테니까. 그곳을 알아내는 것만으로

도 최소한 손해는 아니지. 뭐… 최악의 경우라 할지라도 우리를 생포하거나 몰살시킨다면 그것만으로도 충분히 이득을 챙길 수 있으니까. 무림맹으로서는 손해날 일이 전혀 없는 거야!"

호패천은 진삼원에게로 시선을 돌리며 말을 끊듯이 내뱉었다.

"다시 말해서, 이번 일은 서로 암암리에 묵인(默認)한 것이란 말이다. 그래도 되냐고? 어허… 무림맹의 입장에서 생각해 보거나. 본 교 총단의 위치를 알기 위해 혈안이 되어 있는 형편인데 그 정도도 못하겠나? 겨우 한 소녀의 희생으로 앞으로 희생될 수많은 강호동도들의 목숨을 구할 수 있다고 생각할 테니, 절대 밑지는 장사는 아닌데 말이다."

그 말에는 무림맹에 대한 노골적인 악의가 담겨 있었다.

'장사? 장사… 장사라……!'

핵심을 파고드는 그 말에 유검은 혐오감이 치밀어 올랐다.

참으로 편리한 이야기다. 겨우 한 사람의 목숨으로 앞으로 희생될지도 모르는 수많은 생명을 구할 수 있다니. 장사로 따지자면 그야말로 횡재와 다름없지 않은가.

하지만 언제부터 강호에 장사꾼들의 논리가 통하기 시작했단 말인가? 한마디의 약속을 지키기 위해 평생을 바치고 대의와 협행을 위해 무수한 피를 아끼지 않았던 것은 이제 옛날이야기가 되어버렸단 말인가?

호패천은 냉소를 지으며 말했다.

"어떤가? 재미있지 않나? 무림맹에서 저 소녀에게 어떤 수단을 부려 놓았는지 우리는 모르네. 어쩌면 절대 지워지지 않는 만리추종향(萬里追蹤香) 같은 것이 저 소녀에게 뿌려져 있을지도 모르지. 그리고 무림맹 또한 우리가 어떤 수단을 동원해서 도망칠지 모르고 있다네. 참으로 홍미진진하지 않은가? 과연 최후의 승리자는 누가 될지 궁금하지 않은가 말이야.”

그의 입술이 일그러지며 비웃는 표정으로 바뀌었다.

“그런데… 여기서 약간의 변수가 생겼다네. 바로 자네지. 뭐, 크게 영향을 끼칠 일은 아니지만.”

“…내게 군이 이런 이야기를 해주는 까닭이 무엇이오?”

“흠, 글쎄… 이보게, 들을 만큼 들었으면 이제 스스로 생각을 해보는 게 어떤가? 공짜를 너무 좋아하는군.”

유검은 그의 비웃음에 대응할 힘이 없었다.

화를 미끼로 하여 무림맹과 마교에서는 암묵적으로 도박을 벌인다라…….

강호의 정의를 부르짖는 무림맹의 행사로 보기에는 참으로 믿기 힘들지만 호패천이 말이 맞다고 뇌리에선 악을 쓰고 있었다. 이미 자신의 두 눈으로 확인한 사실들이 그의 말을 뒷받침해 주고 있었으니까.

유검의 무심한 시선이 진삼원을 향했다. 호패천의 말에 대한 사실 여부를 묻는 것은 아니었다. 다만 그의 변명을 듣기 위해서였다.

이 순간 유검이 알고 싶은 것은 진삼원의 진의(眞意)였다. 최소한 무림맹의 다른 놈들이 그런 계획을 세웠다 할지라도 진삼원이 그 일에 절대 동의할 리는 없다고 믿었다.

하지만 진삼원은 그런 유검의 기대를 저버리고 고개만 가로저을 뿐이었다.

“변명은 않겠다. 그의 말 그대로다.”

유검은 맥이 풀렸다. 그에게 무엇을 기대했기에 이토록 실망감이 큰 것일까.

유검은 천천히 풀밭 위에 쓰러져 있는 화에게로 다가갔다. 그녀 앞에서 우뚝 멈춰 서서 주위를 돌아보며 단호한 어조로 소리쳤다.

"당신들이 무슨 암약을 맺었는지 내겐 상관없소! 다만 이 소녀를 데리고 가려면 반드시 내 허락을 받아야만 할 것이오."

호패천은 비웃음을 터뜨렸다.

"자네는 자격이 없다네."

유검은 자신이 자격이 없다는 사실을 알고 있었다. 하지만 그것은 본인 스스로의 자책감에서 비롯된 것이지 마교의 사람에게 그 말을 들을 이유는 없었다.

유검은 딱딱한 어조로 말했다.

"자격이 있고 없고는 내가 결정하오. 당신의 생각 같은 것은 필요없소."

"호오~ 대단한 호기(豪氣)군. 그런데 알고 있나? 강호에서 자신의 말을 지키려면 능력이 필요하다는 것을."

유검은 오만하게 고개를 치켜들었다.

"시험해 보시지!"

도발적인 유검의 태도에 호패천은 혀를 찼다.

"이런이런… 우리 일월교가 왜 마교로 불리우는지 그 이유를 모르고 있군."

"……?"

호패천은 의미심장한 미소를 띠며 말했다.

"내공을 끌어올려 보게. 그럼 내 말의 의미를 알 수 있을 테니까."

유검은 예리하게 눈빛을 빛내며 사방을 둘러보았다. 혹시 누군가 암습을 펼치는 이가 있나 싶어서였다. 자신보다는 화를 위한 대비였다.

불그스름한 두타가 유검과 눈이 마주치자 팔짱을 낀 채 한마디 했다.

"네놈의 몸뚱이가 단단하다는 것은 인정해 주지. 하지만… 홍, 나의 일장을 얻어맞고 멀쩡하리라 생각했단 말인가? 네놈이 가지고 있던 모든 내공은 지금 흩어져 버리고 없을 것이다. 만약 내공을 억지로 끌어 올리면 바로 주화입마를 당하고 말지."

유검은 그제야 그가 무엇을 말하고 싶어하는지 깨달았다.

'하지만 그건 보통 사람의 경우지.'

유검은 피식 웃으며 그에게 말했다.

"당신의 일장은 내게 아무런 영향을 주지 못했소."

두타는 입술을 실룩거렸다.

"아마도 환혼단을 믿는가 본데… 긴 세월 동안 우리도 멍청히 있었던 것은 아니다. 지금도 환혼단이 통하리라 믿는다면 어리석은 것. 허장성세(虛張聲勢)를 부릴 셈이냐?"

당연한 사실을 부인한다고 여겼는지 두타의 말에는 짜증이 묻어 나왔다.

유검은 친절하게 모든 것을 설명해 주고 싶은 생각이 없었기에 그런 그의 태도는 무시해 버렸다. 이제부터 생사를 걸고 싸울지 모르는 상대가 잘못된 정보를 지니고 있으면 그만큼 유리하다. 그렇다고 자신이 억지로 거짓말을 한 것은 아니니 꺼릴 것은 없었다.

호패천이 입을 열었다.

"아참, 미처 자네가 생각 못했을까 봐 말하는 건데… 궁금하지 않나? 내 이야기를 듣고 난 후 자네의 입장이 어떻게 바뀌었는지 말일세."

뭔가 또다시 말하고 싶은 표정이었으나 유검은 더 이상 듣고 싶은 생각이 없었다. 그들이 무슨 생각을 지녔든 그건 상관할 바가 아니니까.

유검은 호패천의 말을 무시하고 차가운 시선으로 진삼원을 쏘아보았다.

"묻고 싶소."

진삼원은 말없이 하늘을 올려다보고 있었는데 유검의 말에 고개를 돌렸다.

"무엇을 말이냐?"

유검은 그의 허리춤에 매달려 있는 철검을 뚫어지게 바라보았다.

"아직도 이 소녀를 미끼로 쓸 셈이오?"

진삼원은 묵묵부답 대답이 없었다.

유검은 그러한 그의 태도가 긍정을 뜻하는 듯하여 화가 치밀어 올랐다.

"내가 사람을 잘못 봤군. 맹세하건대 나의 허락 없이는……!"

음성이 허공으로 뿌려지기 전에 돌연 등 뒤에서 파고드는 날카로운 파공성이 있었다.

쉬이익―!

유검의 왼팔이 한 바퀴 허공을 쳐 올리자 푸르스름한 빛을 발하는 암기 하나가 햇살 속으로 날아갔다.

동시에 몸을 돌렸다. 순간 유검은 흠칫할 수밖에 없었다. 아무도 없었던 것이다.

'누가……?'

십여 장 거리 밖에서 포위하고 있던 흑의복면인들이 만약 암기를 날렸다면 훨씬 이전에 그 기척을 느꼈을 것이다.

의문을 채 떠올리기도 전에 또다시 등 뒤에서 바람을 가르는 소리가 났다. 여전히 살기(殺氣)조차 없었다. 또다시 몸을 돌림과 동시에 손을 뻗어 암기를 낚아챘다. 하지만 이번에도 암기를 날린 이를 발견할 수 없었다.

귀신이 곡할 노릇이었다.

유검은 한순간 떠오르는 생각이 있어 휙 하고 몸을 돌렸다.

이 순간 시야에 들어오는 이는 '화' 하나뿐이었다. 정신을 잃고 누워 있던 진여영의 모습이 온데간데없이 사라져 있었다.

유검은 삐져 나오려는 신음 소리를 억지로 삼켰다.

"도대체……."

이때 유검을 중심으로 사방 여섯 군데에서 동시에 시퍼런 검광이 번득였다. 아니, 풀 속에서 아무 기척도 없이 검날이 날아왔다. 동시에 유검의 발 밑에서 예리한 날을 가진 창이 솟아올랐다.

이 순간 유검은 깨달았다.

자신이 디디고 있는 풀밭 아래 서대한 기관 장치가 설치되어 있다는 사실을.

지금 피할 곳은 허공뿐이다. 물론 피함과 동시에 또 다른 기관 장치가 발동될 것은 당연해 보였다. 그래도 일단 어쩔 수 없이 허공으로 몸을 솟구치는 수밖에 없어 보였는데, 유검은 그것을 포기했다.

조금 전에는 무인의 본능으로 암습을 피하기는 했으나 암기에 담긴 힘을 측량해 보건대 자신의 육체를 뚫지 못할 것을 알았다. 그래서 괜히 힘을 빌 수 없는 허공으로 몸을 띄워 허둥대느니 일단 당해주기로 한 것이다.

돌연 진삼원이 버럭 소리를 질렀다.

"그만둬!"

내공이 담긴 그의 음성은 맹수의 포효처럼 전신을 부르르 떨게 만들었다.

그의 말이 끝나자 언제 그랬냐는 듯 날아들던 검날과 창들이 모조리 사라져 버렸다. 마치 귀신의 짓인 듯싶었다.

유검은 피할 생각을 않았던 것이지만, 다른 이들에게는 다르게 보였다. 유검이 드디어 내공을 상실하여 제대로 피할 능력을 잃었다고 본 것이다.

진삼원은 유검에게 고개를 까닥여 보이며 말했다.

"미안하네. 나의 허락 없이는 일절 행동하지 말랬거늘……."

유검은 눈을 가늘게 뜨며 물었다.

"혹시 분지 전체가 기관 장치로 덮여 있습니까?"

진삼원은 고개를 끄덕이며 말했다.

"느낄 수 없겠지만, 사실은 기문절진도 함께 설치되어 있다네. 여기 있는 사람들 모두 나의 한마디면 즉시 몰살시킬 수 있지. 자네도."

그렇게 말하는 그의 안색은 어딘가 슬퍼 보였지만 유검은 그것까지 헤아려 줄 여유는 없었다.

"으하하하하하……!"

유검은 통쾌하게 웃었다.

진삼원의 그 한마디는 자신을 적으로 여긴다는 의미. 그것을 자각하자 무언가 마음을 짓누르고 있던 장애물이 떨어져 나갔다.

적발사신은 이제 슬슬 뭔가 결정이 나려는 순간인 모양이라고 혼잣말로 중얼거렸다.

호패천이 말했다.

"이제야 깨달은 모양이군. 자네가 무림맹의 적이란 사실을 말이야.

나의 이야기를 듣기 전이라면 몰라도, 모든 상황을 알게 된 이상 그렇게 되는 것은 당연하지. 자신들의 치부를 알게 되었는데 누가 가만히 놔두겠는가? 여기저기 소문내고 다니면 어떡하라구. 당연한 일이지. 암, 당연하구말구!"

그의 얼굴에는 만족의 미소가 떠올라 있었다.

그는 유검에게 말했지만, 사실 의도는 다른 곳에 있었다. 무림맹과 마교 사이에 맺어진 무언의 밀약, 그 도박을 계속할 것인지 어떤지에 대한 의사를 알고 싶었던 것이다.

만약 묵약을 어길 셈이었다면 유검이 자세한 사정을 듣기 전에 어떻게든 자신의 입을 막으려 들었을 것이다. 모든 비밀이 들통난 지금 진삼원은 유검에게 분명히 적대적인 의사를 표시했다.

이 두 가지 사실은 곧 무언의 밀약을 계속 이행하고자 하는 의지를 보여준 것.

호패천은 만족의 미소를 띠며 내심 생각했다.

'교주의 명이라 하나 저놈을 더 이상 봐줄 수는 없다. 이 수밀지체(輪密之體)의 소녀를 데리고 가는 일은 그 무엇보다 우선한다. 설령 교주 본인의 목숨이 달려 있다 하더라도 어쩔 수 없는 일인데 하물며…….'

진삼원이 자신의 수하를 몇 명 죽였지만, 그것은 어쩔 수 없는 일이었다고 애써 자위했다. 자신에게 검을 겨눈 자에게 쉽게 자비를 베풀 인간이 아니라는 사실은 이미 알고 있었으니까.

유검은 마음속의 앙금을 모두 털어버리려는 듯 웃음을 멈추지 않았다. 종내 찔끔 눈물까지 흘릴 정도로 웃고 나서야 겨우 멈추었다.

허탈한 시선으로 주위를 돌아보다 유검은 하늘을 올려다보았다.

‘사부…….’

흰 구름은 현풍이 되어 장난기 어린 미소로 자신을 내려다보고 있었다.

‘당신께서는 제게 말씀하셨습니다. 아니, 이 제자에게 부탁씩이나 하셨습니다. 검을 들지 말라고요. 만약 들고 싶을 때는 반경 백여 리 내 사람이 없는 곳에서만 들라고 친히 부탁하셨지요. 연유는 알 수 없었지만 당신의 간절함은 이 제자의 가슴에 절실히 전해졌습니다.’

처연함이 가슴 가득 메워졌다.

‘하지만 묻고 싶습니다. 인간이 최소한의 인간 된 양심을 저버렸을 때 과연 사람이라 할 수가 있습니까? 그렇다면 제가 여기서 검을 들지 말아야 할 이유는 없습니다.’

유검의 간절한 소망에도 사부 현풍은 여전히 고개를 저었다.

아득한 절망감 속에 유검은 화를 두 팔로 안아 들었다.

“넌 물건이 아니다. 낚싯줄에 거는 미끼 따위는 절대 아니다. 이 말은 위로 따위가 아니야. 단지 사실일 뿐이지.”

애써 무덤덤한 어조로 그렇게 중얼거렸다.

유검은 천천히 주위를 둘러보다 진삼원에게 시선을 고정시키며 말했다.

“나는 이제 떠나려 하오. 이의있소?”

진삼원은 고개를 저었다.

“자네는 그 소녀를 데리고 갈 수 없네.”

검을 들다

마치 명령을 내리는 듯한 강압적인 그의 말투에 유검은 툴툴 웃음이 나왔다.

"안타깝게도 그 부탁은 들어드릴 수 없군요."

"부탁이라……."

진삼원은 철검을 천천히 들어 올리더니 검끝을 유검에게로 향했다.

"여태껏 나의 검 앞에서 부탁을 들어주지 않은 사람은 보지 못했다네. 자네 역시 예외는 아니야."

유검은 그의 검끝에 어리는 푸르스름한 검기를 쏘아보며 날카롭게 대꾸했다.

"만약 제 손에 검이 쥐어져 있었다면 나는 반드시 검에게 물어보았을 겁니다. 함부로 부탁을 강요하는 무례한 사람에게는 어떻게 해야 하느냐고요."

“어떻게 대답할지는 나도 궁금하군.”

철검의 뭉툭한 검봉(劍鋒)이 미세하게 떨리기 시작했다.

그 떨림이 멈추는 순간 어떤 경천동지할 초식이 쏟아져 나올 것인가.

유검은 광풍의 문양을 서서히 떠올리며 전신의 감각을 예리하게 만들었다. 어떤 돌발적인 상황에서도 즉시 반응할 수 있도록. 그리고는 변수의 여지가 없는지 주위를 살피며 또박또박 말을 끊어 내뱉었다.

“이해력이 부족하시군요. 다시 말씀드리죠. 나는 이 소녀를 데리고 떠납니다. 누구도 막을 수가 없습니다. 막는 자는 모두 저의 적으로 간주하겠습니다. 아시겠습니까?”

유검의 이 한마디 속에 담긴 의미는 대단히 광오하고 위험했다. 강호무림의 중추를 이루고 있는 무림맹, 그리고 그와 극단적으로 대립하고 있는 거대 세력인 마교, 이 양측 모두에게 적임을 선포한 것이다.

호패천이나 적발사신 등은 유검의 담대한 행동에 기가 질린 듯 아무 소리 하지 못하고 지켜보고만 있었다. 물론 지금의 상황에서 구태여 그들이 나설 필요가 없어서이긴 하지만.

진삼원은 고개를 저었다.

“강호에서는 검으로 말하는 법. 나는 아직 자네의 말을 알아듣지 못하겠네.”

주둥이 말고 검으로 말해 보라는 지극히 도발적인 내용임에도 어쩐지 그의 말투에는 비장함과 까닭 모를 슬픔이 담겨 있었다.

유검은 등 뒤에 메고 있는 검을 뽑고 싶은 충동을 애써 눌러야만 했다.

‘일단은 이곳을 벗어나야 한다.’

시간이 흐를수록 불리하다고 느꼈기에 더 이상 망설이지 않고 광풍의 힘을 열었다. 노호(怒虎) 같은 거친 바람이 풀잎과 흙모래 등을 세차게 할퀴며 포효했다. 일순간 시야가 가려진 틈을 타서 바람의 힘을 빌어 허공으로 몸을 솟구쳤다.

눈으로 감지하기 힘들 정도의 빠르기였지만 화를 안고 있는 이상 한계가 있었다. 갑자기 너무 빠른 속도로 움직일 경우 혈도가 제압당한 채 무방비 상태로 있는 그녀의 목은 그 압력을 견디지 못하고 부러져 버릴지도 모르는 것이다.

과연 그 정도로는 진삼원의 이목을 벗어날 수 없었다.

그리고 그 결과는 즉각 나타났다.

진삼원의 손에 들려진 철검이 돌연 하얀 빛에 휩싸였다. 그것은 하늘 위로 빛의 길을 열었다.

찢겨진 공간의 신음 소리는 그로부터 한참 후에야 쏟아졌다.

호패천 등은 얼이 빠져 버렸다. 신음 소리처럼 혼잣말이 새어 나왔다.

"이기어검술(以氣馭劍術)이라니……."

고요한 정적 속에 홀연히 나타난 듯 그 모습은 보는 이로 하여금 입이 벌어지도록 만들었지만, 유검은 그 아름다움을 감탄할 여유가 없었다. 아니, 생각할 시간조차 없었다.

본능적으로 허공에서 몸을 뒤틀었다. 바람의 힘을 빌어 옆으로 피했지만, 기이하게도 마치 보이지 않는 실들에 친친 묶여 있는 듯 쉽게 운신할 수 없었다. 분지 위로 기이한 절진(絕陣)이 펼쳐져 있다는 진삼원의 말이 그제야 떠올랐다.

찌이익—!

전력을 기울여서야 가까스로 피할 수 있었다. 한줄기 하얀 빛은 먹이를 놓친 것이 아까운 듯 꿈틀거리더니, 끝내 화의 몸을 덮고 있는 청삼을 사납게 할퀴고 지나갔다. 천잠사로 만들어졌다는 것이 거짓말처럼 보였다.

철검이 그녀의 어깨를 스쳐 지나간 듯 몇 방울의 선혈이 후두둑 튀어 올랐다. 참을 수 없는 분노가 스멀스멀 기어올랐다.

'설마, 나를 노린 게 아니라……?

화를 낼 틈도 없었다. 스쳐 지나간 철검이 진삼원의 충실한 종이 되어 다시 방향을 돌려 쏘아져 내려오고 있었던 것이다. 검끝이 향하는 방향은 자신의 가슴, 아니, 정확히 말해 품에 안겨 있는 화에게였다.

한 가닥 의심이 확신으로 변하는 순간 유검은 노해 부르짖었다.

"진─삼─원─!"

유검은 피할 수가 없었다. 보이지 않는 무언가에 의해 운신이 자유롭지 못한 것은 둘째 치고라도 철검의 속도는 너무나 빨랐다. 요행히 피한다 하더라도 또 어떤 변화를 일으키며 쫓아올지 모른다.

이 순간 남겨진 선택은 하나뿐이었다. 최소한 유검의 생각은 그러했기에 오른팔을 쭈욱 뻗어내었다.

그 행동은 마치 맨손으로 이기어검된 철검을 붙잡으려는 것처럼 보였다. 아니, 사실이었다.

이 무모하기 그지없는 행동에 호패천 등은 자신도 모르게 아! 하고 소리 내고 말았다. 뒤이어 나타난 결과에는 벌린 입을 다물지 못했다.

부르르─

하얀 빛으로 휘감겨 있던 철검의 몸뚱이는 어느새 유검의 손아귀에 잡혀 있었다. 땅꾼에게 잡혀 버린 독사처럼 꿈틀거리며 저항했지만 눈앞의 먹잇감에 군침만 삼켰다. 벗겨진 청삼 사이로 보이는 한 소녀의 하얀 가슴, 그 속에 담겨져 있는 새빨간 심장이란 먹이를 더 이상 쫓을 수 없게 된 것이다.

검을 타고 흐르는 싸늘한 살기에 유검은 벼락을 맞은 듯 부르르 몸을 떨었다. 충격 때문이 아니었다. 첫사랑의 설레임 같은 차가운 감촉 때문이었다. 그 느낌은 너무나 그리웠고, 또한 친숙했기에 지금 자신이 어디에 있는지 잊어버릴 지경이었다.

"잊고 있었군."

입을 여는 순간 철검은 또다시 요동 쳤다. 유검은 반항은 용서하지 않겠다는 듯 꽉 쥐었다. 날을 쥐고 있던 손아귀에서 시뻘건 선혈이 튀어 올랐다.

손바닥의 따가운 감촉은 쾌감이 되어 정신을 자극했다.

유검은 떨리는 감동 속에서 자신도 모르게 중얼거렸다.

"검은… 내 친구란 사실을!"

이때 감동의 여운이 가시기도 전에 유검의 머리 속에 울려 퍼지는 소리가 있었다. 허탈하기 짝이 없는 사부의 음성이었다. 검을 들어서는 안 된다는…….

가슴이 서늘해지며 한순간 검을 잡고 있던 손아귀에서 힘이 빠져나갔다.

다시 제정신을 차리고 황급히 힘을 주었지만 이미 늦어버렸다. 철검은 유검의 손아귀를 비집고 나와 기어코 자신의 먹잇감을 삼켜 버린 것이다.

푸우욱—!

철검은 한 소녀의 하얀 가슴을 꿰뚫었다. 고통 때문인지 마혈이 제압된 상태임에도 불구하고 부르르 그녀의 몸이 떨렸다.

유검은 하얗게 변해가는 의식 속에 와락 힘을 주어 철검을 뽑아 던졌다. 선혈이 미처 뿜어지기도 전에 가슴 주위의 대혈(大穴)을 제압했다.

광풍의 문양이 사라지며 흩어지는 바람과 함께 유검의 신형은 땅으로 떨어졌다. 땅에 닿는 순간 최대한 충격을 감소시키려 했지만 그녀의 몸이 털썩거리고 입가로 피가 흘러나오는 것은 어쩔 수 없었다.

유검은 풀밭 위에 그녀를 눕힌 후 황급히 예풍의 문양을 떠올리고 원형으로 만들었다. 그렇게 유형화된 기운을 그녀의 경맥 속으로 집어넣었다. 내부의 상처를 보호하기 위해서였다.

분명 철검이 심장 부위를 꿰뚫었다는 것은 알고 있었지만 그녀가 죽었다는 사실은 절대 믿지 않았다. 심장의 고동 소리가 더 이상 들리지 않아도, 숨을 쉬기 위한 가슴의 기복이 없어도 절대 그녀의 죽음을 믿지 않았다. 절대로!

이때 거대한 충격이 유검의 어깻죽지로 쏟아졌다.

퍽—!

철검은 두 번째 먹잇감을 향해 날카로운 이빨을 들이대었지만 일 촌 이상 전진하지 못하고 거센 반발력에 의해 튕겨졌다. 하지만 철검은 이대로 포기하지 않겠다는 듯 다시 방향을 틀어 달려들었다. 조금 전보다 더 휘황한 하얀 빛이 뿜어져 나왔다.

유검의 어깨가 들썩였다. 그의 눈에서 눈물은 흘러내리지 않았다.

우우웅—

등에 매단 보자기 속의 한천검이 대신 울었다.

유검의 오른손이 천천히 어깨 위로 올라가고, 어느새 한천검이 우아한 나신을 드러내었다.

꽝―!

투명한 은빛의 절세미녀는 낭창낭창 요염하게 휘어지며 거칠기 짝이 없는 철검의 구애를 단번에 물리쳤다. 한 번의 격돌로 좀 더 신중해져야겠다고 판단했는지 철검은 다시 주인의 품으로 돌아갔다.

유검은 천천히 몸을 일으켰다.

그의 손에 쥐어진 한천검은 그동안 갑갑했던 외투를 벗어 던지고 투명한 은빛을 사방으로 뿌리며 한껏 우아한 자태를 뽐내었다.

하지만 유검의 시선은 검이 아닌 화에게로 향해 있었다.

사부에게 파문당한 후 처음으로 쥐는 검이었지만, 아득한 슬픔만이 밀려올 뿐 아무런 느낌이 없었다. 검이란 어차피 상대를 해치기 위해 만들어진 것임을 새삼 깨달아서일까? 아니면 그녀에게 가졌던 감정의 무게가 너무도 무거웠던 탓일까?

사부의 부탁을 저버렸다는 자책감은 이 순간 없었다.

찰나의 순간 자신이 검을 드는 것을 망설이지 않았다면, 못난 제자가 되었을지언정 화가 이런 모습이 되지는 않았을 것이다. 그런 생각은 형언할 수 없는 괴로움을 가져다 주었다.

그녀를 사랑하는 것은 아니다.

결코… 아니다.

첫 시작은 동정심이었으며, 같이 있으면 왠지 즐거웠다.

때로는 귀찮기도 했지만 없으면 허전했다.

그냥 그녀의 모든 행동이 귀여웠을 뿐이고, 그래서 도와주고 싶었다.

단지 그녀가 웃는 모습을 보고 싶었을 뿐인 것이다.

그런 관계였다.

그러니 결코 사랑이라 말할 수 없다.

사랑이라고는…….

의지와 상관없이 유검의 눈에서 눈물이 흘러내리기 시작했다.

"검을 들었군."

진삼원은 자신의 철검을 쓰다듬으며 씁쓸히 중얼거렸다.

유검이 이기어검의 철검을 맨몸으로 견디어냈는데도 그의 눈동자에
는 놀라움이 없었다. 그리고 쓰러져 있는 화에게로 시선을 돌리는 그
의 눈동자에는 까닭 모를 아픔이 담겨 있었다.

유검과 진삼원이 한바탕 대결을 치르는 동안 호패천과 적발사신 등
은 얼이 빠져 있었다.

일검구주섬(一劍九州閃) 진삼원!

천하제일검(天下第一劍) 진삼원!

삼십여 년 전 자신들이 한참 강호에 위명(威名)—악명(惡名)이라는 것
이 더 옳지만—을 휘날릴 때 겨우 어린 꼬마에 불과하던 놈이었다. 이제
와서 새삼 강호의 친구들이 엄지손가락을 치켜세우며 그렇게 부른다
할지라도 한편으로 내심 깔보고 있었다.

물론 어느 정도 재간은 있을 것이라 생각했다. 타고난 재능에 엄격
한 수련이 더해지면 얼마든지 젊은 나이에도 고수의 반열에 오를 수
있다는 것을 부정하지는 않았다. 그럼에도 내공(內功)의 경지는 긴 세
월의 연륜과 비례하는 것이기에 한계가 있는 법이다. 그래서 그를 향
한 평가에 '애송이' 란 딱지를 떼어내지는 못했다.

그런데 이기어검술(以氣馭劍術)이라니?

검의 궁극적인 경지로 평가받는 이기어검술이란 말 그대로 심령과 연결된 기(氣)로써 검객의 손에서 벗어난 검을 자유자재로 다룰 수 있음을 의미한다.

이것이 지니는 의미는 간단하지가 않았다.

단순히 허공을 격하고 물체를 움직이는 격공섭물(隔空攝物)의 수법에도 초범입성(超凡入聖)의 내공이 필요한 법이다. 그러니 백여 장 밖으로 날린 검을 자신의 의지대로 움직이게 만들려면 과연 어느 정도의 내공이 필요한 것인가?

게다가 내공만으로는 이기어검술을 펼칠 수 없다. 검과 한 몸이 되는 신검합일(身劍合一)의 경지를 거쳐 오랜 세월 동안 수없는 깨달음의 과정을 거쳐야 한다. 모진 풍우(風雨)의 시련을 말없이 견디는 바위의 인고 속에 천신(天神)의 각별한 총애로 영감(靈感)의 열쇠를 건네받는 기연(奇緣)을 얻어야 한다. 그리하여 종내 검과 심령(心靈)이 하나되고 검과 더 이상 남이 아니게 될 때, 그제야 겨우 어검술의 초입에 도달했다 할 것이다.

그렇게 어검술이라는 산의 꼭대기에 도달하기에는 수없이 많은 난관과 어려움이 있어 길고 긴 강호의 역사서를 뒤적거린다 할지라도 정복자의 이름은 쉽게 발견하기 힘들었다. 그나마 간혹 보이는 이름들조차 문파의 시조에 대한 외경심으로 만들어진 전설적인 이야기라는 의혹을 완전히 벗기는 힘들었다.

분명 그들이 아는 이기어검술은 바로 그러한 것이었다.

그랬기에 진삼원의 손에서 펼쳐진 이기어검술을 자신의 두 눈으로 보고서도 믿기 힘들어했다.

여기까지는 그래도 참을 만했다. 정말로 진삼원의 타고난 무공 자질이 천인(天人)의 것이고 천고에 드문 기연을 수없이 만나 그토록 젊은 나이에 가능했다고 억지로나마 고개를 끄덕여 줄 수는 있었다.

하지만 한 가지 사실만은 정말로 참기 힘들었다. 절대로 인정할 수 없었다. 이기어검술로 날아간 철검을 맨손으로 잡아버리는 놈이 있다는 것을!

이렇게까지 상식을 무시한 그의 행동에 분노마저 느꼈다.

그것도 적발사신의 일장에 내공이 흩어져 버렸다고 믿던 놈이 바로 그와 같이 천인공노할 짓을 저지른 것이다.

그 분노의 표출로 주먹을 쥐어 허공을 마구 쥐어박으며 괴성을 지르고 싶은 충동을 느꼈다.

그런 충동을 가까스로 억제시키기 위해 그들의 차가운 이성은 분주히 돌아다녀야만 했다. 그래서 그들의 소중한 존재인, 목숨으로 지켜내야만 할 한 소녀의 가슴이 난폭한 철검의 패악질에 유린당해 버렸다는 사실을 뒤늦게 깨닫게 되었다.

"이 빌어먹을 자식이!"

간발의 차이로 적발사신보다 먼저 이 상황을 깨달은 호패천이 먼저 분노를 참지 못하고 욕을 퍼부었다. 적발사신은 불그스름한 머리칼을 허공으로 곤두세웠다.

둘은 무림맹이 소녀를 납치하도록 묵인하였다고 믿었기에 이와 같은 상황은 도저히 납득하기 힘들었다.

서로 간의 밀약이 파괴된 이상 남는 것은 혼돈.

호패천은 수하들을 이끌고 진삼원을 향해 공격해 갔고, 적발사신은 본연의 임무대로 유검의 손에 맡겨진 화를 강제로 납치하기 위해 달려갔다.

이들에게 조금의 이성이라도 남아 있었다면 이런 식으로 행동하지 않았을 것이다. 분지 위에 설치된 기진과 기관 장치는 둘째 치고 조금 전 진삼원이 펼친 이기어검술만 떠올렸더라도 그들의 행동이 실효를 거둘 수 없다는 것은 명약관화(明若觀火)하게 깨달았을 테니까.

애당초 그들에게는 선택할 권리가 없었던 셈이다.

밀약을 어긴 것에 대한 분노를 표출하는 그들에게 진삼원은 냉정한 말투로 중얼거렸다.

"내가 언제 그와 같은 약속을 했더란 말인가? 착각을 방조한 잘못은 있지만 그대들이 탓할 것은 아니지."

맹수 무리들처럼 난폭한 움직임을 보이는 이들에게 먼저 반응을 보인 것은 진삼원이 아닌 유검이었다.

화를 납치해 가려던 그들이었기에 유검이 시선이 한 푼의 호의(好意)조차 없는 차가운 빛을 사시는 것은 당연했다.

하늘거리는 한천검을 꼿꼿이 세워 그들에게 향하는 순간 거센 바람이 일더니 초원을 달리는 야생마처럼 그들을 향해 폭주해 갔다. 걸핏하면 유검 주위로 거센 회오리바람이 일곤 했지만 이번 검에서 뿜어져 나온 검풍(劍風)은 달랐다. 그 바람의 세기에 있어 천양지차였던 것이다.

대부분의 흑의복면인들은 낙엽처럼 바람에 휘날려갔고, 호패천과 적발사신은 몸을 땅에 엎드린 채 가까스로 견디어낼 뿐이었다.

이와 같은 상황은 유검조차도 뜻밖이었다.

광풍의 문양을 떠올리기도 전에 바람은 스스로 일었다. 그리고 의지를 불어넣기도 전에 유검의 마음을 미리 알아채기라도 한 듯 마교의 무리들을 향해 맹렬히 질주해 나간 것이다.

이때 분지 전역에 기이한 안개가 스멀스멀 피어올랐다.

호호탕탕 분지 위를 질주해 나가던 거센 바람은 그 안개를 만나자 주춤거리더니 사방으로 갈라져 각개격파당하고 말았다.

이는 진삼원의 조그만 손짓에 의해 분지 위에 설치되어 있던 절진이 본격적으로 가동되면서 일어난 변화였다.

호패천과 적발사신 등은 이로써 바람의 재난을 피했지만, 결코 이롭지가 않았다. 사방으로 한 발자국만 벗어나도 천길 낭떠러지인 고봉 위에 홀로 남겨져 애타게 동료들을 부르는 처지가 되어버렸기 때문이다. 진(陣)으로 인한 환각 때문이었다.

용기를 내어 낭떠러지 위로 발을 내딛거나 혹은 경공술을 펼쳤지만 그 자리에서 일 장을 채 벗어나지 못했고, 게다가 서로의 기척을 감지 못해 이마를 부딪치는 등 꼴불견을 연출했다.

결국 호패천 등은 그 자리에서 움직이지 않고 가부좌를 틀고 앉아 사태의 추이를 관망하기로 결심했다. 물론 주변에서 일어나는 일은 볼 수가 없었기에 여러 가지 추측과 짐작에 의해 쌓이기 시작한 불안의 성(城)은 점점 높이 올라갔다.

저항 능력을 잃은 그들은 이미 유검의 관심 밖이었다.

극에 달한 분노의 대상은 따로 있었기에 방해자가 사라진 지금 모든 신경은 이제 원흉 쪽으로 향했다.

진과 안개로 인한 환각에 진삼원의 기척을 알 수가 없자 유검은 들고 있던 한천검을 횡으로 그었다. 예리하기 짝이 없는 바람이 일더니 검을 휘두른 각도에 포함된 공간을 단숨에 갈랐다.

안개와 주위의 허상들이 비스듬히 반으로 갈라졌다가 다시 원상태로 합쳐졌다. 그 찰나의 시간 동안 유검은 진삼원이 움직이지 않고 그 자리에 있다는 것을 확인했다.

　슬프지도, 화나지도 않았다. 다만 허망(虛妄)하고 또 허망할 뿐이었다.
　손에 쥐고 있는 검의 감촉을 느껴보아도 역시 허망했다.
　여태껏 무엇에 속박당해 있었던가?
　말의 언약이란 지키기 위해서이나, 절대의 것은 아니다.
　검을 들어도 좋고 버려도 좋다.
　마음속에 검이 있다면 빈손일지라도 어긴 것이요, 검을 쥐고 있어도 마음이 허허롭다면 어찌 검을 들었다 할 수 있는가.
　사부의 참뜻을 알려 노력하지 않고 왜 그 말만 좇으려 했는가.
　사부의 부탁을 저버린 지금에서야 마음속의 속박을 벗어 던진 연유는 대체 어니에 있는가.
　허망하고 또 허망할 뿐이었다.

　유검은 그런 스스로를 자신의 머리 위에 떠서 객관적으로 내려다보고 있었다. 분명 허망한 눈으로 검을 들고 서 있는 저 청년은 자신인데 그런 자신을 타인처럼 보고 있었던 것이다.
　그가 느낀 슬픔과 분노, 절망은 알 수가 있으되 자신의 것은 아니었다.
　본연의 자신은 시야를 넓혀 모든 것을 보되 보지 아니하고 있었다.
　모든 것을 초월한 것 같기도 하고 모든 것에 얽매어 그 고통에 괴로워하는 것 같기도 했다.

그런 과정 속에 의식은 드넓은 진리의 우주로 나아가고자 했으나 한 가닥 끊이지 않는 인연의 고리가 있었다.

그것은 '한 사람의 존재를 인정할 수 없다' 라는 것이었다.

자아가 그것을 인식하는 순간 인연의 고리를 끊기 위해 한 가닥 빛의 길을 만들었다. 명을 받은 한천검은 주위를 둘러싼 허상과 거짓을 단숨에 베어버리고 그 존재를 향해 날아갔다. 전혀 절진의 영향을 받지 않았다.

형식은 이기어검이되 내용물은 달랐다.

기로써 조종하는 것은 아니었다.

물체가 땅 위로 떨어지듯, 해가 동쪽에서 떠서 서쪽으로 가라앉듯이, 한 쌍의 다정한 남녀가 서로에게 애정을 느끼듯 그렇게 날아가는 것이 아주 당연한 일상사 중의 하나처럼 보였다.

한천검은 태양의 주위를 도는 지구처럼 해야 할 일을 하는 것으로 보였고, 무한대의 궤도를 지나는 혜성처럼 지극히 빨랐다.

그렇게 율려(律呂)의 법칙을 따르는 고독한 행자(行者)처럼 묵묵히 날아간 것이다.

이 과정에서 유검은 자신의 몸 주위로 무한대에 가까운 천지간의 기운이 맴도는 것을 보았다. 그 기운은 머리 정수리에 태극의 꼭지점을 틀더니 나선 모양의 회전을 이루며 자신의 몸을 왕래하고 있었다. 그 기운은 굉장히 팔이 길어 날아가는 한천검과 하나로 연결되어 있었다.

진삼원의 안색은 딱딱하게 굳어져 있었다. 그는 검이 날아오기 전부터 믿기 힘들 정도의 거대한 기운을 이미 감지하고 있었다.

"믿지 않은 것은 아니었지만……."

날아오는 검의 기세를 감지한 순간 그의 눈에는 경외의 빛과 함께 한 가닥 불만도 있었다. 그가 진정 보고 싶은 것은 다른 것이었으니까. 그것을 보기 위해서는 피하지 말고 당당히 맞서야 한다. 그래야만 볼 수 있을 것이다.

그의 주위로 검막(劍幕)이 펼쳐졌다. 그것은 삽시간에 한 점으로 모아졌다. 그렇게 막은 하나의 검환(劍丸)이 되어 날아오는 한천검과 부딪쳤다.

그의 평생 공력이 고도로 밀집된 검환은 겨우 숨 한 번 돌릴 시간 정도만 버틸 수 있었다. 결국 한천검의 진로를 더 이상 방해하지 못하고 터져서 사방으로 비산하는 철검과 함께 흩어져 버렸다.

진삼원은 웅크린 모습으로 십여 장 뒤로 튕겨졌다.

두 발에 힘을 주어 땅바닥에 중심의 뿌리를 내렸으나 계속 뒷걸음질쳐야만 했다.

울컥 한 모금 피를 토해낸 그는 짙은 패배감에 부르르 전신을 떨었다.

한순간이라도 막아낸 것이 아니었다.

한천검은 당당히 자신의 길을 걸어갔고, 자신은 그 진로를 방해하려다 그 힘에 옆으로 튕겨나 버린 것에 불과했던 것이다.

그 결과로 목숨은 구원받았지만 대가는 치욕.

산산조각난 철검이 그의 전신을 할퀴고 지나갔기에 찢겨진 의복은 피로 물들어 있었다.

진삼원은 자존심의 상처를 추스를 시간도 없었다.

분지의 절벽 중심을 파고들며 돌 가루를 분연히 날리던 한천검이 천지를 진동시키는 충격파 속에서 절벽을 통과하여 하늘 위로 그 모습을 다시 드러내더니 유검에게로 귀향(歸鄕)했다.

우르릉—!

금이 간 절벽은 여러 조각으로 나눠지더니 윗부분들이 아래로 떨어지기 시작했다. 이에 분지 위에 설치되어 있던 절진이 영향을 받은 듯 주위를 감싸고 있던 안개가 옅어졌다.

진삼원은 신음 소리를 삼켰다.

이런 현상이 인간의 몸으로부터 비롯되었다는 사실은 참으로 믿기 힘들었다.

유검은 자신이 다시 한천검을 손에 쥐는 모습을 지켜보면서 아련한 감회에 젖었다.

점점 몰려드는 천지 기운의 소용돌이 속에서 자신의 몸은 경맥을 따라 혈맥이 울퉁불퉁 튀어나와 여러 마리의 용들이 둘러싸고 있는 것 같았다. 정확히 말하자면 열두 마리였다. 그리고 금강불괴에 가까운 자신의 몸이 가죽 공처럼 부풀어 올라 있어 금방이라도 터질 것 같았다.

어쩐지 익숙한 느낌이었다.

언제였던가?

언제 이러한 것을 보았단 말인가?

곧 유검은 본 것이 아니라, 기억은 하지 못하되 몸으로 느꼈던 유사한 감각이라는 것을 깨달았다. 어떻게 해서 안 것인지는 몰라도 그냥 그렇게 알 수 있었다.

한 번은 무당산에서 검무를 추다 느낀 것이라는 것을 자각했지만 또 한 번은 기억 속에 없었다. 낙양을 두 조각내었을 때는 무의식 상태였기에 인지할 수 없었고 단지 육체가 그때의 것을 기억하고 있었던 것이다.

다만 그때와 차이가 있다면 요동 치는 기운이 비할 바 없이 거칠다는 사실과 스스로 자신의 몸속에 담겨진 힘을 자각할 수 있다는 점이었다.

그리고 그 자각은 피로 물든 한 사내가 아직 살아 있음을 인지하면서 비롯되었다.

의식에 한 소녀의 죽음이 떠올랐다. 그와 함께 참으로 생소하게 느껴지는 감정의 소용돌이가 일기 시작했다. 그 내면의 분출구에는 지극한 슬픔과 깊은 분노가 깊숙이 자리하고 있었다

유검은 그제야 자신이 검을 든 이유를 깨달았다.

자신의 힘을 이용해서 한 존재를 말살시키고 싶다는 것이 그 이유였다.

마음껏 소리 내어 저주하고 싶었다.

이러한 의식의 변화는 행동으로 이어졌다.

의식은 반쯤 현실로 되돌아왔으며 유검은 양손으로 움켜쥔 검을 천천히 들어 올렸다.

둥실, 그의 몸이 허공으로 떠올랐다.

주위를 소용돌이치는 기운의 여력에 의해서라기보다는 모든 구속에서 벗어났음을 보여주는 증거로 보였다.

예전 낙양을 두 조각내었을 때처럼 심상으로만 느껴지는 거대한 검이 그의 양손에 들려 있었다.

분명 우주의 중심을 관통할 그것은 대단히 위압적이면서도 모든 것을 압도할 만했다. 하지만 비슷하면서도 그때와는 달랐다. 무의식적으로 일검을 펼쳤던 그 당시와는 달리, 이번에는 그의 의지가 들어 있는 것이다. 분노를 표출하기 위해서라는.

이 순간 유검의 육체가 일그러지기 시작했다. 가죽 공 같던 그의 육체가 한 군데는 들어가고 한 군데는 볼록 튀어나오기도 하면서 멋대로 변형되어 갔다. 무질서해 보이지만 스스로 자율적인 질서를 가지고 있던 천지간의 기운이 흉포스럽게 변해 버린 탓이었다.

이는 무의식 중에 거대한 힘을 표출시켰던 낙양의 일과는 달리 거대한 기운의 흐름에 자신의 의지를 개입시킴으로써 벌어진 일이었다.

무위(無爲)가 아니었다.

정교한 톱니바퀴처럼 돌아가는 대자연의 섭리에 인간의 의지가 개입될 여지는 없었다.

이는 내공 수련을 하다 심마에 빠지는 경우와 유사했지만 예상되는 결과는 더욱 끔찍했다. 산산조각이 나서 즉사하는 경우는 오히려 다행이었다. 만약 기적적으로 살아난다면 이성을 잃고 거대한 힘을 마구잡이로 휘둘러 대는 악마가 탄생하고 마는 것이다.

유검은 자신이 끔찍한 파멸의 길에 들어섬을 깨달았지만, 일검을 내려치는 것을 멈추지 않았다. 분노와 증오가 가진 속성이 그러하듯 자신을 파괴시켜서라도 상대를 용서치 않으려 했다.

고오오오―

들리지 않는 거대한 소리에 세상은 침묵했다.

빛조차 차단당한 암흑 속에서 슬픔은 온 천지를 가득 메우고 한줄기 분노는 벼락처럼 내리쳤다. 절진으로 형성된 안개는 거미줄처럼 찢겨지고, 일검과 처음 맞닿은 절벽은 소리없이 가루로 변해갔다.

유검은 진삼원을 향해 죽어버려! 하고 소리치고 싶었지만 입을 열 수는 없었다. 자연을 거역한 대가로 그의 육체도 함께 붕괴되어 갔던 것이다.

진삼원은 하늘을 바라보았다. 두 개로 나뉘어진 회색 기류들 사이로 하얗게 빛이 나는 거대한 기둥이 천천히 내려오는 모습을 감상했다. 세상의 종말이 다가오는 듯한 광경이었다.

"이건가 보군."

믿기 힘든 광경임에도 그의 어조는 담담했다.

대신 그의 두 다리는 부들부들 떨고 있었다. 그의 무릎은 무형의 압력에 견디기 힘들어하고 있었다.

절벽은 가루가 되어 붕괴되어 갔고, 그가 서 있는 주변의 흙은 찢겨진 대기와 함께 벌써부터 뭉게뭉게 먹구름을 피워 올리고 있었다. 그 속에서 진삼원은 천천히 팔짱을 꼈다.

아쉬울 것은 없다 여겼다.

하나의 도시를 두 조각내는 검이 있다는 것을 자신의 두 눈으로 확인한 것만으로도 충분히 생명을 내걸 가치는 있으니까. 하지만 그것은 무인, 아니, 검객으로시의 욕망을 채운 것에 불과했다.

이러한 힘은 세상을 완전히 뒤바꾸어 놓을 수 있다는 점에서 충분히 경계의 대상이 된다. 만약 이미 알고 있었다면 그 힘이 싹을 틔우기 전에 미리 제거했어야 옳은 것인지도 모른다.

어젯밤 그를 방문한 한 사람이 있었다.

독한 죽엽청을 가져왔기에 진삼원은 한 명의 능숙한 숙수(熟手:요리사)가 되어 그에게 닭고기 안주를 대접했다. 진삼원이 경외의 뜻으로 직접 요리를 해서 대접하는 이는 단 한 사람뿐이었다. 현풍 어르신이 아니라면 누구겠는가.

현풍은 말없이 술잔을 비웠다. 술에 취해 달을 향해 모든 심사(心思)를 털어놓았다.

진삼원은 묵묵히 들었다.

말을 꺼낸 것이 고의였는지, 아니면 정말로 술에 취해서였는지 그것은 중요하지 않았다.

현풍은 왼팔을 들어 스스로 오른손을 잘랐다. 달을 검게 물들이는 선혈 속에서 펄쩍 튀어 오르는 어르신네의 팔뚝을 보며 진삼원은 경악에 사로잡혔다.

달 그림자를 뒤로하고 휘적휘적 소맷자락을 휘저으며 떠나는 현풍의 뒷모습을 보며 진삼원은 하나의 결심을 하지 않을 수 없었다. 그것이 비록 비정하기 이를 데 없는 선택이며, 세상의 도리에 어긋난 일이라 할지라도 모든 책임을 자신의 두 어깨에 올려놓으리라 결심한 것이다.

현풍이 갈등하면서도 알고 싶은 것은 단 하나였다.

사랑하는 제자 유검은 과연 하나의 도시를 두 조각낼 만한 힘을 스스로 다스릴 수 있는가?

그 힘이 과연 진정한 무상검의 경지에서 나온 것인지 어떤지는 세월이 흘러 판단할 일이되 위의 질문은 어쩔 수 없는 비정한 선택을 강요했다. 유검의 생사(生死)를 결정지어야만 하는 것이다.

현풍이 한평생 쌓은 무공이 담긴 팔 하나의 무게에 진삼원은 기꺼이 그 선택에 몸을 맡기기로 했다. 그것이 비록 한 소녀의 목숨을 앗는 비정하기 이를 데 없는 일이 포함되어 있다 할지라도.

애당초 화라는 소녀는 어떤 이유에서인지는 몰라도 마교에서 노리고 있었다. 그녀를 미끼로 한다는 비열한 생각 따위는 동의해 본 적이 없었다. 하지만 그녀의 목숨을 앗는 일은 마교의 의도를 분쇄시킨다는 전략적 판단에도 어긋남이 없었기에 결코 망설이지 않았다. 그렇게 스스로 모든 책임을 졌다.

비록 그 일이 그의 내면에 감춰진 여린 가슴에 지울 수 없는 상처를 입힌다 할지라도.

비무를 마치고 대청으로 데리고 온 유검이 질녀의 손에 의해 이곳 금역으로 옮겨졌다는 것을 파악하고 난 후, 그리고 현재 진행되고 있는 무림맹주의 계획을 알고 난 후 그 속에서 새로운 각본을 다시 짰다.

이제 그 결과가 눈앞에 있다.

마교의 침입자들은 훌륭하게 자신의 의도대로 춤을 춰주었으며 유검은 결국 검을 들어 그 힘을 드러내고 있다.

무의식 중에 그 힘을 써버렸던 낙양의 일과는 다르다. 지금 유검은 분명 자신의 힘을 자각하고 있다.

그럼에도 그는 과연 사신을 죽이기 위해 그 일검을 끝까지 펼칠 것인가?

분노에 사로잡혀 그 힘을 끝까지 사용할 것인가?

강호의 무림인은 감정에 솔직하다. 증오와 분노를 표출시킬 힘을 가지고 있기에 그럴지도 모른다. 하지만 유검의 경우는 그래서는 아니 되었다. 어떤 경우라 할지라도 단순히 감정에 사로잡힌 채 그 힘을 사용해서는 안 된다.

유검은 믿기 힘들 정도의 가공한 힘을 지니고 있기에 그 판단의 기준은 보다 가혹했다.

거대한 일검이 해일처럼 몰려오는 데도 진삼원은 피하지 않고 끝까지 그 자리를 고수했다. 만일의 경우, 오로지 그 방향만이 일검의 피해를 최소화시킬 수 있기 때문이었다. 그 방향으로는 마을도 없고 바로 바다로 연결되어 있으니까. 물론 그 방향에 있는 무림맹의 인원들은 미리 대피시켜 놓은 상태였다.

그의 시선은 유검에게로 향했다. 꿰뚫어 버릴 듯 강한 시선이었다.

"너를… 믿는다!"

이 순간 유검은 진삼원의 바람과는 달리 일검을 거둘 생각 따위는 전혀 없었다. 화라는 한 소녀의 죽음이 가져다 주는 감정적 충격은 모든 이성적인 판단을 침묵시켰다.

단지 그러한 결과를 만들어낸 대상을 증오하고 분노할 뿐이었다. 그 존재를 용납하기 힘들었으며, 자신이 한 행위에 대해 처절한 후회가 일도록 해주고 싶었다. 소멸시키고 싶었다. 비록 그로 인해 자신까지 붕괴시키고 말지라도.

그럼에도 불구하고 유검의 마음 한 켠에서는 절대 화의 죽음을 믿지 않았다. 아니, 믿지 않으려 했다. 이는 어리석기 그지없는 미련에 불과한 것으로 보였지만, 믿기 힘든 하나의 기적을 만들어내었다.

두근―

미약하기 그지없는 소리였다. 하지만 유검의 귀에는 천둥 소리보다 더 크게 들렸다. 그녀의 죽음을 믿지 않았기에, 혹여나 하는 마음을 버리지 않았기에 그 소리는 유검의 가슴을 꽉 조이며 스스로의 존재를 과시할 수 있었다.

이 순간 절벽을 반 이상 파고들던 거대한 빛의 기둥은 그 행진을 멈추었다.

두근―

거짓말이요, 환청이라고 악을 쓰던 이성은 이 두 번째 소리마저 부정하지는 못했다. 증오와 분노의 골짜기에 조그만 희망과 기쁨의 싹이 피어올랐다. 그것은 비록 조그맣지만 위력이 대단하여 세상을 모두 삼켜 버릴 듯 날뛰던 빛의 용을 본래 왔던 자리로 되돌아가게 만들었다.

쨍그랑―

유검의 손에서 한천검이 힘없이 떨어졌다.

그렇게 일검은 본래부터 없었던 것처럼 무상(無常)하게 사라졌지만, 그 여력의 추종자들은 아직 유검의 몸속에 남아 있었다. 그리고 먹잇감을 감춰 버린 주인에게 오히려 이빨을 드러내고 있었다. 쉽게 말해 일검을 거둠으로써 남은 여력의 반탁력을 고스란히 받게 된 것이다.

경맥 위로 혈맥들이 튀어 오를 듯 불거져 나왔으며, 피부가 쩍쩍 갈라지면서 시뻘건 속살을 드러내었다. 금방이라도 터져 버릴 듯한 모습이었다.

지독한 고통이 모든 의식을 마비시킬 듯했지만 유검은 아랑곳하지 않았다. 단지 천천히 화 앞에 무릎을 꿇고 앉았다. 그녀의 하얀 가슴에 귀를 대고 조금 전 들었던 소리가 거짓 아님을 다시 확인해 보고자 했다.

두근―

"살아… 있었구나."

지극한 기쁨과 함께 감격의 눈물이 주르르 흘러내렸다.

멈추었던 그녀의 심장이 어떻게 해서 다시 움직이게 되었는가 하는 따위는 중요하지 않았다. 천신(天神)의 보살핌이 있었다고 해도 좋았고, 그녀가 거짓으로 연극을 했다고 하더라도 좋았다. 어떤 이해할 수 없는 황당한 이유라 할지라도 상관없었다.

그녀가 다시 살아날 수만 있다면!

유검은 왼손을 그녀의 머리 백회혈(百會穴)에 대고 오른손을 배꼽 아래 단전(丹田)에 놓았다. 그 후 몸속을 휘감아 도는 기운들을 강제로 읽아매어 부드럽게 그녀에게 불어넣어 주었다. 지극히 평범한 운기요상법(運氣療傷法)이었지만, 이 일이 유검에게 결코 간단하지는 않았다. 몸 안을 휘감아 도는 기운이 여전히 제어되지 않고 있었으니까.

오직 화를 살리기 위해 필사적으로 그 기운들을 다스리는 동안 유검의 육체는 또 한 번의 작은 기적을 일으키고 있었다.

난폭하게 변해 버린 무형검의 추종자들은 십이정경(十二正經)과 기경팔맥(奇經八脈)은 물론 세세한 세맥(細脈)과 팔만사천모공(八萬四千毛孔)에 이르기까지 날뛰지 않는 곳이 없었다. 이는 자연적인 벌모세수(伐毛洗髓)와 같은 효능을 가져다 주었으며, 또한 이를 다스리기 위해 애를 쓰면서 평소 단련시키지 않은 세혈(細穴)과 기혈(奇穴)까지 발견하게 되었다. 이는 야생마를 쫓다가 낯선 길로 들어섰지만 곧 익숙해지면서 자신이 알고 있는 길의 목록을 추가시키는 것과 다를 바 없었다.

그리고 이 모든 것의 결과는 새로운 환골탈태(換骨奪胎)로 이어졌다.

우드득! 뿌드득! 하는 소리들과 함께 뼈마디가 미친 듯 요동하더니 곧 제 위치를 찾았다. 울퉁불퉁 튀어 올랐던 혈맥은 다시 제 갈 길을 찾으면서 퍽! 하고 사라졌고, 쩍쩍 갈라졌던 피부는 허물이 벗겨지고 새살이 돋으면서 백옥의 살결로 변해갔다. 그와 함께 모두 불타 버렸던 머리카락이 새로 솟아났다.

이런 변화를 유검 스스로는 의식하지 못했다.

다만 무의식적으로 얽힌 실타래를 풀어가듯 조심스럽게 전신의 기운을 조절하여 그녀에게 불어넣는 일에 집중하고 있었다. 그리고 지독한 고통 속에서 그녀의 체온과 혈맥의 움직임에 감동하고 있었다. 그녀가 살아 있다는 증거로 느껴졌기 때문이다.

유검은 분명 그녀를 사랑했다고 생각하지는 않았다. 아무리 스스로의 심장이 꽉 조여와 아플지라도 사랑은 아니었다고 생각했다.

하지만 그게 무슨 상관인가?

사랑하지 않았다고 해서 앞으로도 사랑하지 말라는 법이 어디 있는가 말이다. 죽지 않았다는 것, 이렇게 다시 살아나 주었다는 그 하나의 사실만으로도 충분히 감동하고 사랑할 만한 가치가 있는데.

이 순간 화의 몸에서도 새로운 변화가 일고 있었다.

그녀의 부친인 하도광이 장백산의 동굴에서 발견한 장룡 노인의 내단과 신농산장의 장주가 뭐가 뭔지도 모르고 시술해 버린 신비스런 대법(大法)의 비밀이 그녀의 목숨을 되살린 것도 모자라 그 은밀한 싹을 틔우려 하고 있었던 것이다.

자욱하게 끼어 있던 안개들은 절진이 파괴되면서 흩어졌고, 다시 한 여름날의 강렬한 햇살이 분지 위로 쏟아졌다.

짹짹짹…….

절진으로 인해 어떤 작은 생명체도 침범할 수 없었던 이곳 분지 위로 작은 새들이 날아들었다. 분명 되찾은 평화의 숨결을 느꼈기 때문일 것이다.

진삼원은 천천히 유검을 향해 걸어갔다.

그는 형언하기 힘든 묘한 감격에 젖어 있었다.

살아남았다는 것 때문이 아니라, 단지 유검이 스스로 일검을 거둔 사실 때문이었다. 그 행위가 스스로의 자유 의지였는지, 아니면 달리 다른 연유가 있는지는 그다지 의미가 없어 보였다. 중요한 것은 유검이 스스로 일검을 거두었다는 사실 하나이며, 이는 현풍의 우려와 갈등이 최선의 방향으로 나타날 수 있는 가능성을 충분히 보여주었다.

고승(高僧)이 스스로의 몸을 불태우며 해탈의 경지에 드는 모습을 보고 순수하게 감동을 느끼듯 그렇게 유검의 일검을 거둔 행위에 대해 순수하게 찬탄하였다.

"나의 애검(愛劍)을 부숴 버렸으니 보상을 받아야 할 텐데……."

진삼원은 화의 목숨을 빼앗으려 했던 자신의 행위에 대한 반성도 없이 그렇게 뻔뻔스럽게 중얼거렸다. 그 어조에는 기쁨도 함께 담겨 있었다.

우르릉—!

갑자기 들려오는 기관 장치의 소음에 진삼원은 흠칫했다.

그의 시선은 유검 뒤로 분지 한가운데 세워져 있는 전각으로 향했다.

전각의 내부를 가로막던 모든 벽들은 허물어져 갔고 전각 아래에서 하나의 은빛 구체가 천천히 올라오고 있었다. 모든 빛을 반사하며 주변의 모습들을 반질반질한 그 구체 위에 비추고 있었는데, 몇 겹의 만년한철로 만든 쇠사슬이 그 은빛 구체를 고정시켜 놓고 있었다.

"이, 이런……!"

그것을 발견한 순간 진삼원은 다급해졌다.

그 은빛 구체는 최악의 경우를 대비한 마지막 안배였다.

이 은빛 구체는 이곳 금역의 처음이자 마지막이요, 가장 가치있으면서도 위험한 비밀에 속했다. 빛의 원소인 소양력(少陽力)의 정화를 담고 있기에 그 힘이 개방될 경우 세상의 그 무엇도 감당하지 못하고 녹아버리고 만다.

오직 단 하나의 비밀스런 금속만이 이 힘을 가둘 수 있으며, 처음부터 은빛 구체의 형체를 띠고 있었다.

어떻게 해서 만들어진 것인지는 아무도 몰랐다. 처음 그것을 발견했을 때부터 그런 형태였으니까.

오랜 연구 끝에 그 힘의 일부를 개방할 수 있는 방법을 발견했고, 그것이 진가 가문이 독자적으로 발전시킨 독문신공의 근원이 되었다. 그리고 후일 양자로 들어온 맹석천이 전설상의 이협이 될 수 있었던 힘의 바탕이 되기도 했다.

본래 유검이 받았어야 할 세 가지 시험 중 가장 마지막에 쓰여졌을 이 은빛 구체는 수백 년 만에 처음으로 세상에 그 모습을 노골적으로 드러내었다. 그리고 이 일은 말했다시피 최악의 경우를 대비한 마지막 안배였다. 유검이 일검을 거둔 지금에 와서 그 모습을 드러낸다는 것은 결코 예정에 없던 일이었다.

만약 기관 장치가 발동하면 그 은빛 구체가 지닌 힘의 일부가 온전히 개방되어 버린다. 대상이 된 이는 물론 순식간에 녹아버리고 말 것이다. 제아무리 금강불괴라 하더라도 예외는 없었다. 소양력의 정화가 지닌 힘은 그 무엇으로도 견딜 수 없었기에.

진삼원은 전각을 향해 급히 신호를 보내었다. 수신호만으로는 부족하다 여겨 전각 안에 홀로 자리하여 기관 장치를 조종하는 이에게 천리전음(千里傳音)을 펼쳤다.

―어르신! 당장 멈춰주십시오! 지금 당장!

전각 안의 노인이 천리전음으로 답했다.

─나의 자랑스런 후손아, 네 말을 들어줄 수 없구나. 저 아이가 가진 힘은 너무도 위험하다. 네 말을 믿지 않은 것은 아니되 지금에 이르러 내 눈으로 확인하고 보니 절대 이대로 둘 수가 없다.

─자세한 사정은 다음에 말씀드리겠습니다. 지금은 저를 믿어주십시오. 결코……!

─위험하구나, 위험해. 도대체 무엇을 믿어달라는 이야기냐? 만약 저 아이가 한순간 마음이 변한다면 세상은 지옥으로 변해 버릴 것이다. 그것을 어찌 두고만 보란 말이더냐?

─제발 믿어주십시오. 결코 그렇게 변하지 않습니다. 만약의 경우 제가…….

─나는 이미 모든 것을 지켜보았으며, 저 아이가 금강불괴에 이르러 있음을 확인할 수 있었다. 너는 네 이름을 걸고 맹서하려 하나, 저 아이가 이 자리를 벗어났을 때 더 이상 금제시킬 방도가 없다는 것이 나의 판단이니라. 그러하니 이와 같은 나의 결심은 당연한… 엇─!

전각 안의 음성은 갑자기 다급한 비명을 질렀다.

진삼원 역시 하나의 광경을 보는 순간 말문이 막히고 말았다.

은빛 구체가 스스로 진동하고 있었다. 마치 살아 있는 생명체처럼 스스로 진동하고 있었던 것이다.

우두둑─

은빛 구체의 진동이 삽시간에 빨라지더니 자신을 고정시키고 있는 몇 겹의 만년한철로 된 쇠사슬을 끊고 날아올랐다.

우우웅─!

은빛 구체는 오랜 세월 동안 지켜온 침묵의 율법에 반항이라도 하듯 대기의 공기를 불사르며 울부짖었다. 그리고 자석이 서로 끌어당기듯

유검을 향해 빨려들듯이 날아갔다. 아니, 정확히 말하면 육신의 내부
에 새로운 변화를 겪고 있는 화를 향해서였다.

"이, 이럴 수가!"

예상치 못한 이 변화는 그 누구도 예측 못한 가운데 급작스럽게 이
루어졌다.

은빛 구체와 함께 춤을!

은빛 구체와 함께 춤을!

유검의 의식은 화의 몸속에서 피어오르는 생명의 약동에 모두 집중되어 있었다.

살아 있다는 것은 정말로 멋진 일이다!

손바닥을 통해 감지되는 혈맥의 움직임은 어떤 율동보다 힘차고 멋졌고, 하얀 살결은 천상의 비단보다 더 부드러웠다. 천천히 오르락내리락거리는 가슴의 기복은 그녀가 생명 활동을 하고 있다는 증거. 무심히 보고 있노라면 마치 어릴 적 어머니 품속에 있는 듯한 평온함이 느껴졌다.

생명이라는 기적에 새삼 감동했다. 그리고 그런 생명의 기운을 자신이 불어넣어 주고 있다는 것을 자각하니, 마치 화가 자신의 피붙이처럼 여겨져 더욱 사랑스러웠다. 모든 것을 다 주어도 아깝지 않을 듯했다.

이대로 시간이 영원했으면 하는 은밀한 기쁨을 한껏 음미하고 있는

데, 돌연 무인으로서의 본능이 경보를 울렸다. 위험하기 그지없는 무언가가 자신을 향해 맹렬히 전진해 오고 있는 기적을 느낀 것이다.

홈칫 그 기적을 향해 고개를 돌린 유검은 순간 깜짝 놀랐다. 대략 일장(一丈:3미터) 정도의 크기로 보이는 은빛 구체가 자신을 향해 맹렬한 속도로 날아오고 있지 않은가?

이때 진삼원이 사자후(獅子吼)를 내지르며 이곳을 향해 달려왔다.

"피해!"

유검은 그의 말을 듣는 순간 내심 재수없는 놈! 이라고 외쳤다. 은빛 구체의 정체가 단순한 쇳덩어리인지 아니면 화기(火器)나 거대한 암기인지 알 수 없는 상황, 당연히 피하는 것이 옳다. 물론 일 장 정도 크기의 암기가 있다는 이야기는 머리털 나고 한 번도 들어보지 못했다. 피하는 것이 옳으니 일단 유검은 황급히 화를 안고 왼쪽으로 몸을 날려 이 장(二丈) 옆으로 피했다. 다만 자신의 이러한 행동이 마치 그의 말을 쫓은 것처럼 보인 것 같아 불쾌했다. 용서할 수 없는 자에게 호의를 받는 것은 결코 달갑지 않은 일이었으니까.

진삼원에게 한마디 비꼼의 말을 던지려 했지만 그 의도는 성공하지 못했다. 당장 일어난 변화에 먼저 경악하기 바빴다.

유검이 화를 안고 피하는 순간, 은빛 구체는 그 즉시 날아오는 방향을 바꾸었다. 마치 누군가가 보이지 않는 실로 조종하고 있는 것처럼 보였다.

유검은 다시 왼쪽 삼 장 옆으로 몸을 날려 피했지만 은빛 구체는 마치 눈이라도 달린 듯 순식간에 방향을 바꾸어 쫓아왔다. 이 은빛 구체의 속도는 너무 빨랐다. 유검은 더 이상 피할 여유가 없었고, 구체는 이미 지척에 다가와 있었다.

유검은 혹시 누군가 무공이 천인지경(天人之境)에 달한 이가 있어 이 기어검술을 펼치듯 보기에 수십만 근(數十萬斤:수십 톤) 이상은 나가 보일 듯한 이 은빛 구체를 마음대로 움직이고 있는 게 아닌가 하는 황당한 생각이 들었다.

"흥!"

한순간 그럴 리 없다고 냉소를 터뜨리는 그의 신형을 은빛 구체가 깔아뭉개고 지나간 것처럼 보였다.

"이런—!"

진삼원은 유검이 당했나 싶어 깜짝 놀랐다.

하지만 은빛 구체와 충돌하는 순간 화를 안고 있던 유검의 신형은 허깨비처럼 사라지고 수장 밖에 모습을 드러내고 있었다. 본래 그가 있던 자리였다.

"이형환위(移形換位)로군."

진삼원은 그렇게 숭얼거리며 내심 안도의 한숨을 쉬었다.

이형환위(移形換位)라는 보법이나 경신술이 별도로 있는 것이 아니었다. 다만 순간적으로 너무 빨리 움직이게 되면 두 곳에 동시에 신형이 나타난 것처럼 보이는데, 절묘할 정도로 빠른 그 보법에 감탄의 의미로 그런 명칭을 부여했다. 마치 이기어검술이라는 검술은 없지만 그렇게 부르는 것과 같았다.

이번에는 유검이 단순히 피하기만 한 것은 아니었다. 땅에 떨어뜨렸던 한천검이 다시 그의 손에 쥐어져 있었다.

이미 검을 드는 것에 주저함은 없었다.

유검은 조금 전 자신이 펼쳤던 무상검을 통해 사부의 우려가 무엇인지 대략 감을 잡았다. 화라는 한 소녀의 죽음이 주는 충격만큼 자신이 가진 힘은 많은 사람들을 고통스럽게 할 수 있다는 것도 깨달았다. 하지만 아직 일어나지 않은 미래의 일로 자신의 행동을 묶고 싶지는 않았다. 모든 일의 인과응보는 스스로 지면 되는 것. 어떤 결과가 나온다 할지라도 스스로의 의지로 모든 것을 결정하고 싶었다.

유검은 왼팔로 그녀의 허리를 안은 채 오른손의 한천검을 들어 맹렬히 달려드는 은빛 구체를 향했다.

유검은 씨익 사악한 미소를 지으며 중얼거렸다.

"날 쫓기는 토끼로 본 모양인데… 조심하는 게 좋아. 내겐 날카로운 이빨이 있거든."

투명한 검신의 한천검이 돌연 하얀 빛을 발했다. 막강한 내공의 힘이 부여됨으로써 기운이 유형화(有形化)되고 있었다. 검강(劍罡)이나 이기어검술을 펼칠 때면 나타나는 현상이기도 했다.

유검은 태산압정(泰山壓頂)의 수법으로 날아오는 은빛 구체를 향해 검을 내려쳤다.

이 순간 거센 회오리바람이 일더니 곧 압축이 되어 하나의 거대한 방패를 만들었다. 광풍과 예풍, 그리고 아직 이름 붙이지 못한 원형의 문양, 이 세 가지의 힘이 동시에 발휘된 이 현상은 유검이 문양을 의식에 떠올리기도 전에 마음이 일면서 자연적으로 그리되었다. 무엇 때문인지 궐음력을 호흡하거나 팔다리를 움직이듯 자연스럽게 쓸 수가 있게 된 것이다.

이 일은 유검에게 예상치 못한 기쁨을 주었다.

유검이 바람으로 된 거대한 방패를 만든 까닭은 은빛 구체가 반으로 잘라질 경우 어떤 변화가 일어날지 모르기 때문이었다. 은빛 구체가 두 조각 날 경우 어떤 내용물을 쏟을지 누가 아는가. 만약 수만 개의 깃털 같은 암기가 쏟아져 나오거나, 혹은 화기가 폭발하여 파편이 날아오면 화가 다칠 우려가 있기에 급히 이와 같은 바람의 방패를 만들었고 생각보다 손쉽게 일이 이루어져 기뻤던 것이다.

꽈아앙ㅡ!

거대한 바람의 방패 속에서 하얀 광채를 내뿜는 한천검이 은빛 구체를 내려쳤다. 그 순간 거대한 굉음이 울려 퍼졌다. 이어 믿기 힘든 일이 벌어졌다.

수십만 근의 무게를 지니고 무시무시한 기세로 날아오던 은빛 구체가 일검에 격중당하는 순간 오던 속도보다 더 빨리 뒤로 튕겨 나갔다. 겨우 수백 근의 무게에 불과한 유검이 튕겨 나가야 옳지만 오히려 그 반대의 결과가 나온 것은 거대한 내공을 아낌없이 쏟아 부은 한천검에 수백만 근의 힘이 담겨져 있었기 때문이다.

은빛 구체는 유검의 일검에 의해 절반 이상 붕괴되어 있는 절벽으로 튕겨가디니 요란한 소리와 함께 절벽 안으로 파고들었다. 금이 가고 약해져 있던 지반이 붕괴되며 돌덩어리들이 우르르 쏟아졌다.

"꽤 단단한 놈이군."

은빛 구체가 절반으로 잘라지지 않은 사실이 유검은 못마땅했다.

막대한 반탄력에 손 전체가 찌르르했다. 마비된 듯 검을 쥐고 있는 손에 감각이 없을 정도였다.

"도대체 뭘로 만들어졌는지는 몰라도……."

'옛날에 이런 일이 있었지' 라는 식의 평화스러운 어투는 아직 일렀다.

중얼중얼 한마디 평가를 내리려던 유검은 이내 미간에 내 천(川) 자를 그려야만 했다. 절벽 속으로 파고들었던 은빛 구체가 귀찮다는 듯

돌덩어리들을 사방으로 밀어내며 조금 전보다 더 빠른 속도로 날아오고 있었다. 그 모습은 마치 은빛 구체가 살아 있는 생명체처럼 화를 내고 있는 것으로 보여졌다.

은빛 구체는 마치 탐색이라도 하듯 유검과 삼십여 장의 거리를 둔 채 허공에 둥실 몸을 세웠다.

우우웅―!

분노를 발하듯 이상한 소리를 내고 있었다.

유검은 자신의 일검에 조금도 손상이 없는 은빛 구체의 모습을 보고 곤혹스러웠다. 어떻게 상대할지 일순간 방법이 떠오르지 않아 난감했던 것이다.

만약 무상검을 펼친다면 파괴가 가능하리라 생각했지만 현재 그 일은 불가능했다.

분명 지금도 그 일검의 감각은 생생하게 남아 있고 천천히 의식을 모은다면 다시 펼칠 수 있으리라. 하지만 어떤 일이 벌어질지 모르는 이와 같은 상황에서 '천천히' 란 단어는 지극히 위험했다.

게다가 그 일검의 위력은 상상을 초월했고 아직 자신의 의지로 다스릴 수 없었다. 이는 어린아이가 자기 키보다 더 큰 도끼를 어설프게 휘두르는 것처럼, 전혀 마차를 몰 줄 모르는 애송이가 함부로 말을 채찍질하며 사두마차를 모는 것처럼 지극히 불안하고 위험한 일이었다. 상대에게도 자신에게도.

진삼원은 뭐라 조언해 줄 말이 없어 멍청히 있었다.

그는 천리전음으로 전각 안의 어르신에게 말했다.

―어떻게 된 겁니까? 빨리 멈춰주십시오. 이 상태로는…….

―…내가 움직이는 게 아니다. 나도 뭐가 뭔지 도통 알 수가 없구나.

─그렇다면 스스로 움직인단 말씀입니까? 그게 말이 되…….

이때 은빛 구체에 금이 생기더니 순식간에 여덟 조각으로 갈라졌다. 이와 함께 여덟 개로 된 삼각형의 팔 사이로 하얀 빛의 속살이 드러났다. 그 빛은 너무도 강렬하여 보는 이의 망막을 태워 버릴 듯했다. 약간 보라색이 감도는 것 같기도 했다.

진삼원의 안색이 급변했다.

"피……."

피하라는 소리를 외치기 전에 유검 역시 뭔가 심상치 않다고 여기고 있었기에 변화가 이는 순간 본능적으로 몸을 뒤틀며 그 자리를 벗어났다.

쏴아앙―!

하얀 빛의 기둥이 그 은빛 구체의 속살에서 뿜어져 나왔다. 빛과 같은 속도였기에 미리 피하지 않았다면 틀림없이 격중당했을 것이다.

유검이 있던 자리는 하얀 빛의 기둥이 도달하는 순간 용암이 되어 부글부글 끓어올랐다.

어이없기도 하고 황당하기도 한데 불평을 털어놓을 여유는 없었다. 혹시나 싶어서 유검은 황급히 자리를 이동했고, 간발의 차이로 또 다른 빛의 기둥이 쏟아져 나와 그 자리를 용암으로 만들었다.

계속해서 자리를 이동시키며 피하던 유검은 화가 났다.

"흥, 내가 결코 얌전하지 않다는 사실을 보여줘야겠군."

한천검이 강렬하게 빛을 내뿜더니 은빛 구체를 향해 쏜살같이 날아갔다. 이기어검술이었다.

은빛 구체는 위험을 느낀 듯 여덟 개의 삼각형으로 된 팔을 잽싸게 거두어들였다. 언제 그랬냐는 듯 금이 간 흔적조차 사라져 버리고 맨

들맨들한 광채를 발하고 있었다.

깡—!

한천검은 은빛 구체에 부딪치는 순간 허무하게 뒤로 튕겨나야만 했다. 무쇠를 두부 자르듯 하는 한천검에 막대한 내공이 담겨져 이기어검술로 날아가 부딪쳤는데도 불구하고 은빛 구체에 조그만 흠집 하나 낼 수가 없었다.

그래도 위안이 되는 것은 이상한 하얀 광선을 내는 모습은 미연에 막을 수 있다는 사실이었다.

한천검이 날파리처럼 주위를 맴돌자 은빛 구체는 자신의 속살을 드러내는 것을 두려워했다. 은빛 구체는 더 이상 하얀 광선을 내뿜고자 하는 의도를 버리고 작전을 바꾸었다. 육탄 공세로 다시 전환한 것이다.

은빛 구체가 한천검이 자신을 두들기든 말든 무지막지하게 달려들자, 유검은 내심 한숨이 나왔다.

도대체 상대할 방법이 없었다.

심령으로 연결된 이기어검술을 펼치면서 자유자재로 움직이기는 힘들기에 유검은 일단 한천검을 회수했다.

그리고 허공으로 몸을 솟구쳐 피하면서 화가 나 소리쳤다.

"천하제일검이란 이름이 울겠습니다! 싸우고 싶다면 싸웁시다! 하지만 이게 뭡니까? 이딴 걸로 절 괴롭힐 생각이라면……."

진삼원은 황급히 변명했다.

"오해네. 저놈은 우리가 조종하는 게 아니야."

유검은 계속 춤을 추듯 피하면서 따져 물었다.

"그렇다면 전혀 상관없다는 말입니까? 갑자기 하늘에서 뚝 떨어지기라도 했습니까? 아니면 땅속에서 솟아나기라도 했나요?"

"땅속에서 솟아난 건 맞네만……."

"농담하시는 겁니까?

"……."

화가 나서 버럭 소리 지르는 유검의 말에 진삼원은 말문을 닫았다.

본래 어떤 상황에서도 변명하기보다는 오해하도록 놔두는 것이 오만하기 그지없는 그의 성격에 맞는 행동이었다. 그러니 더 이상의 해명은 그의 성격상 불가능했다.

진삼원 역시 화가 나 있었다.

최선의 방향으로 결말이 난 것에 마음 뿌듯함을 느끼고 있었는데, 돌연 이러한 지경이 되다니! 과연 누구의 잘못이란 말인가?

성급한 결정을 내린 전각 안의 어르신네에게 불만을 가졌지만, 그렇다고 책임을 회피할 생각은 없었다. 애당초 일을 이렇게 몰고 간 근원적인 시초는 자신에게 있었으니까.

진삼원은 바닥에서 한 움큼 풀을 뜯었다. 진기를 불어넣어 허공에 대고 뿌렸다. 풀잎들은 쏜살같이 은빛 구체를 향해 날아가더니 순식간에 사방을 포위해 버렸다.

따땅— 따다당—!

각 풀잎들에 담겨진 힘은 그렇게 크지 않았지만 연속으로 은빛 구체의 모서리를 때림으로써 움찔하며 방향을 틀게 만들었다.

진삼원은 허공으로 몸을 숫구치며 전각 안의 어르신네에게 천리전음으로 외쳤다.

─부탁합니다! 천기은둔진(天機隱遁陣)을!

진삼원은 다시 진기를 담은 풀잎들을 뿌렸다.

따땅— 따다다다당—!

뜻밖의 일격에 잠시 움찔하는 사이 진삼원은 은빛 구체를 향해 떨어져 내렸다. 그리곤 웅후한 내공이 담긴 장력을 쏟아 부었다.

꽝—!

결코 급소의 일격은 아니었지만 잠시 은빛 구체를 비틀거리며 땅으로 물러서게 만들기에는 충분했다.

갑자기 땅에서 형형색색의 깃발을 단 창들이 일시에 솟구쳤다. 길이는 제각기였다. 깃발을 단 창들은 전체적으로 은빛 구체를 중심으로 하여 대체적으로 원형을 이루고 있었는데, 모두 백여덟 개였다.

사라졌던 안개가 다시 은빛 구체를 중심으로 자욱하게 깔렸다.

은빛 구체는 빠져나오려는 듯 좌충우돌했으나 마치 보이지 않는 그물에 갇힌 듯 깃발을 단 창 안에서만 맴돌 뿐이었다.

"휴우……."

이제야 겨우 여유를 가지고 유검은 땅으로 내려섰다.

허공답보(虛空踏步)에 육지비행술(陸地飛行術), 그리고 이형환위(移形換位) 등등 유검에게서 전설적인 경신술의 경지가 화려하게 펼쳐졌었지만 그 누구도 감탄하지는 않았다. 어차피 도망치는 기술에 사용되었을 뿐이니까.

유검은 한천검을 혁대처럼 허리에 두르고 나서 두 팔로 화를 안았다. 그리고 진삼원을 향해 비꼬듯이 말했다.

"자, 이제 설명을 들어볼까요?"

진삼원은 눈살을 찌푸린 채 고개를 저었다.

"그럴 시간이 없네."

그는 눈짓으로 은빛 구체를 가리켰다. 은빛 구체는 또다시 하얀 빛의 속살을 드러내며 바닥과 주위를 향해 마구 광선을 뿌려대었다. 이에 땅이 녹아 시뻘건 용암이 되어 흘렀다.

진삼원은 혀를 차며 말했다.

"진이 파괴되는 건 금방일 듯하니 지금 미리 피해두는 게 좋을 것 같군."

유검의 얼굴 근육이 일그러졌다. 지긋지긋한 표정을 감추지 못했다.

한마디 날카롭게 쏘아붙이고 싶었지만 유검은 그럴 여유를 얻지 못했다.

천기은둔진은 결국 썩은 동아줄밖에 되지 않았는지 은빛 구체는 우리를 탈출한 맹수처럼 자욱한 안개 속에서 맹렬하게 튀어나왔다.

이런 모습을 보는 순간 내뱉을 수 있는 말은 지극히 한정되어 있었다.

"제엔—장!"

유검은 목청껏 소리 높여 젠장을 반복해서 외치며 은빛 구체의 육탄 공세를 피해 허공으로 몸을 솟구쳤다.

진삼원이 해줄 수 있는 말 역시 한정되어 있었다.

"죽지는… 마라."

유검은 자신에게 남은 방법은 단 하나뿐임을 깨달았다. 우선 진삼원에게 강렬한 살의의 눈빛을 보냈다. 언젠가는 반드시 이 빚을 갚겠소! 라는 의미가 담겨 있었다. 그 다음에는 미련없이 도망치기 시작했다.

아무리 처치 곤란해도 어차피 은빛 구체는 조금 힘센 강아지와 다를 바 없다고 생각했다. 위험하기는 하지만 사람 같은 지혜가 있을 리 없다. 달아나는 동안… 아니, 잠시 피신하는 동안 지혜를 발휘해 반드시 묘안(妙案)을 떠올릴 수 있을 것이라고 믿었다. 청산이 있는 한 땔감 걱정은 없는 것처럼 군자의 복수는 십 년도 늦지 않다고 내심 중얼거렸다. 물론 배가 고픈 거지가 개에게 엉덩이를 물려 쫓기면서도 맛있는 개의 요리법을 상상하는 것처럼 지금으로써는 스스로 위안해 보는 말에 불과했다.

유검은 마치 춤을 추듯 좌우로 몸을 피하면서 전부 밖으로 달아났는데, 그 모습은 마치 은빛 구체와 함께 숨바꼭질을 하는 것처럼 보였다.

"휴……."

유검과 은빛 구체의 모습이 사라지자 진삼원은 장탄식을 토해냈다. 살아오면서 지금처럼 무력감을 느끼기는 처음이었다. 일검구주섬, 천하제일검, 자신에게 붙여진 외호가 부끄럽기 짝이 없었다.

기이잉— 하는 기관 장치가 돌아가는 소리와 함께 전각 안에서 한 사람이 올라오고 있었다. 대춧빛처럼 붉은 동안에 희다 못해 은빛이 감도는 백발의 노인이었는데, 티끌 하나 묻어 있지 않은 듯한 백삼(白衫)을 입고 있었다.

하얀색 일색의 노인은 천천히 주위를 둘러보았다.

절반 이상이 파괴된 절벽들과 여기저기 용암이 되어 흐르는 곳들을 바라보는 그의 시선에는 안타까움이 묻어 나왔다.

진삼원은 그에게 다가가 정중히 포권을 취했다.

"우리의 금역이… 이렇게 변해 버리고 말았구나. 이렇게……."

백발노인은 창노한 음성으로 안타까운 듯 그렇게 말했다.

진삼원은 뭐라 할 말이 없었기에 묵묵히 있었다.

백발노인은 한참 동안 유검과 은빛 구체가 사라진 방향을 올려다보다 돌연 낯빛을 굳히며 말했다.

"하여간 그놈은 절대 가만두어서는 안 된다."

진삼원은 내심 신음 소리를 삼켰다.

이 백발의 어르신은 한번 결정을 하면 결코 물러서지 않는 성격이라는 것을 익히 알고 있었기 때문이다. 옳은 일을 실천함에 있어 어떤 역경에도 굴하지 않는 반면, 타인의 생각을 전혀 존중해 주지 않는 편협함 또한 가지고 있었다.

그렇게 한평생을 살아온 그의 이름은 맹석천, 무림맹의 창시자이자 초대 맹주이기도 한 그를 세상은 전설상의 이협 중 하나로 손꼽았다.

진삼원은 어르신의 기분을 상하지 않도록 조심하며 말을 꺼냈다.

"너무 성급하신 결정입니다."

"성급?"

즉각 튀어나온 반문.

진삼원은 자신의 말이 결국 어르신네의 기분을 거스른 모양이라고 내심 혀를 찼다.

"너도 보았지 않느냐?"

맹석천은 반 이상 무너진 절벽을 손가락으로 가리키며 어이없는 표정으로 소리쳤다.

"그런 검법 따위가 왜 세상이 있는 것이냐? 도대체 말도 안 되지 않는가? 그런 건 천리(天理)를 거역하는 짓일 뿐이야!"

이럴 때 끼어들지 않는 것이 현명하다는 것을 알고 있었기에 진삼원은 묵묵히 듣기만 했다.

"세상에는 숨겨진 힘이 있다. 육경천(六驚天)이라고 하지. 그 힘이 온전히 발휘되어 세상에 나온 적은 아직 없다. 우리 가문의 소양력(少陽力) 역시 그 힘의 일부만 얻었을 뿐이다. 근데 그놈! 그놈은 육경천 중의 궐음력(厥陰力)을 얻은 것 같더군!"

음성은 점점 커져 갔다.

"더 용납하기 힘든 것은!"

숨소리마저 거칠어졌다.

"설사 궐음력뿐 아니라 육경천 모두의 힘을 얻는다고 하더라도!"

빠드득─!

맹석천은 무너진 절벽을 보며 이빨까지 갈았다.

"저따위 빌어먹을 위력은 불가능해! 절대로 불가능하다구! 그러니까 저런 검이 있을 리가 없어! 가능하지가 않아! 근데 왜……!"

주먹까지 쥐고 흥분했지만 맹석천은 전설상의 기인답게 한 모금 숨을 돌림으로써 급속도로 냉정을 되찾았다. 최소한 겉으로는 그렇게 보였다.

침착하게 진삼원에게 명을 내렸다.

"형아(亨阿)를 이곳으로 불러라."

맹석천이 말하는 형아는 진삼원의 형이자 현 무림맹주인 진삼형을 말하는 것이었다.

맹석천은 냉정하게 끊어 말했다.

"요행히 그놈이 살아남는다면, 오늘의 일로 우리에게 원한을 가질 것이 틀림없다. 그놈이 가진 능력으로 보아 마교와의 일은 오히려 작은 것이 되어버렸다. 지금부터 무림맹의 모든 힘을 기울여서 그놈을 없애야만 한다!"

진삼원은 어이가 없어 입이 딱 벌어졌다.

"어, 어르신!"

"어서 불러오지 못하겠느냐! 어서!"

추상같은 위엄이 어려 있었다.

진삼원은 고민고민하다가 결국 알고 있는 사실을 꺼내놓았다.

"그 청년의 이름은……."

맹석천은 날카로운 안광으로 진삼원을 잡아먹을 듯 쏘아보았다.

진삼원은 내심 과연 이게 잘하는 짓인가 갈등하면서도 어차피 알게 될 것이라는 판단에 말을 이었다.

"…유검입니다."

맹석천은 잠시 얼굴 표정에 변화가 없었다. 갑자기 익숙하면서도 도저히 들어서는 안 될 이름을 들었을 때, 그 충격의 표현을 어찌해야 할지 모르기에 그리된 것이다.

"…유검?"

가볍게 반문하는 것으로 인지도를 높인 순간, 점차 그의 얼굴 표정이 변해갔다. 처음에는 마치 도자기에 금이 가듯 각각의 얼굴 근육이 틱틱거리면서 움직였는데 나중에는 인정사정 볼 것 없이 와락 구겨져 버렸다.

"그 말코도사 놈의 제자… 라고 말하고 싶은 게냐?"

맹석천은 자신의 말을 하나하나 확인하기라도 하듯이 또박또박 말을 끊으며 그렇게 물었다.

"운송 어르신께서 말년에 거두신 애제자의 이름이 유검입니다. 그리고……."

"잠깐!"

맹석천은 진삼원의 말을 급히 가로챘다. 절대 자신의 귀로 들어서는 안 될 내용이 튀어나올 것 같아서였다.

"본래 그 말코도사 놈이 말하는 무상검이니 뭐니 하는 것은 전혀 불가능한 경지다. 말도 안 되는 헛소리에 개방귀 같은 소리란 것이지. 제멋대로 무공의 경지를 나눠놓고서는 이렇다 저렇다 마음대로 이름을 붙이는 것은 지극히 독선적이면서도 천박하기 그지없는 일임과 함께 지닌 바 무학의 옅음을 드러내는 일이다. 그런 그의 말을 네가 조금이라도 믿었다면 너의 식견 역시 형편없는 것이 되고 만다. 알겠느냐? 매일 헛소리만 지껄여 대는 말코도사 놈의 이야기는 절대⋯⋯!"

이야기가 이어져 갈수록 진삼원을 바라보는 그의 눈빛은 활활 타올랐다. 실제 그가 바라보는 대상은 진삼원이 아니라 오래전 기억 속에 함몰되어 있는 한 청수한 중년인의 얼굴이었다.

히죽 웃는 그의 얼굴이 너무도 선명하게 떠오르자 맹석천은 기분이 불쾌해졌다. 그 얼굴은 유검의 사부 현풍이었다. 본 도호는 운송, 세인들이 맹석천과 함께 이협으로 그를 칭하고 있었다.

맹석천은 그를 지극히 싫어했다.

본래 그에게 자신의 가문이 커다란 은혜를 입은 바가 있어 어쩔 수 없이 한 수 양보해야 한다는 사실부터 기분 좋을 리 없는 데다가 유아독존적인 자신과 유일하게 비교 대상이 되면서 더욱더 '싫은 놈'이 된 것은 당연한 귀결이다. 하지만 정말로 싫어지게 된 직접적인 계기는 따로 있었다.

마교의 발호로 인해 천하의 무림영웅들을 모아 한바탕 커다란 대회를 열게 되었을 때였다. 맹석천은 좌중들 앞에 나서서 마교의 무리들을 싸그리 몰아내고 강호의 정의와 평화를 세우자는 열변을 토하고 있었다.

그때 맹석천은 분명 좌중의 모든 사람들의 시선이 자기에게로 모아져 있음을 알았고, 자신이 토해내는 말 한마디 한마디가 그들의 가슴에 협객혼(俠客魂)을 불사르게 만들고 있다고 믿었다.

그런데 버릇없게도 누군가 한 놈이 어슬렁거리며 대청 안으로 들어 왔다. 운송이었다. 그 순간 좌중은 웅성웅성거렸다. 무당파의 도사들이 먼저 일어나 예를 취하고 친분있던 이들도 아는 체를 하며 한마디씩 하는 바람에 좌중은 시골 장터처럼 시끌벅적해졌다.

이때 맹석천은 운송의 행동이 분명 고의였다고 믿었다.

뒤늦게 들어왔으면 조용히 앉아 자신의 열변을 조용히 경청할 일이지 왜 사람들을 향해 요란스레 포권지례를 취하며 인사 따위를 하냔 말이다. 게다가 그렇게 자신의 열변을 방해한 것만으로도 모자라 히죽 웃으면서 아무렇지도 않게 술이나 한잔 마시고 보자며 사람들을 선동해 버리다니!

당연히 천하 무림영웅들이 모여서 강호의 기치와 협객혼을 불살라야 할 그 자리는 시골 장터의 술판으로 변해 버리고 말았다.

결정적으로 운송은 사람들을 모아놓고 그에게 술을 권했으며, 맹석천은 어정쩡하게 웃으며 술잔을 받아 마셨다. 그에게 가문의 은혜를 입은 바가 있으니 그렇게 행동할 수밖에 없었다.

이 하나의 사실만 보더라도 망나니 도사와 타협을 하고 말았다는 굴욕감을 떨쳐 버리기 힘들었는데, 그보다 더 황당했던 것은 자신이 술을 마시고 난 다음 만족한 표정으로 커억! 하고 트림을 했다는 사실이었다.

트림이라니!

아무리 근 한 시진(一時辰:2시간)에 이르는 대열변을 토해낸 후라 목이 말라 있었다고는 하지만, 그래서 그 한 잔의 술이 마치 감로수(甘露水)처럼 달콤하기 그지없었다고는 하지만 트림을 하다니!

천하 무림영웅들이 모두 엄지손가락을 치켜세우며 우러러보는 자신이 사람들 앞에서 '트림'이라는 지극히 비상식적이면서도 천박해 보이는 행동을 했다는 것을 믿을 수가 없었다. 그 정도 트림 따위야 약간의 진기만 끌어올려도 삼매진화(三昧眞火)로 완전히 소멸시켜 버릴 수가 있었는데, 자신은 왜 그런 짓을 하고 말았단 말인가!

맹석천은 그날의 모든 것이 운송의 치밀하기 그지없는 음모였다고 믿었다.

훗날 여전히 웃는 얼굴로 운송과 만났지만, 그날의 원한은 절대로 잊지 않았다. 그와 무공에 대해 많은 이야기를 나눈 적이 있었지만, 당연히 그의 식견에는 절대 승복할 수가 없었다.

특히 무상검이니 뭐니 하는 허황된 이야기는 두말할 나위도 없었다. 그런 이야기를 태연하게 내뱉는 그의 얼굴에 혹시 철판이 깔려 있지 않았나 의심할 정도였으니까.

그런데 지금에 이르러 난데없이 그 운송의 이름이 거론되다니!

맹석천은 냉소했다.

"흥, 그놈이 제자를 거둬들여 봤자 제대로 된 놈이 나올 리가 없지. 도대체가 매일 어린애 같은 짓만 벌이고 또 도사 놈 주제에 미인(美人)은 얼마나 밝히는지! 어쨌든 그 말코 놈의 제자고 말고 간에 그 애송이 놈은 그냥 둘 수가 없다! 무당파 전체와 싸우는 한이 있더라도! 절대……!"

이때 꽝─ 하고 벼락치는 듯한 폭음이 들려왔다. 소리가 들려온 곳은 십방진이 펼쳐져 있는 입구 쪽이었다.

맹석천은 눈살을 찌푸리며 중얼거렸다.

"이건 화약이 터지는 소리군. 꽤 강력한 것 같은데… 수호삼령(守護三靈)은 도대체 무엇을 하고 있지? 누가 화약을 터뜨리도록 가만히 내버려 두다니!"

뭉게뭉게 하늘로 피어오르는 검은 연기를 보고 맹석천은 고개를 갸웃거렸다.

"…꽤 강력한 화력이군. 마치 벽력문의 진천뢰 몇 개를 한꺼번에 터뜨린 것 같아 보일 정도야."

묵묵히 듣고만 있던 진삼원이 곤혹스러운 표정을 지으며 말했다.

"그렇게 보이는 게 아니라 사실이 그런 것 같습니다."

맹석천은 이 녀석이 무슨 말을 하냐는 듯 두 눈을 껌뻑거렸다. 진천뢰는 벽력문에서만 만들어진다. 벽력문에서 무림맹을 공격하다니 있을 수 없는 일이 아닌가.

진삼원은 골치 아픈 표정으로 자신이 알고 있는 몇 가지 사실들을 마저 털어놓았다.

"우선 현 벽력문의 문주가 유검의 동생이 된 것 같습니다. 어제부터 오빠를 내놓으라고 여기저기 돌아다니며 원로원의 장로들을 괴롭히더니… 결국 여기까지 왔군요. 음… 만약 유검에게 무슨 일이 생긴다면 무림맹 전체를 날려 버리겠다고 협박하더군요. 예전에 보신 적이 있으니 아실 테지만, 그 녀석은 정말로 실행에 옮길지도 모릅니다."

"……!"

맹석천은 뜨악한 표정이 되었다.

"그리고 또 이상한 점이 하나 있는데……."

진삼원은 그답지 않게 한참을 머뭇거리다가 말을 꺼내놓았다.

"일월쌍괴가 그의 하인이 된 것 같습니다."

맹석천은 천하에서 가장 기이한 이야기를 듣는 소년처럼 순진하게도 반문조차 못하고 눈동자만 데굴데굴 굴렸다.

'이 녀석이 지금 무슨 이야기를 하고 있나?'

맹석천은 그렇게 생각하며 진삼원의 얼굴을 유심히 살폈다. 혹시 주화입마(走火入魔)당해 정신이 오락가락하는 것은 아닌가 걱정해서였다.

벽력문의 일은 일단 억지로나마 뒤로 젖혀두고 일월쌍괴가 누구던가? 자신과 같은 배분의 노괴물들 아니던가.

본래 무공초식의 교묘함에서나 내공의 심후함에서나 일 대 일로는 절대 적수가 될 수 없었기에 자신의 이름과 같이 불리우는 것을 지극히 싫어했다. 그럼에도 불구하고 어릿광대 둘이 자신의 이름과 어깨를 나란히 하도록 내버려 둘 수밖에 없었던 이유는 극히 드물게 펼쳐지는 그들의 합격진(合擊陣) 때문이었다. 이때만은 맹석천이 둘이라고 하더라도 결코 이길 수가 없었다.

그래서 희로애락(喜怒哀樂)을 예측하기 힘든 그들의 기행에 골치 아파하면서도 어쩔 수 없이 못 본 척 고개 돌릴 수밖에 없었다. 나는 너희들을 상관 않을 테니 우리 일에는 상관하지 말아다오, 라는 태도였다.

수십 년 동안 듣지 못해 곰팡내가 낀 그 이름을 왜 여기서 들어야 한단 말인가? 게다가 누구의 하인이 되었다는 이상한 이유가 달린 채로. 그것도 반드시 주살해야 된다 주장하고 있는 놈의 이름 앞에.

진삼원의 짤막한 이야기를 듣고 과연 그렇게 되었구먼 하고 고개를 끄덕인다면 오히려 그게 이상할 것이다.

맹석천은 근 이십여 년 이상을 이곳 금역에 있으면서 세속의 일에 상관하지 않았기에 강호에 떠도는 소식 등은 아무래도 어두울 수밖에 없었다. 당연히 유검에 대한 이야기도 듣지 못한 상태였다.

맹석천은 걱정스러운 표정으로 물었다.

"자랑스런 나의 후손아, 너는 지금 네가 하고 있는 말의 내용을 알고 있느냐? 아무래도 네가 너무 무학에만 전념하다 보니 심마(心魔)에 든 모양이다. 너를 친히 진맥해 볼 터이니 나를 따라오너라."

실제로 어정쩡한 미소를 짓고 있는 진삼원의 손목을 이끌고 전각 쪽을 향하려는데,

꽈―앙!

좀 전보다 더 큰 폭발음이 들렸다. 폭발로 인한 땅의 진동이 여기까지 느껴질 정도였다. 연이어 내공이 실린 괴성도 함께 울려 퍼졌다.

"크아악―! 어서 주인님을 모셔와라!"

"왁! 왁! 왁! 네놈들 말은 내 눈으로 확인하기 전에는 도저히 믿지 못하겠다!"

맹석천은 악을 쓰는 그 음성이 수십 년 전에 기억해 둔 두 명의 어릿광대의 것과 같다는 것을 곧 깨달았다. 확인시켜 주기라도 하듯이 두 노괴의 악을 쓰는 목소리가 다시 들려왔다.

'주인님?

맹석천은 그 말을 듣는 순간 힘이 쭈욱 빠지는 것을 느꼈다. 진삼원의 손목을 잡고 있던 손이 저절로 풀어졌다.

허탈한 시선으로 진삼원을 돌아보던 맹석천은 갑자기 골치가 지끈거려 왔다.

제일 싫어하는 놈의 제자에, 까다롭기 그지없는 벽력문주의 오빠, 골치 아픈 두 노괴의 주인, 거기에 금강불괴의 몸과 상당한 수준의 궐음력, 게다가 황당하기 그지없는 위력의 일검을 덤으로 지녔다.

이 모든 것을 하나로 합친 인간이 있다는 사실을 과연 인정해야 옳

은지 어떤지 갈등에 휘말렸다.

여러 가지 사고 과정을 거쳐 이 모든 것을 인정하기로 한 순간, 맹석천의 얼굴에서 활기가 사라졌다. 갑자기 수십 년의 세월이 흘러 힘없이 늙어버린 듯했다.

맹석천은 진삼원에게 힘없이 물었다.

"내가 그 녀석에 대해 알아야 할 사실이 또 있느냐?"

"……."

진삼원은 묵묵히 고개를 저었다.

사실 그는 유검의 치명적인 약점을 알고 있었다.

'정(情)'이었다.

처음 만났을 때부터 그러했지만 오늘 그의 행동을 보아도 그 점은 명백했다. 만약 사매 여문의 목에 칼을 들이대고 위협하면 유검은 어떻게 할 것인가? 서슴없이 검을 버리고 투항할 것이다.

하지만 이런 행위는 양날의 검과 같다. 유검이 가장 위험해질 수 있는 경우이기도 했으니까.

만에 하나라도 그 일로 인해 유검이 비정해지게 된다면 과연 무엇으로 그의 행보를 막을 수 있다는 말인가. 막대한 힘을 가진 자가 억제력을 상실하게 되었을 때 그 결과는 참으로 참혹하기 이를 데 없을 것이다.

진삼원은 이 점을 꿰뚫어 보았기에 맹석천에게 자신이 알고 있는 바를 숨겼다.

길고 긴 하루가 저물어가고 있었다.

간헐적으로 들려오는 진천뢰의 폭음 소리가 이상하게도 자장가처럼 포근하게 들렸다.

진삼원은 맹석천에게 말했다.

"일단 해결을 해야겠군요. 다녀오겠습니다."

힘없이 고개를 끄덕이는 맹석천을 뒤로하고 입구로 걸어가는데, 저 멀리 남쪽 하늘은 몰려오는 태풍으로 서서히 검게 물들어가고 있었다.

第五章

지독한 추격전

산세가 너무 험하여 기러기가 한숨을 내쉬며 날개를 접는다고 하여 안당산(雁蕩山)이라 불리는 이 고래의 명산(名山)은 기봉(奇峰)과 폭포, 동부(洞府:골짜기)가 많아 삼절(三絶)로 불리우며, 절강성(浙江省) 가장 남단에 자리하고 있다.

호수(湖水)와 담(潭:못)이 많아서 항상 짙은 구름과 안개로 환상만태한 절경을 연출하며 고아한 아취를 자아내던 곳이었는데, 난데없이 난폭한 침입자들이 쳐들어왔다.

가파르게 솟아 있는 봉우리와 그 주위로 띠를 두르듯 감싸고 있는 구름을 뚫고 소녀를 안은 한 인영이 훌쩍 날아올랐다.

그는 봉우리를 올라오자마자 건너편의 좁다란 협곡을 향해 뚝 하고 떨어져 내렸다. 그 뒤로 둘을 채 헤아리기도 전에 불쑥 나타난 은빛 구체가 튀어나온 바위를 거칠게 헤치며 맹렬한 속도로 쫓아갔다.

남쪽 하늘은 몰려오는 태풍 탓에 절반 이상이 먹장구름으로 뒤덮였
고, 벌써부터 불어오는 거친 바람에 협곡을 뒤덮는 구름과 안개는 급류
처럼 흐르고 있었다.

투두둑—!

빗방울도 한두 방울씩 떨어지기 시작했다.

첨벙!

유검은 화를 안은 채 커다란 물방울을 튀기며 협곡 안을 흐르는 깊
은 급류 속으로 뛰어들어 이미 보아두었던 돌출된 바위 뒤로 몸을 숨
겼다. 물살의 흐름이 급박하기는 했지만 그곳이라면 어렵지 않게 견딜
수 있었다.

은빛 구체는 그 뒤를 쫓아 바로 급류 속으로 뛰어들었다. 하지만 유
검에게 다가가기도 전에 거세게 밀려오는 급류의 수압에 떠밀려 협곡
의 절벽에 거칠게 부딪쳤다.

은빛 구체는 몇 번이고 발버둥 치며 유검에게 다가오려 했지만, 호
호탕탕 몰아닥치는 물살의 흐름을 헤쳐 가기에는 일 장(一丈:3미터)이
나 되는 그의 몸체가 너무 크고 거추장스러웠다.

물속에서 유검은 화의 입술에 숨을 불어넣으며 그런 은빛 구체의 행
동을 유심히 관찰했다. 달콤하기 짝이 없는 입맞춤이어야 할 테지만,
화는 아직 정신을 차리지 않았고 느긋하게 음미하기에는 상황이 너무
다급했다.

은빛 구체는 드디어 포기했는지 훌쩍 하늘로 날아올랐다. 그리고는
다시 구체의 몸에 세 가닥의 금이 그어지더니 곧 여덟 개의 둥근 삼각
팔을 좌우상하로 펼쳐 냈다.

하얀빛의 알몸이 드러났다. 그것이 무엇을 의미하는지 알고 있었지

만 유검은 냉정하게 지켜볼 뿐 움직이지 않았다.

쏴아앙—!

갑자기 대기가 불타오르는 기이한 소리와 함께 은빛 구체에서 하얀 빛의 기둥이 뿜어져 나왔다. 그것은 유검을 향해 똑바로 날아오는 것처럼 보였지만 한참 벗어난 곳에 격중되었다.

좁은 협곡 안에 자욱한 수증기가 피어올랐다.

유검의 눈빛이 날카롭게 반짝거렸다.

'역시……'

유검이 여기까지 도망치면서 꾸준히 스스로에게 물었다. 은빛 구체는 어떻게 자신의 종적을 쫓아올 수 있는가? 빛? 소리? 냄새? 과연 무엇을 통해 자신의 존재를 인지하고 쫓아오는 것일까?

숲으로 달아나 보기도 하고, 바윗덩어리를 굴려 기척을 감춰보기도 하고, 호수로 도망쳐 보기도 하면서 은빛 구체를 관찰한 결과 내린 결론은 '그냥 삼지(感知)한다'였다. 어떻게 된 영문인지는 몰라도 자신이 달아나는 곳을 어떤 상황에서도 귀신처럼 알아내는 것이다. 그리고 때로는 육탄 공격으로, 때로는 무시무시한 빛을 쏘면서 뒤를 쫓았다.

그 빛이 빗나간 경우는 단 한 번 있었다. 서호의 호수로 잠수해 들어갔을 때였다. 하지만 은빛 구체가 물속으로 따라 들어와 빛을 쏘았을 때는 다시 조준이 정확해졌다.

이로써 두 가지는 확실해진 셈이었다.

보는 것과는 상관없이 자신이 있는 위치를 정확히 파악해 낸다는 점, 그리고 그 무시무시한 위력을 지닌 빛이라 할지라도 수면을 통과할 때는 굴절된다는 점.

그때부터 유검은 협곡의 계곡을 찾아다녔다. 은빛 구체가 접근하기 힘들 정도로 거친 급류가 흐르는 계곡을. 다행히도 자신의 생각이 어긋나지 않아 이곳 계곡의 급류 안에서는 은빛 구체의 육탄 공격도, 빛 공격도 더 이상 효력을 가지지 못했다.

물론 여기서는 숨을 쉴 수 없으니 오래 있을 수는 없다. 그래도 조금이나마 생각을 정리할 수 있는 여유가 생긴 것은 커다란 수확이었다.

쐬아앙—!

또 한 번 발사된 빛의 기둥이 유검이 숨어 있는 바위 위쪽에 격중되었다. 물속이라 바위는 용암이 되어 녹아내리지는 않았지만, 여러 조각으로 부서져 세찬 물살에 떠내려왔다.

혹시나 그 조각들에 화가 상처를 입을까 싶어 호신강기(護身罡氣)를 끌어올렸다. 바위 조각이나 돌멩이, 모래는 물론 거센 물살의 흐름까지 반경 반 장(半丈:1.5미터) 이내로는 접근하지 못했다. 물론 호신강기를 펼쳤다고 없던 공기가 생겨나 빈 공간이 생긴 것은 아니다. 다만 그 공간 안의 물들은 보이지 않는 가죽 공에 둘러싸인 듯 흐르지 않고 고요할 뿐이었다.

그 순간 기막힌 영감이 떠올랐다.

유검은 다시 급류를 박차고 튀어나왔다.

허리춤에 차고 있던 한천검이 어느새 그의 손에 들려 있었다. 은빛 구체가 미처 반응하기도 전에 이기어검이 된 한천검은 하얀 빛을 발하며 쏘아졌다.

은빛 구체는 쥐며느리처럼 다시 팔을 거두며 웅크렸다.

까가강—!

한천검이 몇 차례 은빛 구체를 두들기는 동안 유검은 등평도수(登萍渡水)의 경신술로 자욱한 물보라를 일으키며 급류의 수면 위를 따라 달렸다.

은빛 구체가 그 뒤를 또다시 쫓기 시작했다.

급격하게 급류가 꺾여지는 곳을 만나자 유검은 지체하지 않고 손을 뻗어 한천검을 회수했다.

이때 거센 회오리바람이 그의 주위를 맴돌더니 돌연 압축되어 하나의 구체가 만들어졌다. 이에 유검은 더욱 빠른 속도로 떠내려가기 시작했다.

물살의 흐름이 급격하게 뒤바뀌는 모퉁이에 이른 순간 유검의 신형이 튀어 오르더니 맞은편 절벽을 박차며 급류 속으로 입수했다. 그 순간 그의 주위를 감싸고 있던 바람으로 만들어진 둥근 원이 길쭉하게 늘어지면서 유선형으로 바뀌었다.

물속으로 들어간 유검 주위로 세로 이 장(二丈:6미터) 크기의 길쭉한 공기막이 형성되어 불규칙한 물살의 흐름에 흔들렸다. 거대한 파도에 어쩔 줄 모르는 돛단배 같았다.

유검의 손에 들린 한천검이 물살을 갈랐다. 거대한 급류의 흐름이 한순간 양단된 것처럼 보였다. 이때를 노려 유검은 물살의 흐름이 급격하게 꺾여지는 곳의 절벽 면에 찰싹 달라붙었다.

이곳에서는 물살이 바깥으로 먼저 튕겨 나가기에 흐름이 제일 완만했다. 그리고 일으킨 바람의 막으로 그 흐름의 각도를 조절해 주니 겨우 안정된 형세를 이룰 수 있었다.

유검은 숨을 거칠게 몰아쉬며 하늘을 올려다보았다.

거친 물살 속을 흐르는 모래 등으로 인해 시야가 방해를 받아 은빛 구체가 보이지 않았다.

"헉헉… 따돌렸나?"

우르릉— 꽈르릉!

급격한 급류의 흐름이 공기막을 두드리는 소음이 쏟아졌다. 자신의 말소리도 들을 수 없었다. 두근거리는 심장 소리와 함께 귀가 멍멍할 지경이었다.

시끄러운 소음 속에서 한참을 기다렸다. 열을 헤아릴 때까지 더 이상의 변화가 없자 자신의 시도가 성공했음을 깨달았다.

"휴……."

이제야 겨우 안도의 한숨이 나왔다. 자신이 있는 곳을 감지당하기는 하겠지만 당분간 은빛 구체와는 이별이다.

"역시 멍청한 쇳덩어리에 불과했군."

시끄러운 소음에 자신의 말소리는 들리지 않았다.

한순간 찾아온 평화에 허탈해져 절벽에 등을 기대다, 물에 푹 젖어 있는 화의 모습을 보고 아차 싶었다.

그녀의 가슴 중앙에 위치한 전중혈(膻中穴)에 손바닥을 대고 진기를 불어넣었다. 그리고 혹시나 물을 먹지 않았을까 싶어 입술로 다시 숨을 불어넣었다.

심장은 규칙적으로 뛰고 있었고 숨결은 잠을 자는 것처럼 고르고 부드러웠다. 다행히 생명에는 전혀 지장이 없어 보였다.

"휴……!"

재차 안도의 한숨이 나왔다.

하지만 이대로 그냥 있을 수만은 없었다. 뭔가 다른 방도를 강구해야만 했다.

'역시 그 방법뿐인가?

유검이 떠올린 방법은 무림맹의 금역 안에서 펼쳤던 그 일검이었다.

이제 약간의 여유 시간을 얻었으니 그 일검을 펼치는 일은 가능할 것이다. 하지만 아직 자신의 육체가 감당할 수 있을지 어떨지 또 어떤 변수가 생겨날지 알 수 없었다. 그 와중에 자칫 화가 다치지 않을까 하는 걱정도 있었다.

"그래도 할 수 없지. 그 방법뿐이라면……."

돌연 이상한 소리가 들려왔다.

—주인님!

자신의 말소리조차 들리지 않는 이곳에서 그 음성은 마치 머리 속에서 울려 퍼지듯 뚜렷하게 들려왔다.

유검은 한천검을 고쳐 쥐고 날카로운 눈빛으로 주위를 돌아보았다. 옆에 누워 있는 화 말고 다른 사람은 없었다. 설마 그녀가 입을 열었나 싶어 유심히 살펴보았지만 아직 정신을 차린 것 같지는 않았다.

"내가 환청을 들었나?"

고개를 갸웃거리다 화의 몰골이 말이 아님을 깨달았다. 그녀가 입고 있던 옷은 여기까지 도망쳐 오는 동안 찢기고 헤어져 거의 걸레가 되어 있었다. 한쪽 바지는 통째로 찢겨져 허연 허벅지를 드러내고 있었다. 아마도 급류에 뛰어들었던 일이 결정적이었으리라.

유검은 한 팔로 그녀를 부축하고 상체를 덮고 있던 청삼을 다시 제대로 입혀 주었다. 그나마 천잠사로 만들어진 청삼은 온전한 편이었으니까.

"불쌍한 녀석……."

유검은 그녀의 뺨을 쓰다듬으며 측은한 눈길로 바라보았다. 거대 세력의 틈바구니에 끼어 하마터면 죽을 뻔하지 않았던가. 그리고 앞으로도 그녀의 고난(苦難)은 계속될 것이다. 그녀가 강호로 나서는 순간 마교와 무림맹에서 동시에 노림을 받게 될 것이 자명했다. 이제 자신이 아니면 누가 지켜주겠는가.

물에 젖은 탓인지 그녀의 입술이 파리해 보였다. 유검은 그제야 그녀가 여전히 차가운 물 바닥에 눕혀져 있다는 것을 깨달았다.

유검은 두 팔로 그녀를 품에 안아 올리려다 멈칫했다. 조금 전까지야 급한 상황이다 보니 마음대로 안았지만 이제 여유를 되찾고 보니 조그만 행동 하나까지도 머뭇거려졌다.

현재 바람의 힘으로 만들어진 이 공간은 밀실이라면 밀실이다. 그리고 그녀는 거의 반나체의 모습이다. 그것을 의식하니 괜스레 가슴이 두근거려 왔다.

성인군자(聖人君子)라면 이럴 때 시선을 돌렸을 것이고, 의업에 충실한 의원이라면 남녀 간의 예의에 구애받지 않았을 것이다. 하지만 유검은 이러지도 저러지도 못하고 그냥 멍하니 홀린 듯 그녀의 모습을 바라보기만 했다.

자신의 품속으로 들어온 작은 새에게 느끼는 애틋한 가련함과 새삼 그녀에게서 깨닫게 된 여인의 향기가 고밀도로 혼합되어 유검을 아련한 감동으로 몰아넣은 것이다.

─주인님!

이때 또다시 머리 속에 음성이 울려 퍼졌다. 조금 전보다 더 뚜렷했다.

유검은 화들짝 놀라 소리쳤다.

"누, 누구냐!"

날카롭게 주위를 돌아보며 이번에는 내공을 실어 크게 외쳤다.

"누구냐! 모습을 나타내어라!"

소리는 급류의 소음을 뚫고 공간 안에 울려 퍼졌다. 그 소리에 급류와 경계를 이루는 수면이 크게 출렁였다.

유검은 나타나라고 소리를 질렀지만 정말로 누군가 나타나리라고는 생각지 않았다. 다만 보통 사람들처럼 습관적으로 그렇게 외쳤을 뿐이다.

―주인님의 명이시라면…….

돌연 허공에 하나의 투명한 영상이 만들어졌다. 마치 고운 물보라가 하나의 형상을 만들어내고 있는 것처럼 보였다.

반나체가 되어 있는 화의 모습이었다.

유검의 두 눈이 동그래졌다.

한순간 이상한 생각이 들어 물 바닥에 누워 있는 화의 코끝에 손가락을 대어보았다. 혹시나 그녀가 죽어서 귀신으로 나타난 게 아닌가 하는 황당한 생각이 들어서였다.

고운 숨결이 느껴지자 유검은 안도의 한숨을 내쉬었다.

'내가 환상을 보고 있는 것일까? 내공을 너무 과도하게 써버린 탓으로…….'

―환상이 아닙니다, 주인님.

생각을 읽은 듯 그렇게 대답했다.

유검은 할 말을 잃고 망연한 시선으로 투명한 화의 모습을 바라보았다.

돌연 투명한 그녀의 모습이 변해갔다. 걸치고 있던 넝마 같은 옷들이 하나둘씩 사라져 가는 것이다.

투명하면서도 신비로운 화의 나체가 드러나자 유검은 당황해서 외쳤다.

"자, 잠깐! 벗지 마!"

그녀가 말했다.

―말씀과 머리 속에서 원하시는 내용이 다릅니다. 어떤 명을 따라야 할지…….

처음에는 책을 읽듯 단조로운 어조였는데, 갑자기 화의 목소리로 바뀌었다. 평소 그녀의 음성보다 더 부드럽고 친절한 음성이었다.

유검은 더욱 당황하여 소리쳤다.

"무, 무슨 소리를 하는 거냐!"

―말보다는 의식 속의 지시를 더 우선합니다. 주인님의 특별한 명령이 없는 한 이 원칙을 고수하겠습니다.

"……."

유검은 애써 냉정을 되찾았다. 속으로 침착해야 한다고 중얼거렸다.

도대체 정체가 뭘까? 당연히 사람은 절대 아니다. 그렇다면 귀신일까? 아니, 귀신같아 보이지는 않았다. 말로 설명할 수는 없지만 막연히 그런 느낌이 들었다.

어쨌든 검을 들고 싸우는 일이라면 몰라도 이와 같이 정체도 알 수 없는 이와 대화를 나눈다는 것은 참으로 곤욕스런 일이었다. 게다가 화의 나체 모습이라니!

돌연 유검의 오른손이 쭈욱 뻗어 나갔다.

무당파의 수법은 쓸 수 없었기에 영문십권 내의 아주 단순한 전(轉)자 구결만 이용한 간단한 수법이었지만 어떤 쾌검술보다 빨랐다.

그녀의 팔을 낚아채는 순간 유검의 손은 허무하게 허공을 스쳤다.

"역시……."

유검은 이제야 모두 이해했다는 듯 고개를 끄덕였다.

눈앞의 소녀는 허상에 불과하다고 단정 지었다. 즉, 자신이 잠시 환상 속에 빠져 있다고 판단했다. 어쩌면 소녀의 허상이 누군가의 사술(邪術)에 의해 나타난 것이 아닐까 하는 의심도 들었다. 물론 자신의 무공과 현재 위치를 생각해 보면 그런 일이 가능하리라고는 생각지 않지만 또 모를 일이다. 세상에는 수많은 기이한 무공들이 있기에 없다고 말 못하는 법이니까.

이런 유검의 생각을 부정하기라도 하듯 그녀가 말했다.

―지금 보이는 저의 형체는 무수히 많은 작은 구슬들로 이루어져 있습니다. 본래 보이지 않아야 하나 모습을 드러내라 하시니 잠시 빛을 모아 형체를 이룬 것뿐입니다. 혹시라도 저를 느끼고 싶으시다면…….

허상에 불과한 그녀가 이상한 말을 하든 무슨 상관인가?

유검은 이제 여유를 되찾았기에 히죽 웃으며 말을 건넬 수 있었다.

"아가씨의 이름은 뭐지?"

―풍환(風丸)이라 합니다.

"풍환? 거참, 이름도 희한하군."

―주인님께서 원하신다면 마음내로 이름을 바꾸셔도 좋습니다.

"아, 굳이 바꿀 필요가 있나? 그냥 풍환으로 하자구. 그 이름도 나쁘지 않은데 그래."

―예, 저의 이름은 앞으로도 풍환입니다.

유검은 이제 느긋한 마음으로 그녀의 몸매까지 감상할 수 있었다. 환상인데 굳이 눈을 돌릴 필요가 있겠는가?

'화랑 똑같은 몸매군. 음… 이왕이면 가슴이 좀 더 큰 게 좋지 않을까?'

그렇게 생각하는 순간 눈앞에 무릎 꿇고 앉아 있는 소녀의 가슴이 조금씩 부풀어 올랐다.

유검은 뜨악해졌다.

"…내가 생각하고 있는 걸 어떻게 알았지? 그, 그만! 너무 크면 보기 싫다구!"

유검은 팔짱을 낀 채 그녀를 째려보았다.

"어쨌든… 사술은 아닌 것 같군. 역시 환상이었어."

풍환이라는 눈앞의 소녀가 만약 누군가의 사술로 만들어진 허상이라면 자신의 생각까지 알아채면서 이런 식으로 대꾸할 수는 없을 것이다. 그러니 당연히 눈앞의 소녀는 자신이 만들어낸 환상인 것이다.

─환상이 아닙니다. 주인님과의 의식 교감이 이루어져 있기에 알 수 있을 따름입니다.

유검은 손을 휘휘 저었다.

"그만둬. 허상이 이상한 이유를 내세워 봤자 허무하기만 할 뿐이니까 말야."

유검은 더 이상 그녀를 상대하지 않았다. 시간이 남아돈다면 심심풀이 삼아 이야기라도 나눠보겠지만, 지금은 은빛 구체를 상대할 방법을 강구해야만 했다.

풍환이라 이름을 밝힌 투명한 나체의 소녀는 유검이 귀찮아하자 더이상 말을 걸지 않고 묵묵히 있었다. 표정의 변화는 없었지만 그녀의 몸이 반짝거리는 것이 마치 온몸으로 눈물을 흘리는 것처럼 보였다.

유검은 은빛 구체를 상대할 방법을 모색하다 한숨을 쉬었다.

"휴……."

여태껏 생각하지 못한 좋은 방법이 지금이라고 딱히 떠오를 리 없었다.

"역시 그 방법뿐인가. 어쩔 수 없지……."

무림맹의 금역 안에서 펼쳤던 일검으로 은빛 구체를 박살 내는 수밖에 없겠다고 결론 내리는데, 풍환이라 이름을 밝힌 소녀가 조심스레 유검을 불렀다.

―주인님…….

유검은 그녀가 부르든 말든 아랑곳하지 않았다.

은빛 구체가 있으리라 짐작되는 위쪽으로 시선을 고정시킨 채 새로이 발견된 한 가지 문제점에 매달려 있었다.

현재 그 은빛 구체가 정확히 어디에 있는지 알 수가 없다. 그러니 만약 그 일검을 펼치려면 어쩔 수 없이 물 밖으로 나가야만 한다. 가만히 서 있는 상태에서라면 몰라도 과연 움직이면서도 펼칠 수 있을까? 게다가 화를 안은 상태로.

그렇다고 화를 누구에게 맡기거나 어딘가에 내버려 둘 수는 없었다. 아직은 은빛 구체가 공격하는 대상이 그녀인지 자신인지 명확하지 않은 상태니까.

어떻게 하는 것이 최선인지 여러 가지 경우의 수를 떠올리며 신중히 검토하고 있는데 풍환이란 소녀가 또다시 유검을 불렀다.

―주인님…….

유검은 귀찮은 표정으로 말했다.

"내 의사를 물을 것 없이 그냥 네가 말하고 싶은 대로 말해. 난 상관하지 않을 테니까."

그녀는 머뭇거리다 신중히 말을 꺼냈다.

―만약 지금 상화구(相火球)로 고민하는 중이시라면 방법이 있습니다.

"그래, 그래."

머리 속에 떠도는 많은 생각 탓에 한 귀로 듣고 한 귀로 흘리며 건성으로 대꾸했다.

―주인님께서 바람을 일으키고 움직일 수 있는 이유는 저의 수많은 작은 구슬들이 순간적으로 강력한 열기(熱氣)과 한기(寒氣)를 내뿜기 때문입니다.

"음… 음… 그래, 그래."

―이는 일육수(一六水)와 이칠화(二七火)가 합쳐 삼팔목(三八木)의 바람을 일으키는 것과 같습니다. 하나에 둘을 더하면 삼이 되지요.

"음… 음……."

―그리고 각 구슬들이 가지는 또 하나의 특징은 모든 빛을 완벽하게 나누고 반사시킬 수 있다는 것입니다. 상화구가 내뿜는 상화선(相火線) 역시 예외는 아닙니다. 그러니 제게 명을 내리신다면…….

"응… 응……."

유검은 응응 건성으로 대답할 뿐 그녀의 말은 하나도 귀담아두지 않았다. 다만 그는 뭔가 기이한 느낌에 위를 올려다보며 잔뜩 눈살을 찌푸리고 있었다.

바람의 힘으로 만들어진 이 공간은 귀가 먹먹할 정도의 소음으로 가득 차 있었다. 급류의 흐름이 공기의 막을 연신 두드린 탓에 발생된 소음이었다. 하지만 분명 처음 들었을 때와는 어딘가 미묘하게 달랐다.

외부에 뭔가 변화가 생겼다!

유검의 이런 불길한 예감은 곧 현실로 드러났다.

쿵!

뭔가 부딪치는 느낌이 왔다. 바람으로 만들어낸 공기막 바깥에 시커

많고 시뻘건 것들이 꾸역꾸역 쌓이고 있었다.

용암이었다!

그 열기에 의해 공기막 안은 곧 자욱하게 피어오르는 하얀 연기로 채워졌다. 펄펄 끓는 물처럼 뜨거운 수증기였다.

금세 공기막은 열기에 의해 급속도로 팽창되면서 급류의 흐름에 급격히 요동쳤다.

"이런!"

재빨리 화를 안아 든 유검은 급류의 흐름을 따라 하류로 뛰어갔다.

"망할 놈의 쇳덩어리! 이젠 별별 수를 다 쓰는군!"

창—!

한천검을 뽑아 들어 내공을 주입시키자 검신이 빳빳하게 고개를 치켜세웠다.

"좋아, 한번 해보자!"

급류의 바닥을 박차고 달리면서 유검은 무림맹의 금역 안에서 펼쳤던 일검의 감각을 떠올렸다. 손바닥이 간질간질거리며 금방이라도 뭔가 될 듯했지만 실제로는 아무런 일도 일어나지 않았다.

"제기랄!"

유검은 화풀이하듯 땅을 박찼다.

계속 물속을 달릴 수만은 없었다. 공기막을 가득 채운 뜨거운 수증기를 더 이상 화가 견뎌낼 수 없을 것 같았다. 이판사판, 일단 밖으로 나갈 수밖에 없는 것이다.

유검의 발이 땅을 박차는 순간, 유선형의 공기막이 급류에 휘말려 빠르게 흘러가기 시작했다. 중심을 잡기 어려울 정도였다.

급류에 휘말려 떠내려가다가 급격하게 흐름이 꺾이는 모퉁이의 날카로운 바위와 부딪쳤다. 그 순간, 물 밖으로 튀어 오르는 수말(水沫)과 함께 공기막이 튀어 오르며 거의 동시에 수증기가 허공 중으로 터져 나갔다.

쒜아앙—!

쏟아져 내리는 빗속에서 기다리고 있었다는 듯 하얀 빛의 기둥이 수 증기 속에서 뛰쳐나온 검은 인영을 뚫고 지나갔다. 뒤편의 바위가 순 식간에 녹아 용암이 되어 흘렀다.

수증기와 공기막은 순식간에 흩어졌지만 빛에 관통당한 유검의 모 습은 보이지 않았다. 재가 된 옷가지만이 허공으로 흩어졌다가 힘없이 비와 함께 아래로 내리고 있었다.

유검은 뜻밖에도 오 장(五丈:15미터) 아래의 하류에서 물보라를 거칠 게 튀기며 솟구쳐 올랐다. 상체는 벌거벗은 채였다.

다시 하얀 광선을 쏘아내려는 은빛 구체를 향해 유검은 씨익 웃어 보였다.

"빙~고(憑梱)!"

그의 손에는 한천검이 들려 있지 않았다.

쒜아악—!

뒤늦게 하얀 빛으로 뒤덮인 한천검이 은빛 구체 바로 아래에서 거대 한 물기둥을 이끌고 솟구쳐 올랐다. 때마침 쏘아진 하얀 광선이 저녁 이 내린 어둠과 굵은 빗줄기를 뚫고 솟구친 물기둥에 부딪쳐 사방으로 흩어졌다. 더불어 세상을 뒤덮을 듯 막대한 수증기가 뭉게뭉게 피어올 라 어둠과 빗속의 세계를 누볐다.

절반 이상이 먹장구름으로 덮인 하늘 아래에서는 거친 바람과 함께 빗방울이 점점 굵어져 가고 있었다.

위기를 감지한 은빛 구체는 서둘러 여덟 개의 팔을 거두려 했지만, 그전에 한천검이 파고들었다.

끼이이익—!

귀를 찢을 듯한 소음과 함께 한천검은 은빛 구체의 중앙을 관통했다.

은빛 구체는 흔들흔들하다가 날갯짓을 그만둔 기러기마냥 급류 위로 뚝 떨어져 내렸다. 팔을 미처 회수 못한 흉측한 모습 그대로.

"쥐덫 맛이 어떠서, 고철덩어리 씨!"

유검은 한천검을 회수하며 성공한 자만이 누릴 수 있는 음흉한 미소를 머금었다.

하지만 이 정도로는 분이 안 풀렸다. 여태까지 고생한 대가로는 너무 약했다. 완전히 두 동강을 내야만 직성이 풀릴 것 같았다.

그의 손에 들린 한천검이 다시 빛을 발했다. 이기어검술을 펼치려는데,

—주인님…….

또다시 풍환이란 소녀의 음성이 들려왔다. 여전히 머리 속에서 울려 퍼지는 듯했다.

—부디 자비를 베풀어주세요.

유검이 그 말을 들을 리 없다. 다만 간절하기 짝이 없는 화의 음성이었기에 이성적으로는 그럴 수 없다는 것을 알면서도 한순간 그녀가 깨어났나 싶어 집중력이 약간 흩어지고 말았다.

이 찰나의 순간, 은빛 구체는 마지막 기력을 짜내어 하얀 광선을 뿜어냈다.

쏴아앙—!

이 하얀 광선은 눈으로 보고서는 피할 수 없다. 미리 감지하고 대비하지 않는다면 피할 수 없는 것이다.

당연히 유검은 전혀 위험을 인지하지 못한 상태였다. 피하거나 막는 등의 반응이 있을 리 없었다.

사실 적과의 대치 중에 잠시라도 한눈을 판다는 것은 무인(武人)으로서 있을 수 없는 일이었다. 그토록 애를 먹인 상대였음에도 말이다. 이는 일검을 격중시킨 후 은연중에 은빛 구체가 더 이상 위험하지 않다고 판단해 버렸기에 일어난 일이었다.

예전의 유검이라면 이런 성급한 판단과 미숙함은 있을 수 없었다. 타고난 성품이 허허로워 사소한 것에 구애받지 않는다고는 하나 검을 들고 적과 싸울 때도 그러한 것은 아니었다. 내공이 소멸되었을 때야말로 감각은 극도로 날카로워져 있었고, 본래 무인의 마음가짐에 가까웠다.

그랬던 유검이었건만 몸이 금강불괴화되고 무공의 경지가 인지하기 힘들 정도로 급속히 상승되면서 주위의 위험에 대한 경각심(警覺心)은 자신도 모르게 무디어지고 말았다. 게다가 적을 가벼이 여기는 자는 반드시 패한다는 무가의 경구(驚句)마저도 잊어버리고 만 것이다.

무림맹에서 있었던 일만 해도 그렇다. 스스로의 능력에 대한 자부심이 높아져 있었기에 깊이 생각하지 않고 함부로 행동했으며, 그로 인해 화의 목숨을 영원히 잃어버릴 뻔하지 않았던가.

이는 무수히 찾아온 기연(奇緣)과 함께 유검이 의식하지도 못하는 사이 잃어버리고만 '무엇들'이었다.

번쩍—!

저 멀리 먹장구름 속에서 파르스름한 번갯불이 번쩍였다.

뒤늦게 위험을 알아차린 유검이 처음 본 것은 풍환이라 이름한 소녀
의 두 팔이 거대한 거붕의 날개처럼 뻗어 나가 자신을 감싸고 있는 모
습이었다. 은빛 구체가 뿜어낸 하얀 빛의 기둥은 투명한 날개에 부딪
쳐 사방으로 반사되고 있었다.

번갯불에 세상의 명암은 둘로 갈라졌다. 어둠의 뒤편에서 유검은 망
연히 그 모습을 보고만 있을 수밖에 없었다. 그녀의 날개는 밤하늘의
은하수처럼 반짝이고 있었다.

우르르릉—!

멀리서 뇌성(雷聲)이 은은하게 울려 퍼졌다.

은빛 구체는 더 이상의 저항 능력을 잃은 듯 거친 급류에 휘말려 이
리저리 부딪치며 흘러가더니 곧 바닥으로 가라앉았다.

—주인님…….

유검은 더 이상 그녀의 음성을 무시하지 않았다.

—명을 받지 않았음에도 제기 주제넘게 나선 것을 용서해 주세요.

거친 급류 위 가파른 바위에 서 있던 유검은 허공에 투명한 형체를
갖춘 채 자신에게 말을 건네는 그녀의 모습을 망연히 바라보았다. 건
성으로 흘려들었던 그녀의 이야기들이 선명하게 떠올랐다.

곧 한숨을 내쉬며 고개를 저었다.

"고맙다. 네가 아니었다면……."

자신의 방심으로 하마터면 또 한 번 화를 죽게 만들 뻔했다는 자책
감이 밀려왔다.

풍환은 기쁜 음성으로 말했다.

—고맙다니요. 당연히 제가 해야 할 일인걸요. 그리고 주인님은 절
대 멍청하지 않답니다.

"…물론 난 멍청하지 않아!"

—아, 제가 웃는 표정을 짓지 못하는 것은 아직 주인님 품에 안겨 있는 소저의 웃는 모습을 보지 못해서랍니다. 무표정한 얼굴인 것은 그 때문이에요. 대신…….

풍환의 얼굴 모습이 바뀌었다.

순간 유검은 질색을 했다. 가슴이 큰 화의 몸매에 시큰둥하게 웃는 다우의 얼굴이라니!

"그, 그만둬! 제발 본래의 모습으로 돌아가 다오."

풍환은 다시 화의 모습이 되어 말했다.

—죄송합니다. 주인님께서 바라시는 그녀의 모습은 제가 아직 인지하지 못한 상태이기에 불가능합니다. 차후…….

유검은 꽥 소리를 질렀다.

"그, 그만둬! 내 마음을 읽는 것은 그만두라구! 아… 그게 힘들다면 제발 모른 척이라도 해줘."

—알겠습니다, 주인님.

유검의 시선은 은빛 구체가 가라앉은 급류로 향했다. 이때 화의 몸이 둥실 떠올랐다. 투명한 풍환의 손이 뻗어 나와 화를 들어 올린 것이다. 풍환의 손은 어떤 물질적인 형태가 아니라 부드러운 바람이었다.

풍환은 이번에도 미리 유검의 마음을 읽고 앞서 말했다.

—고맙습니다, 주인님. 정말… 미천하기 짝이 없는 저의 부탁을 들어주시다니. 이분 소저는 저의 '생풍권(生風權)'을 걸고 지켜 드리겠습니다. 아참, 저에게 있어 생풍권이란 보통 사람에게 있어 생명이나 명예와 비슷한 의미랍니다. 제가 바람을 일으키지 못한다면 이 세상에 존재하는 의미 자체가 없어요. 그래서 제게 있어 무엇보다 소중하답니

다. 아, 주인님께서 은빛 구체라고 생각하신 상화구는 육경천(六驚天)의 수호신물 중에서 저와 한 쌍을 이루고 있어요. 우주의 음양 법칙에 따라 하나가 소멸된다고 해서 다른 하나가 뒤이어 없어지거나 하지는 않지만……

그녀가 이토록이나 말이 많을 줄이야 상상도 하지 못했다.

왼손에 끼고 있는 반지가 웅웅 울렸다.

"혹시 너는……"

유검이 본론을 꺼내기도 전에 풍환이 기뻐하며 말했다.

—이제야 눈치 채셨군요. 처음 주인님과 한 몸이 되던 날로부터 의식이 하나로 교감되기를 얼마나 기다렸는지 몰라요. 반지와 저는 하나이면서 둘이요, 둘이면서 하나랍니다. 그래서 제 이름은 풍환(風丸)이 아니라 풍환(風環)이라고도 불려요. 혹은 풍환(風幻)이라 부르기도 하는데, 주인님께서 저를 허상으로만 여기시는 듯해서 일부러 그 이름은 살짝 말씀드리지 않았던 거예요. 그리고……

"그만! 그만!"

그녀의 그칠 줄 모르는 수다에 유검은 진저리를 쳤다. 처음의 공손해 보였던 그녀의 모습은 어쩌면 철저히 가장된 것일지도 모른다는 불안한 생각이 스쳐 지나갔다.

하지만 자신의 호통에 풀이 죽은 듯 보여 부드럽게 다독거려 주었다.

"일단 다녀와서… 조금씩… 아주 조금씩만 이야기를 나눠보자꾸나."

—…알겠습니다, 주인님.

유검은 고개를 끄덕였다.

한천검을 굳게 잡아 쥐고, 부드러운 바람에 의해 허공에 떠 있는 화의 뺨을 부드럽게 손바닥으로 쓰다듬어 주었다.

"걱정하지 말아라. 불안해하지도 마라. 아무 문제 없단다. 혹시 내가 없을 때 깨어나더라도……."

오랜만에 만났기에 가졌던 그녀에 대한 어색함은 많이 사라져 있었다. 풍환이 화의 모습으로 나타나 많은 수다를 떤 덕분일 것이다. 그 때문인지 그녀와 오랜 시간을 함께해 온 듯한 친밀감이 느껴졌다.

인간의 감정이란 같이한 시간의 길이보다는 서로 얼마나 대화를 나누며 상대를 이해하느냐에 따라 달라지는 법이다.

가볍게 화의 입술을 훔친 그는 바위 위에서 급류를 향해 훌쩍 뛰어내렸다.

날은 이미 어두워져 있었으며 하늘은 온통 먹장구름으로 뒤덮여 있었다. 한두 방울씩 내리던 비는 곧 장대비가 되어 쏟아지기 시작했다.

점차 암흑으로 변해가는 하늘 위로 전신의 깃털이 모두 하얀 해동청(海東靑) 한 마리가 허공을 선회하다 긴 울음소리와 함께 사라졌다.

홀로 감격에 젖어…

홀로 감격에 젖어…

화르르—!

장작불에 불이 일면서 동굴 속의 어둠을 몰아내었다.

"편리하군."

유검은 상화구라는 이름의 은빛 구체를 향해 고개를 끄덕여 주었다.

은빛 구체는 동굴 입구를 몽땅 차지하며 거칠게 몰아치는 폭풍우를 막아주고 있었는데, 내뻗은 여덟 개의 팔을 완전히 회수하지 못한 모습이었다. 중심부는 가는 선들로 이루어진 육각형의 벌집 모양으로 원형을 이루고 있었는데, 일부가 유검의 일검에 찢겨져 있었다. 그리고 그 안에서는 흐물흐물한 액체가 요동 치고 있었다.

중심부의 액체가 하얀 빛으로 반짝거렸다.

—당연히 들어줘야 할 요구였다는군요, 주인님.

여전히 화의 모습을 한 풍환이 은빛 구체의 말을 전해주었다.

유검의 미간이 찌푸려졌다.

마치 자신이 부탁을 하고 이놈은 그 요구에 응해줬다는 건방진 말투가 아닌가? 이런 장작불 따위야 삼매진화(三昧眞火)로 얼마든지 불을 붙일 수 있음에도 굳이 나서길래 그냥 관망했건만…….

풍환이 변명하듯 말했다.

―주인님께서 부디 양해해 주세요. 상화구는 아직 새 주인과의 의식 교감이 이루어지지 않은 상태라 그렇습니다. 다시 말씀드려 상화구는 스스로 생각할 자아(自我)는 성숙되지 않은 상태이고 이전의 주인이 가졌던 잔념만 남아 있는 상태라 제대로 된 의사 소통이 불가능합니다. 그리고 본래 우리 육경천의 수호신물들은 오직 주인님에게만 복종하도록 되어 있어 타인에 대한 의사 표현이 약간 오만할 수 있습니다.

"음… 세 마디가 넘은 것 같은데?"

―죄, 죄송합니다, 주인님.

그녀의 전신에 붉은 기가 감돌며 동굴 안의 공기가 약간 달아올랐다. 이는 사람으로 보자면 핀잔을 당해 부끄러워하는 모습처럼 보였다. 그녀는 조금씩 감정 표현에 능숙해지고 있었다.

유검은 하마터면 괜찮다며 부드럽게 다독거려 줄 뻔했다.

한 번에 세 마디 이상은 말할 수 없다!

이건 풍환에게 내건 조건이었다. 잠시 이는 동정심 때문에 이 규칙을 처음부터 완만히 적용시킨다면 앞으로 그녀의 수다를 어떻게 제어할 수 있겠는가!

그래서 유검은 비정해져야 한다며 애써 냉정한 체했다.

물론 그녀가 자신의 마음을 감지하고 있을 테니 얼마나 효과가 있을지는 미지수이기는 하나.

동굴 안의 공기는 부드럽고 따뜻했다. 바깥에는 거친 폭풍우가 몰아쳤으나 이곳은 오히려 약간 건조한 느낌이 들 정도였다. 동굴 안쪽의 화가 누워 있는 바닥에 깔린 풀잎들 역시 햇볕에 말린 듯 뽀송뽀송한 상태였다.

이 모든 것이 풍환의 힘에 의해 만들어졌다. 그녀는 수없이 많은 구슬들—눈으로는 절대 감지하기 힘들 정도로 작은—로 이루어져 있으며 순간적으로 강한 열기와 한기를 내뿜을 수 있으니, 이런 환경을 만드는 것 정도는 어려운 일이 아니었다.

금강불괴에는 당연히 수화불침(水火不侵)도 포함된다. 하지만 좋은 환경이 굳이 나쁠 리는 없었고, 게다가 화에게도 아주 큰 도움이 되는 일이었기에 풍환의 그와 같은 노고에 고마움을 느꼈다.

'그래도 세 마디 이상은 곤란해……'

그렇게 내심 중얼거리며 유검의 시선이 화에게로 향했다. 걱정스러운 눈길이었다.

"음… 왜 깨어나질 않는 걸까? 혈도는 이미 저절로 풀린 것 같고 기맥의 움직임도 정상인데……"

─단순히 잠을 자고 있는 것 같습니다, 주인님.

꼭 한 번이라도 끼어들지 않으면 손해를 본다고 생각하는지 풍환은 자신의 의견을 피력했다.

단순히 잠을 자는 것 같다는 추측은 사실 유검이 다음에 하고 싶은 말이었다. 그것을 풍환이 먼저 가로채 버리는 바람에 이을 말이 없어졌다. 그렇다고 풍환의 말에 맞장구를 치는 것은 안 될 말이다.

"…그냥 잠을 자는 것 같기도 하군."

그렇게 하고 싶은 말을 이어버렸다.

풍환이 뭔가 말을 꺼내기 전에 서둘러 화제를 바꿨다.

"근데 상화구라는 저 녀석이 날 공격한 것은 그러니까……."

─말씀드린 바대로 자신의 주인을 보호하기 위해서입니다.

"그 무지막지한 공격이? 자칫 자신의 주인도 함께 다칠 수 있다는 건 생각 못해봤나?"

─말씀드린 바대로 아직 자아가 성숙되지 않아 단순한 판단 외에는…….

"…이미 말한 것 이외에는 아는 게 없어?"

─…죄송합니다, 주인님.

풍환의 모습이 잠시 일렁였다. 모닥불 빛에 비친 그녀의 얼굴 위로 물방울이 반짝거리는 것처럼 보였다.

유검은 내심 한숨이 나왔다.

"이런 경우에 눈물이란 건 별로 어울리지가 않아."

단순히 흉내 내는 것일 뿐이라 생각하면서도 마음이 약해지려는 것은 어쩔 수 없었다.

서둘러 시선을 거두어 은빛 구체에게 물었다.

"이봐, 고철덩어리! 근데 이 소녀가 너의 주인이란 것을 어떻게 아는 거지? 확실해?"

상화구의 중심부에서 다시 하얀 빛이 반짝반짝거렸다. 금방이라도 빛을 뿜을 듯 웅웅거리기도 했다.

적대적인 느낌에 유검은 냉소하며 한천검을 고쳐 쥐었다.

저 고철덩어리가 화를 공격할 의사가 없다는 것은 알고 있다.

그리고 이미 망가져 버린 저 고철덩어리가 내뿜는 상화선이란 것은 현재 그의 상태로 보아 그다지 위력적일 것 같지 않았다. 게다가 풍환이 이미 그의 빛을 무력화시키는 것을 보았지 않은가.

당연히 이 고철덩어리를 두려워할 하등의 이유가 없었다.

유검은 여차할 경우 저 고철덩어리를 두 조각내 버릴 참이었다. 풍환의 애원에 사정을 봐주긴 했지만, 자신의 현재 위치를 모르는 건방진 고철덩어리라면 자비를 베풀 이유는 없는 것이다.

유검은 상화구가 무슨 말을 하는지 모른다. 상화구도 유검의 말을 알아듣지 못한다. 모두 풍환이 중간에서 통역을 해주었다.

─상화구는 고철덩어리라는 말을 심각한 모욕으로 받아들이고 있습니다. 그러니까 자신의 '생화권(生火權)'을 박탈당했다는 의미로 받아들인 것입니다. 저희들에게 있어 이 생풍권과 생화권은 무엇보다 소중한 것이기에…….

"그만, 그만!"

─주인님, 아직 세 마디가 모두 끝난 상태가 아니었습니다만… 그래도 주인님의 명을 우선으로 하기에 저의 의사 표현을 중난하겠습니다.

유검은 아차 실수했다고 생각했다.

말싸움을 할 때가 아니다 싶어 타협을 하기로 하고 부드럽게 말했다.

"하여간 고철덩어리라는 말은… 대충 뭐, 멋있는 쇳덩이 같은 거라고 말해 줘."

풍환은 지금 상화구가 상처를 입었지만 시간이 흐르면 생명체처럼 자연히 회복될 수 있다고 말했다. 장래 위협이 될지 모르니 미리 없애버릴까도 생각했지만 풍환이 절대 그럴 일은 없을 것이라 장담했고, 또 저 고철덩어리가 화의 수호신물이 되어준다면 꽤 쓸모있겠다 싶어서 그런 생각은 접었다.

앞으로 나름대로 노력은 하겠지만… 역시 이 고철덩어리와는 결코 사이가 좋아질 것 같지는 않았다.

풍환이 말했다.

─…지금 하신 말씀과 본의는 서로 어긋납니다. 거짓과 진실이 뒤섞일 경우 무엇을 전해야 할지 혼란이 오게 됩니다. 현재 주인님의 말씀보다는 의식상에 존재하는 의미를 더 중요시 여기기에 '애써 멋있어 보이려고 노력하는 쇳덩이' 라고 전했습니다.

순간 유검은 머리가 지끈거려 왔다. 앞으로 풍환과 제대로 된 의사소통이 이루어지려면 골치깨나 썩겠다는 생각이 들었다.

우웅~!

은빛 구체가 또다시 하얀 빛을 반짝거리며 공기 떠는 소리를 냈다.

그런 식으로 말이 전달되었으니 화를 내지 않을 리 없다 생각하는데 풍환이 뜻밖의 말을 했다.

─기뻐하는군요. '노력' 이란 단어의 표현에 감명받은 모양입니다.

"……."

유검은 자신이 똑똑한 것인지 멍청한 것인지 분간이 가지 않았다. 그리고 풍환이 한 일 역시 잘한 짓인지 멍청한 짓인지 역시 분간이 가지 않았다.

어쨌든 전체적으로 대화 수준을 낮춰야 할 필요성을 느꼈다.

"좀 전의 질문에 대한 답은 어때? 이 소녀가 너의 주인이란 것을 어떻게 아냐는 물음 말이야."

은빛 구체는 우웅~ 거리며 답했고 풍환이 통역했다.

─본능적으로 아는 것이라고 말합니다. 갓난아이가 젖을 빨듯, 맹수가 먹이를 찾아 헤매다니듯…….

적절한 비유는 아니었지만 더 이상 골치 아프기는 싫었기에 다른 물음은 자제했다.

'그냥 막연히 감지(感知)했다는 뜻이군. 어떻게 아는지 자신도 확실히 모르고 있어.'

어쨌든 이 정도만 해도 상황 판단은 가능했다.

가능한 한 저 고철덩어리가 조금이라도 더 현명해져서 화의 훌륭한 수호신물이 되어주기를 기원하는 수밖에.

유검의 생각은 잠시 풍환에게로 이어졌다.

이상한 까만 눈동자의 노인이 전해준 반지가 그렇게도 큰 비밀을 가지고 있을 줄은 꿈에도 생각하지 못했다. 기연이니 감사해야 옳을 일이건만 사실 한편으로 실망감이 있었다.

문양의 힘을 깨달아 스스로 일으켰다고 생각한 바람은 모두 풍환의 힘이었고, 바람이 미치는 곳의 감각을 환하게 알 수 있었던 것 역시 풍환의 구슬이 전해준 감각이었던 것이다.

─아닙니다. 주인님께서는 바람을 일으키고 다스리실 수 있습니다. 저는 다만 그것을 도와드릴 따름입니다. 주인님께서는 이 세상에 존재하는 모든 바람을 부리실 수 있는 권능을 지니게 되신 겁니다.

'아닙니다' 라는 말까지 합치면 모두 네 마디였지만, 지금은 따지고 싶지 않았다. 자신을 위로해 주는 그녀에게 그런 걸로 따지는 것은 너무하다 여겨져서였다.

'아니야, 이러다간 점점 세 마디가 네 마디가 되고, 대여섯 마디가 되고… 나중엔 제한이 없어져 버리겠군.'

내심 비정하지 못한 스스로의 의지가 못마땅해 투덜대는데 부드러운 바람이 밀려왔다. 풍환이 머리카락을 나부끼며 가까이 다가와 있었

다. 투명하기 그지없는 그녀의 모습은 너무도 아름다워 유검은 자기도
모르게 손을 뻗고 말았다.

향긋한 꽃 내음과 함께 살랑이는 머리칼의 촉감이 손끝에 와 닿았
다.

마치 꽃밭에서 절세미녀와 마주 앉아 꽃 내음을 실어주는 상쾌한 봄
바람을 맞는 듯한 착각이 일었다.

풍환의 음성은 가날팠다.

―주인님, 제발 저를 귀찮아하지 말아주세요. 제가 존재하는 의미는
오로지 주인님을 위해서입니다. 앞으로는 말을 줄일게요. 제발…….

유검은 자기도 모르게 두 팔을 뻗었다.

부드러운 촉감이 전신을 감싸고 어머니 품 안에 있는 듯한 평온함과
한여름날 불어오는 바람과 같은 상쾌함이 기쁨의 샘을 퍼올렸다.

참으로 기분이 좋았지만, 유검은 풍환의 머리카락을 쓰다듬다가 애
써 그녀를 밀어냈다.

"내가 너를 귀찮아할 리가 있겠느냐."

유검의 얼굴은 어색하게 상기되어 있었다.

육체 없는 그녀였지만 마치 진짜 여인을 안는 듯했다. 실제 여인보
다 더 부드럽고 매끄러운 피부를 지닌 투명한 여인을 안은 것이다.

설사 못생긴 강아지라 할지라도 낑낑대며 뒤를 졸졸 쫓아다니면 차
마 못 본 척할 수 없는 게 인지상정인데, 비록 실제 형체는 없다고 하
나 아름다운 소녀의 모습으로 애원하는 풍환에게서 가련함과 애정이
느껴지지 않을 리 없었다.

하지만 그녀가 보이는 애정 표현은 결코 인간의 감정에서 나온 것이
아니다.

그리고 그녀—실제 성별인지 의문이긴 하다—에 대한 자신의 입장은
주인이라는 것, 결코 아름다운 여인을 마다하는 성격은 아니었지만 확
립되지 않은 주종 간의 기이한 감정 교류라는 것은 어색하기 짝이 없
었다.

형체도 없는 그녀에게 욕망을 느끼다니, 이 얼마나 어처구니없는 일
이란 말인가? 그리고 그런 자신의 욕망을 풍환은 이미 환하게 알고 있
을 것이니 참으로 부끄럽기 짝이 없었다. 과연 어떻게 생각할 것인가?

혹여나 그녀에게서 무슨 말이 튀어나올까 싶어 조마조마했다. 어색
한 느낌을 떨쳐 버리기 위해 필사적으로 내놓을 단어들을 찾았다.

자신도 모르게 한마디 툭 내뱉었다.

"네 모습을 바꾸는 게 좋겠다."

—…….

풍환은 대답이 없었다.

"그러니까… 아무래도 남자 모습이 좋을 것 같구나."

—…알겠습니다, 주인님.

풍환의 모습이 천천히 변해갔다. 청수한 중년인의 모습이었는데 히
죽 웃는 얼굴, 사부 현풍이었다.

유검은 한순간 숨이 턱 막히는 것 같았다.

애써 고개를 저으며 말했다.

"…다른 사람으로."

—주인님의 의식에 가장 깊이 자리해 있는 분입니다. 그리고 주인님
께서 가장 사랑하는 분이시기도 합니다. 그런데 왜…….

화의 음성이었다. 사부 현풍의 얼굴에 화의 음성, 게다가 얼굴만 바
뀌었지 몸은 화의 나체 모습 그대로라니!

전신에 닭살이 돋아났다. 더 이상 견딜 수 없을 것 같아 짜내듯 소리쳤다.

"제발… 바꿔줘!"

―…알겠습니다, 주인님.

풍환의 모습이 다시 변해갔다. 각진 턱에 강렬해 보이는 눈매… 진삼원의 모습이었다.

"몸도 같이 바꿔! …옷도 같이 입고!"

―알겠습니다, 주인님.

"…음성도 같이 바꿀 수 없나?"

―알겠습니다, 주인님.

이번에는 진삼원의 음성이었다.

투명한 모습으로 무표정하게 서 있는 진삼원의 모습을 보고 있노라니 화가 치밀어 올랐다.

"다른 놈으로 다시 바꿔봐. 그놈과 나는 원수지간, 널 볼 때마다 화가 나면 곤란하잖아."

―알겠습니다, 주인님.

이번에는 커다란 상투를 튼 땅딸보의 모습이었다. 일월쌍괴 중 일양괴였다. 유검은 역시 마음에 들지 않아 고개를 저었다. 풍환은 군소리 없이 다시 모습을 바꾸었다. 이번에는 꺽다리 월음괴의 모습이었다. 역시 마음에 들지 않았다. 무림맹 안에서 본 거지노인은 지저분해서 싫었고, 염소수염의 고철남은 이유없이 싫었다. 유검이 반지를 끼고 난 후 보았던 모든 사람의 얼굴들이 스쳐 지나갔지만 하나같이 마음에 들지 않았다.

유검은 결국 지쳐서 말했다.

"휴… 이번에는 여자 쪽으로 해봐."

이번에도 '알겠습니다, 주인님' 하고 복창하며 모습을 바꾸었다.

풍환의 키가 주르르 줄어들었다.

커다란 흑포장삼에 귀여운 꼬마 계집아이. 비록 시큰둥한 얼굴이었지만 보는 순간부터 절로 입가에 미소가 걸렸다. 다우의 모습이었다.

유검이 침묵해 있자 풍환이 의아해 물었다.

―마음에 들지 않으세요, 주인님?

"아, 아니… 마음에 들지 않는 게 아니라……."

유검은 잠시 침묵했다. 다우의 모습은 귀엽고 절로 미소가 지어졌다. 싫어할 까닭은 없었다. 다만 묘한 위화감을 느꼈다. 화의 모습으로 있을 때는 경이감과 호기심이 앞섰기에 미처 드러나지 않던 느낌이었다.

다시 말해 자신이 알고 있는 다우의 모습이 풍환에 의해 비슷하지만 다른 형태로 나타난다는 사실에 괴리감을 느꼈던 것이다. 그것은 사부의 모습일 때도 마찬가지였다. 질색을 할 정도로 꺼려졌었다.

그리고 또 하나, 유검은 풍환의 모습이 바뀔 때마다 자신이 다른 사람들에게 느끼고 있던 감정들이 어떠했는지 객관적으로 바라볼 수 있었다. 그동안 풍환은 감정의 거울이 되어 있었던 것이다.

유검이 그들에게 느낀 공통점은 쉽게 다가서지 못할 '거리감'이었다. 그것은 자신이 사람들에게 마음의 문을 열지 않은 탓이었고, 또한 동화되려고 하지 않았기 때문이다. 아무도 자신을 이해할 수 없다 여겼기에 두터운 고독의 옷을 입고 겉으로는 웃으며 지냈다. 어쩔 수 없는 일이라 생각했다.

그런데…

새삼 풍환이 변화하는 모습을 보곤 그 사실을 명확히 자각하고 보니 의외로 충격적이었다.

문득 유검은 한 가지 궁금증이 생겼다.

나는 나에게 어떤 감정을 가지고 있을까?

갑자기 긴장이 되었다. 마른침을 꿀꺽 삼키고 조심스레 풍환에게 부탁했다.

"나의 모습으로… 변해다오."

풍환은 당혹한 듯 투명한 그녀의 형체가 모닥불 빛에 일렁거렸다.

―주인님……!

유검이 딱딱해진 얼굴로 묵묵히 있자 풍환은 망설이는 듯하다가 서서히 형체를 변화시켜 나갔다.

유검은 돌연 눈을 감고 버럭 소리를 질렀다.

"하지 마!"

기이한 두려움이 생겨났다. 만약 자신이 스스로를 좋아하지 않는다는 것을 확인하게 된다면 어떻게 될까. 만약 모멸감이나 증오를 느낀다면…….

유검은 여전히 눈을 감은 채 풍환에게 말했다.

"너는… 너만의 모습을 가지는 게 좋겠다. 너는 너일 뿐이야. 굳이 다른 사람의 모습이 될 필요가 있겠느냐? 그런데… 그런 게 가능해?"

돌연 풍환은 기쁨에 찬 어조로 말했다. 마치 물결이 찰랑이는 듯 상쾌하기 그지없는 음성이었다.

―물론이에요, 주인님! 후일 주인님의 기분을 보아 제가 부탁드리려고 했는걸요?

유검은 다행이라고 생각했다.

자신이 스스로에게 느끼는 감정 따위는 모르는 게 좋다.

누군가 있어 스스로도 알지 못하는 자신을 이해해 준다면 그것만으로도 충분한 것이다. 그런 친구가…….

'있었지.'

내심 있다고 말한 순간 유검은 냉수를 끼얹은 것처럼, 생전 처음 눈을 뜬 봉사처럼 갑자기 알게 되었다. 정말로 자신을 이해해 주는 친구가 있었다는 사실을. 그는 자신의 유일한 친구였으며, 또한 자신의 거울이기도 했다.

유검은 천천히 눈을 떴다.

창ㅡ!

맑은 검명과 함께 허리띠처럼 감고 있던 한천검을 뽑아 들었다. 은빛 투명한 검신은 어떤 여인보다 아름다워 보였다.

오랜 죽마고우를 만난 것처럼 유검의 두 눈은 감격으로 물들어갔다.

왜 여태껏 잊고 있었던가?

비록 풍환처럼 말은 하지 못하지만 검이 말하는 것을 여태껏 이해하지 못한 적은 없었다. 비록 말은 하지 않았지만 자신의 이야기를 들어주지 않은 적이 없었다.

세상과 대화하는 유일한 창구(窓口)이며 얼마든지 자신의 고독을 나눌 수 있는 그런 친구가 바로 곁에 있었다. 그런데 왜 여태껏 까마득히 잊고 있었을까?

어느 순간부터인지 검을 단순한 도구로만 보기 시작했다.

언제부터였을까? 사부로부터 검을 들지 말아달라는 부탁을 받고 나서부터일까? 아니면 육경천이니, 궐음력이니 하는 것 따위에 정신이 팔리면서부터일까?

묵묵히 생각에 잠겨 있던 유검의 뇌리에 한 사람의 모습이 떠올랐다. 새파랗게 타오르는 분노와 함께였다.

눈동자가 검은 괴이한 노인네가 한 말로부터 시작되었다. 그는 자신이 경험한 '무엇' 들이 모두 귈음력에 해당되는 것처럼 말했다. 그곳에 자신이 진정 원하는 검의 경지가 있는 것처럼 말했다. 그렇게 검을 들지 못해 갈증에 헤매는 자신의 갈망을 귈음력으로 유도시켰다.

'아니야!'

유검은 내심 부르짖었다.

이제야 새삼 깨달았다. 자신이 원하는 것은 다른 어디에도 있지 않았다. 원하는 것은 오로지 검 그 자체일 뿐이다. 자신의 무공이 강하거나 약하거나 상관없었다. 말하지 않아도 자신을 이해해 주는 친구, 바라는 바는 오직 그것뿐인 것이다.

—…주인님?

은 쟁반에 옥 구슬 굴러가는 듯한 소리로 조심스레 부르는 풍환의 음성에 유검의 의식은 현실로 돌아왔다.

유검은 분노에 찬 눈으로 고개를 들어 풍환을 쏘아보았다. 저 풍환도 그 이상한 노인네가 건네준 것 아닌가. 분노가 이는 게 당연했다.

"너는……!"

노성을 터뜨리려던 유검의 목소리가 갑자기 죽어버렸다.

긴 머리카락을 휘날리며 고요히 서 있는 투명한 여인의 모습에 유검은 잠시 넋이 나갔다. 생전 처음 보는 아름다움이었다.

화난 유검의 표정은 불가사의한 아름다움에 맥없이 풀어질 수밖에 없었다. 치솟은 분노도 햇빛에 녹아내리는 눈처럼 흔적도 없이 사라졌다.

"아… 풍환이구나. 왜 불렀니?"

본래 노성을 터뜨리려던 유검의 의지와는 상관없이 말을 건네는 목소리는 무척이나 다정스러웠다. 어쩐지 두려워하고 있는 듯한 그녀의 태도 때문이었다.

'검은 검이고……'

유검은 내심 변명하듯 중얼거렸다.

'어쨌든 이렇게 아름다운 하녀가 생겼는데 싫을 까닭이 없잖아.'

말이 안 된다고 생각하면서도 눈알만 데굴데굴 굴릴 뿐 모진 소리는 내뱉지 못했다. 입의 양끝을 한껏 잡아당겨 웃는 모습을 보여주는 친절도 베풀고 있었다.

'자고로 미녀에게 약하지 않은 영웅이 있었더란 말인가!' 라는 쓸데없는 소리마저 지껄였다.

─괜찮으세요, 주인님?

풍환의 걱성스런 불음에 마음껏 고개를 끄덕여 주었다.

"아, 걱정할 거 없어. 난 지극히 정상적이니까 말이야! …그런데 웬만하면 옷을 입은 모습이면 좋겠다만……."

슬며시 고개를 돌린 채 내놓는 뒷말이 갈수록 희미해졌다. 아름다움에 약한 것은 인간의 본성. 어쩔 수 없는 일이다. 아름다운 여인의 모습에 마음이 싱숭생숭해지는 것도 남자의 본성. 실제 인간이 아니라 할지라도.

풍환은 유검의 행동을 따라하듯 슬며시 고개 돌리며 못 들은 척했다.

"험험……."

유검은 어색함을 떨쳐 버리기 위해 헛기침을 하고 나서 본론을 꺼내

기 위해 표정 관리를 하려 했다. 얼굴을 딱딱하게 만들려 했으나 표정
과 눈빛이 자꾸만 부드러워지는 것은 어쩔 수 없었다.

"근데… 잠시만 나에 관해 일절 관여하지 말아다오. 의식의 교감까
지 끊어주었으면 한다만… 가능한가? 아, 아니, 잠시 확인할 것이 있어
서 그래. 물론 네가 귀찮다거나 혹은 싫어진 건 절대 아니야. 화를 내
는 것도 아니고……."

풍환이 말했다.

―예, 알겠습니다, 주인님. 육성으로 부르실 때까지 잠시 쉬고… 이
렇게 표현해도 되나요? 괜찮으시다면 그런 표현의 상태로 있겠습니다.

말이 끝나자 그녀의 형체가 스르르 허공에 흩어지듯 사라졌다.

이 순간 유검은 묘한 느낌을 받았다. 물속에 있다가 공기 밖으로 나
설 때처럼 약간은 익숙하면서도 생소한 느낌이었다. 달리 말해 감각의
껍질을 벗겨낸 것 같기도 했다.

유검은 길게 심호흡을 하며 마음을 가다듬었다.

스르릉―!

한천검의 투명한 검신이 허공에서 하늘하늘 춤을 춘다.

유검은 검날에 손가락을 대고는 쓰윽 그어보았다. 아무런 상처도 생
기지 않았다. 이로써 한 가지 사실은 확인했다. 자신의 몸이 금강불괴
가 된 것은 역시 풍환의 힘과는 상관없다는 것.

다음으로 천천히 검신에 내공을 불어넣기 시작했다. 몸속의 내공을
바닥까지 짜내고 긁었다.

한천검 주위로 은은한 서광(瑞光)이 어리기 시작했다.

마지막 한 올의 진기까지 불어넣었다. 기(氣)의 바다인 단전이 텅 비
어버리는 순간, 하늘과 땅의 문이 열리고 백회혈(百會穴)과 용천혈(湧泉

穴)로부터 새로운 기운이 밀물처럼 밀려왔다. 단전은 순식간에 충만한 기로 채워졌다.

그 기운의 느낌은 궐음력, 바람의 힘과는 전혀 달랐다.

궐음력은 잠시 빌려쓰는 느낌이었지만 이 기운은 애당초 처음부터 자신의 것이었던 것 같았다. 아니, 생명의 근원인 부모의 느낌이랄까, 새로운 것을 받는 데도 전혀 거부감이나 이질감이 없었던 것이다.

귓가로 거대한 우주의 율려음(律呂音)이 들려오는 듯했다.

이 느낌은 익숙했다.

이 감각으로 모든 의식을 가득 채운다면 무림맹의 금역 안에서 펼쳤던 그 일검을 펼칠 수 있을 것 같은 느낌이 들었다.

'역시… 관계가 없군.'

이로써 두 번째 의문도 풀렸다.

자신이 펼쳤던 그 일검이 사부가 말씀하신 무상검의 경지인지 아닌지는 아직 확실히 알 수 없었지만, 어쨌든 검은 눈동자의 노인이 한 말은 모두 거짓말이라는 사실을 확인할 수 있었다.

그 노인은 분명 어떤 목적을 가지고 자신에게 거짓말을 한 것이다!

'흥, 빌어먹을 영감탱이! 무슨 의도인지는 몰라도 마음대로 되지는 않을 거다.'

유검은 불쾌했다. 호의든 악의든 누군가 자신의 행동에 간섭하려 하는 것은 질색이었으니까.

이전에도 지금에도 정말 믿을 수 있는 친구는 단 하나뿐이다.

유검은 투명한 검신을 조용히 이마에 대고 중얼거렸다.

"너만 믿겠다."

거센 폭풍우가 몰아치는 소리, 가끔 번개가 번쩍이고 잠시 후 은은히 울려 퍼지는 뇌성, 그 소음 속에서 유검의 입술이 달싹였다. 귀에 들리지 않을 정도로 작은 목소리로 중얼거렸다.

언젠가 삶의 행로에 마침표를 찍는 순간에도 이루어지지 않을지 모르지만 하나의 검을 다시 얻겠노라고. 무림맹의 금역 안에서 펼쳤던 그 일검을 완전히 자신의 것으로 만들겠노라고.

그것은 검에 대한 맹세였다.

짹짹— 쪼르릉—

지난밤의 폭풍우는 간 곳이 없고 새 아침이 밝았다. 아침 일찍 일어난 새는 벌레가 어디 있냐며 아우성을 쳤다. 지난밤의 폭우에 대부분의 벌레가 떠내려가 버린 것이다.

유검은 검을 이마에 댄 채 앉은 자세 그대로 잠이 들어 있었다. 어제 하루 동안 있었던 일들로 워낙 고단했던 모양이다.

우우웅—!

입구에 자리한 은빛 구체가 갑자기 요란하게 하얀 빛을 반짝였다.

유검의 두 눈이 본능적으로 번쩍 뜨였다. 검을 들고 벌떡 일어나 재빨리 사방을 훑었다.

이때 유검의 두 눈이 휘둥그레졌다.

"으으음……!"

화의 입에서 가냘픈 신음 소리가 흘러나오고 있었다.

"아! 깨어났구나!"

유검은 기뻐하며 그녀에게 다가가다가 자신의 손에 한천검이 들려 있음을 깨닫고 흠칫했다. 여인의 앞에서 검을 드는 행위는 결코 영웅답지 못한 것이다. 자신은 생명을 걸고 그녀를 구한 영웅, 당당히 나서야 한다.

친구라면 이런 경우는 충분히 이해해 줘야 한다고 뻔뻔스럽게 변명하며 한천검을 허리에 둘렀다. 검봉(劍鋒)을 자루에 넣고 손잡이를 아래로 잡아당기자 철컥 하며 고정되었다.

너무 좋아하는 모습을 보여서는 안 된다고, 침착해야 한다고 내심 중얼거리며 그녀에게 다가갔다.

아직 여문의 그림자가 마음 한 켠에 드리워져 있지만, 그렇다고 새로운 사랑을 찾지 말라는 법은 없다. 검은 검, 사랑은 사랑. 유검은 가슴 두근거리며 그녀가 깨어나는 모습을 지켜보았다.

화의 눈꺼풀이 천천히 열리며 흑백(黑白)이 분명한 눈동자가 빛을 받아들였다. 새어 들어온 아침 햇살에 눈이 부신 듯 잠시 눈살을 찌푸렸다.

"누구……?"

화는 햇살의 음영에 검은 인영으로만 보이는 유검에게 경계심을 드러냈다. 어제 하루 종일 유검의 품에 안긴 채로 날아다닌 탓에 전신이 두들겨 맞은 것처럼 욱신욱신 쑤셨다. 몸을 일으키려 하니 신음 소리가 저절로 새어 나왔다.

"무리하지 않아도 돼."

부드러운 사내의 음성을 듣고 고개를 돌린 화는 검은 인영의 정체가 웃고 있는 유검임을 알 수 있었다.

짝—!

매서운 손바닥이 허공을 날았다.

"나쁜 자식!"

뺨을 맞은 유검은 어안이 벙벙해 아무 말도 못하고 가만히 있었다.

자신이 왜 뺨을 맞아야 하는지 이유를 알 수 없었다. 금강불괴에 달해 있으니 물론 아플 리야 없다. 피하려고 마음만 먹었다면 얼마든지 피할 수 있었다. 하지만 지금은 적과 싸우는 중이 아니었다.

유검은 결국 참지 못하고 입을 열었다.

"왜……?"

"저리 가요!"

화는 앙칼지게 소리치며 두 손으로 옷깃을 안으로 모은 채 뒷걸음질 쳤다. 여기 기봉(奇峰) 중턱에 자리한 동굴은 안이 넓기는 해도 그다지 깊지 못했다. 그래서 화는 겨우 몇 발자국만 뒤로 물러설 수 있었다.

뒷벽에 착 달라붙어 매서운 눈빛으로 노려보는 모습이 마치 징그러운 벌레를 만난 듯 조금이라도 유검에게서 멀어지고 싶어하는 태도였다.

유검은 그런 그녀의 시선과 마주칠 수가 없어 슬며시 고개를 돌리고 말았다.

'풍환, 들리니? 모습은 드러내지 말고 대답만 해줘.'

―예, 주인님. 말씀하십시오.

'음… 혹시 넌… 저 아가씨가 왜 화가 나 있는지 짐작해?'

―화가 났다기보다는 몹시… 원망하고 있는 것 같군요.

'하여간 그 이유가 뭘까?'

―저는 인간의 감정에 대해서는 정확히 알지 못합니다. 일단 자초지종을 물어보면 어떨까요? 인간에게는 대화라는 아주 유용한 수단이 있잖아요.

어쩐지 풍환의 충고대로 행동하는 것이 개운치는 않았지만 차분한 대화가 필요하다는 점은 공감했다.

우—우웅!

갑자기 은빛 구체에서 흘러나오는 소리가 커졌다. 하얀 빛은 연신 반짝거렸다.

유검이 의문을 물어보기도 전에 풍환이 그의 말을 통역해 주었다.

―상화구는 현재 깨어 있는 자기의 주인님을 만나게 되어 한없는 감격에 빠져 있습니다. …굳이 인간처럼 표현하자면 그와 비슷한 상태입니다. 만약 자기의 주인님에게 해를 끼칠 경우 절대 가만히 두지 않겠다. …라는 의사도 포함되어 있는 것 같군요.

'쳇, 저 고철덩어리는 조금 더 감격에 젖어 있으라고 그래. 여긴 바쁘니까.'

유검은 다시 침착해야 한다고 연신 속으로 중얼거렸다.

뺨을 맞았다고 화를 내는 것은 어리석은 짓이다. 그렇게 생각하며 적의가 없음을 보여주기 위해 활짝 웃었다.

하지만 화의 태도는 더욱 움츠러들었다.

유검은 대화를 나누고 나면 괜찮아질 거라고 자신을 위로하며 차분히 말을 꺼내놓았다.

"난… 그러니까, 네 목숨을 구해준 거야. 기억 안 나? 마교 놈들에게 네가 납치되었을 때 내가 구해줬잖아."

화의 얼굴이 빨개졌다. 유검에게 무방비 상태로 안겨졌다는 사실이 떠올라서였다.

화는 입술을 질겅질겅 씹다가 낯빛을 굳히며 딱딱하게 물었다.

"왜 날 구했죠? 난 당신을 몰라요. 그리고 부탁한 적도 없는데 왜 오지랖 넓게 나선 거죠?"

유검은 순간 할 말을 잃었다.

사실이 그러했다. 자신에게는 그녀를 구할 자격 따위는 없었다. 그녀가 부탁하지도 않았다. 결국 아무도 원하지 않는데 그냥 혼자 오지랖 넓게 나서서 소란을 떤 것이다.

여태껏 화를 구하기 위해 애쓰며 생사고락을 함께해 왔다고 믿었다. 그로 인한 친밀한 감정에 애당초 자신에게 자격이 없었다는 사실을 깜빡 잊고 있었다.

시간이 흘러 자신의 감정은 깊어갔지만 그녀에게는 시간이 정지되어 있었다. 그 사실을 이제야 깨달았다.

무림맹과 마교를 적으로 돌리면서까지 벌인 짓이 한낱 어릿광대 놀음이었다니… 허탈하기 짝이 없었다.

"…보수를 받아야 하니까."

결국 그렇게 말할 수밖에 없었다.

"황금충!"

화는 그렇게 소리쳤다.

"그럼 혈도를 풀어주지 않은 것은 보수를 못 받아서인가요? 값을 더 높이 쳐서 받으려고 그랬나요? 그리고 가슴을… 가슴을……."

그녀의 얼굴이 다시 빨개졌다.

"그건……."

아직 화는 자신이 파문당한 이야기를 듣지 못한 모양이었다. 새삼 자초지종을 설명하기에는 맥이 풀렸다.

"휴… 마음대로 생각하렴."

자신이 언제 오해받았다고 해서 해명하려 든 적이 있었던가? 자신을 믿는다면 굳이 말하지 않아도 알 것이요, 의심한다면 말해도 믿지 않을 것이 아닌가. 홀로 당당하면 그뿐.

겉으로 내세우는 명분은 그러했을지 몰라도 본질은 달랐다. 사실 이유도 모른 채 사부에게 파문당했다는 못난 꼴을 자신의 입으로 말해줄 바에야 차라리 오해받는 길을 택한 것이다. 이는 남자의 자존심이었다.

하지만 역사상 이런 태도가 여인에게 먹혀든 적은 한 번도 없었다.

마음대로 생각하라는 유검의 말에 화의 얼굴은 더욱 딱딱해지며 입술을 질겅질겅 깨물었다. 마음껏 쏘아붙이고 싶은데 목이 메어 제대로 말을 내뱉지 못했다.

그녀는 애써 감정을 죽이고 말했다.

"그 말… 외에는 할 말이 없나요?"

유검은 아무런 변명도 못하고 그냥 묵묵히 있었다.

화는 유검이 원망스러웠다.

미안하다는 말 한마디 없다니… 그 말을 꺼내는 일이 그렇게나 어려운가? 부림맹으로 끌려갈 때는 그냥 타인처럼 보고만 있던 주제에 이번에는 자신을 구해줬답시고 괜히 잰 체만 하고…….

억울함이 가슴을 가득 메우고 있어 아무런 말도 할 수 없었다.

유검은 고개를 돌린 채 자신을 외면하는 그녀의 모습에 길게 한숨을 내쉬고는 밖으로 터벅터벅 걸었다.

깡—!

유검은 입구에 자리한 은빛 구체를 신경질적으로 발로 차버리고는 밖으로 나가 버렸다.

화는 벽에 등을 기댄 채 천천히 무너지듯 그 자리에 쪼그려 앉았다. 양팔로 무릎을 감싸 안고 무표정한 눈으로 동굴 밖을 나서는 유검의 뒤를 지켜보았다.

유검의 뒷모습이 사라지자 그녀의 시선이 망연해졌다.

화는 무릎 사이로 고개를 푹 파묻었다.

"바보……."

억눌린 소리가 무릎 사이에서만 맴돌다 사라졌다. 원망과 후회의 흔적들이 결국 이슬이 되어 맺혔다.

우—우웅!

은빛 구체는 홀로 감격에 젖어 노래 부르고 있었다.

사부의 서찰

밖으로 나온 유검은 답답함을 떨쳐 버리려는 듯 폭풍우가 지나간 다음날의 신선한 아침 공기를 폐부 깊숙이 들이마셨다. 공기는 한없이 맑고 투명했다. 속세의 때가 전혀 묻어 있지 않은 깊은 산속의 내음이 그대로 실려왔다.

풍환이 말을 걸어왔다.

―주인님.

유검은 고개를 저었다.

"잠시만… 혼자 내버려 둬줘."

천천히 주위를 둘러보니 어젯밤의 비로 거친 급류가 되어 흐르는 개울물이 있었고, 갖가지 기암괴석(奇巖怪石)과 수백 그루의 고송(古松)이 창공을 배경으로 하여 무리를 이루고 있었다.

멋들어지게 휘어진 한 소나무의 가지 위에 백로가 우아한 자태를 뽐

낸다.

저 멀리 깊은 못 위로 짙은 안개가 끼어 있었고 기봉 사이로 낮게 깔린 구름이 유유히 흐르고 있었다.

마치 한 폭의 세외도원경을 연상케 했지만, 지켜보는 유검의 심경은 쓸쓸했다.

휘이이이익—!

길게 휘파람 소리를 내고 나니 기분이 조금 풀렸다.

꼬르르…….

뱃속에서 밥벌레들이 체면도 없이 아우성을 쳤다. 생각해 보면 이틀 이상 아무것도 먹지 못했다.

'그러고 보니… 배가 고프겠군.'

유검이 배가 고플 거라고 생각한 이는 화였다. 하루 이상을 굶었고, 또한 어제 죽음까지 경험했으니 신경이 과도하게 예민해진 것도 무리는 아니다 싶었다.

"좋아, 배가 부르면 좀 나아지겠지!"

좋은 게 좋은 것! 모든 것을 긍정적으로 생각하기로 했다.

예전 사부에게 들었던 말이 떠올랐다.

여문과 한바탕 말싸움을 하고 난 뒤 분을 삭이지 못해 혼자 실컷 검무를 추고 있는데 사부가 슬며시 다가와 말했다.

"잘 들어보거라. 사내대장부는 여인을 상대로 절대 말씨름을 해서 이길 수는 없느니라. 오히려 지는 게 이기는 거야. 그보다 참으로 중요한 것은! 넓은 가슴으로 안아주는 일이다. 그러다 분위기가 좋아지면… 험험, 하여간 그렇게만 되면 아무런 싸움이 날 일이 없단다."

당시 사부의 입에서 짙은 술 냄새가 났기에 그다지 신빙성이 없다 여겼지만 지금 생각해 보니 그 말이 그럴듯해 보였다.

유검은 돌연 음흉한 미소를 지었다.

'좋아, 배를 채우고 나서 분위기를 보아 슬쩍 어깨에 손을 올려보자. 사납게 손을 뿌리치지만 않는다면… 후후훗!'

은은한 모닥불 빛을 뒤로하고 한 손으로 가냘파 보이는 화의 허리를 꽉 껴안은 다음 도톰한 그녀의 입술에 입을 맞춘다.

상상만으로도 즐거운 일이 아닐 수 없었다. 실제 그럴 용기가 있을지는 의문이기는 하지만.

'내가 왜 못해? 사실 넌 내게 거의 알몸이나 다름없는 모습을 보였다. 흥, 이제 와서 다른 놈에게 시집갈 수 있을 것 같아?'

자신에게 과연 그 말을 내뱉을 용기의 함량이 충분한지 헤아려 보지도 않은 채 방약무도하게도 그런 말을 내뱉었다. 물론 속으로만.

희희낙락하던 유검은 문득 한 생각이 떠올라 흠칫했다.

속으로 아무 말이나 할 수 있는 것은 아무도 듣지 못하기 때문이다. 하지만… 풍환은?

—…전 아무것도 듣지 못했습니다, 주인님.

새침하게 잡아떼는 풍환의 말에 유검의 얼굴이 일그러졌다.

"휴… 이제부터는 상상의 자유조차도 마음대로 누리지 못하겠군."

쓸데없이 탄식을 내뱉는 유검의 눈에 하늘 위로 해동청이 빙빙 도는 모습이 보였다. 특이하게도 전신의 깃털이 모두 하얗다.

유검은 의아해했다.

'누가 사냥이라도 왔나?'

이곳은 안탕산의 깊은 산속, 능숙한 사냥꾼이라 할지라도 쉽게 접근하지 못한다. 가끔 찾아온다면 반드시 경공에 능한 무림인일 것이다. 또 그런 무림인이 사냥을 위해 매를 데리고 다닐 리 만무하다.

그렇다고 이 외진 산에 야생 해동청이 근처에 서식하고 있을 리도 없었다. 이상한 일이라고 생각했지만 위험한 일은 없다고 생각했기에 곧 뇌리에서 지워 버렸다.

유검은 풍환을 불렀다.

―예, 주인님.

"내가 사냥해 올 동안 잠시… 보호해 다오."

말하지 않았지만 물론 풍환은 알고 있었다, 보호해야 할 대상이 누구인지를.

유검은 사냥감을 찾아 산림(山林) 속으로 들어갔다.

울창한 산림 속.

가시덤불과 빽빽하게 들어선 수목들로 사람은커녕 조그만 다람쥐조차 지나다니기 힘들어 보였다.

그 속에서 갑자기 우렁찬 사람의 고함 소리가 들려왔다.

"도대체 얼마나 더 가야 하는 거야!"

갑자기 푸르스름한 검기가 허공을 갈랐다.

우르릉―!

수십 그루의 나무들이 쓰러지면서 몇 명의 인영들이 그 속에서 걸어 나왔다.

"겨우 공터 발견!"

월음괴가 기뻐 그렇게 소리쳤다.

"배고프다. 일단 배부터 채우고 보자구!"

일양괴 역시 희색이 만연했다.

"안 돼요! 진 가가 말로는 오빠 있는 곳이 얼마 남지 않았댔어요! 어서 가요, 어서요. 제발."

다우는 일양괴의 어깨에 목마를 탄 채 그의 커다란 상투를 두 손으로 붙잡고 있었는데, 귀여운 얼굴의 반을 차지하고 있는 커다란 두 눈망울에선 금방이라도 눈물이 떨어질 듯했다.

말없이 철검을 다시 등 뒤의 검집에 집어넣던 진삼원은 그런 다우의 표정을 보고 미간을 찌푸렸다.

일월쌍괴는 다우의 애원에 머쓱한 얼굴로 헤헤거렸다.

"그, 그럴까?"

그런 정도의 연기에 속아 넘어가는 일월쌍괴의 모습을 보고 진삼원은 강호의 소문은 정말 믿을 게 못 된다고 생각했다. 물론 다우는 주인인 유검의 동생이니 소주인 격이라 함부로 대할 수 없는 것은 당연했지만, 그보다는 할아버지가 귀여운 손녀가 수염을 잡아당기며 떼를 쓰는데도 허허 웃는 것처럼 보였다.

월음괴는 불만스런 표정으로 진삼원을 힐끔 쳐다보고는 중얼거렸다.

"제기랄, 주인님에게 뿌려져 있던 만리추종향이 사라지지만 않았어도……."

땅을 파서 칡을 캐 먹고 있던 멧돼지 한 마리가 불쑥 이쪽으로 고개를 돌렸다. 낯선 침입자에게 노골적인 적의를 드러냈다.

"오! 맛있겠다!"

멧돼지를 발견한 월음괴가 소리쳤다.

다다다다닥—!

낯선 침입자를 발견한 멧돼지는 쓴맛을 보여주기로 결심했는지 맹렬히 달려왔다.

월음괴는 히죽 웃으며 일양괴에게 말했다.

"먹으면서 길을 가는 건 상관없겠지. 뚱땡이! 네가 손을 써봐. 이왕이면 노릇노릇하게 잘 익혀서……."

월음괴가 말을 꺼내자 일양괴는 히죽 웃으며 고개를 끄덕이고는 열양장력(熱陽掌力)을 뿜어낼 준비를 하고 있었다.

하지만 한순간 월음괴는 말문을 닫았고 일양괴는 동작을 멈추었다.

하얀 빛이 번득이는가 싶더니 달려오던 멧돼지는 어느새 허공을 날고 있었던 것이다.

하늘을 나는 멧돼지라니?

입을 쩍 벌리고 구경하다 한 자루의 검이 빛을 발하며 멧돼지의 몸통을 꿰뚫고 있는 것을 발견했다. 멧돼지는 허리에 검을 꿰어찬 채로 산등성이 중턱으로 날아갔고, 그곳에는 한 인영이 서 있었다.

일월쌍괴는 그제야 멧돼지가 하늘을 날 수 있는 이유를 알 수 있었다.

어떤 미친놈이 이기어검술로 멧돼지를 잡아간 것이다.

이기어검된 검은 무쇳덩어리도 손쉽게 꿰뚫어 버린다. 그런데 저 먼 거리에서 교묘하게 힘을 조절하여 멧돼지를 낚아채 가다니… 그가 자신들의 아침을 가로채 갔다는 사실조차 잊어버릴 정도로 얼이 빠졌다.

"드디어 찾았군."

진삼원은 짧게 중얼거리며 길게 휘파람을 불었다. 허공을 선회하고 있던 하얀 깃털의 해동청이 빠르게 날아와 진삼원의 어깨에 내려앉았다.

산 중턱의 인영을 지켜보던 다우의 두 눈이 점차 커졌다.

그녀가 탄성을 내지르기도 전에 일월쌍괴가 부르짖었다.

"주인님이다!"

이제 진력을 아낄 필요가 없었기에 일월쌍괴는 산 중턱의 인영을 향해 전력을 다해 경공술을 펼쳤다.

살찐 멧돼지를 잡아 만족해하며 검을 뽑던 유검은 다가오는 인영들의 모습을 보고 아! 하고 소리 질렀다.

일양괴의 어깨에 목마를 타고 있는 다우가 훌쩍 날아올랐다.

"여전하구나."

뜻밖에 만난 반가운 얼굴에 유검은 활짝 웃으며 두 팔을 벌렸다.

"오라버니~!"

다우가 감격하여 유검의 품에 안기려 했다. 갑자기 유검의 모습이 픽! 하고 사라졌다. 다우는 미처 신형의 중심을 잡지 못했기에 그대로 땅에 처박힐 것 같았다. 어머! 하며 당혹해하는데 홀연 뒤에서 누군가 자신의 허리를 낚아챘다. 뒤돌아보니 유검이 짓궂은 미소를 짓고 있었다.

"쳇!"

다우는 기분이 상한 듯 시큰둥한 표정으로 바뀌었다.

그 모습이 어찌나 귀여워 보이던지 유검은 거칠하게 난 턱수염으로 그녀의 뺨을 비벼댔다.

"어이쿠, 우리 예쁜 아가씨! 날이 갈수록 침어낙안(沈魚落雁)이 되어

가는구나. 이대로 며칠만 더 지나면 이 산 호수의 물고기는 모두 익사
해 버리고, 기러기는 몽땅 떨어져 죽고 말겠다!"

"당신, 누구세요?"

다우는 정말로 낯선 사람을 만난 것처럼 고개를 갸웃거렸다.

"쳇, 이상한 사람이야."

훌쩍 유검의 품에서 벗어나 멧돼지 앞으로 가서 쪼그려 앉았다.

다우는 손가락으로 땅에 원을 빙글빙글 그리며 쓸쓸한 표정으로 중
얼거렸다.

"틴구야, 너도 혼자니? 나두 그래. 외롭지? 나랑 틴구할래? 응?"

유검은 그런 다우의 행동에 실소를 흘리면서도 마음이 따뜻해져 옴
을 느꼈다.

"주인님!"

일월쌍괴가 정중히 한쪽 무릎을 꿇고 예를 취했다. 풍환에게 하도
주인님이라는 말을 많이 들어서 이제 익숙해졌다고 생각했는데도 일월
쌍괴의 복창은 여전히 낯설었다.

"어서 일어나십시오. 강호의 후배에게 이런 예의는 과분합니다."

저들 일월쌍괴 역시 눈동자가 모두 검은색인 괴이한 노인네로부터
연결된 인연이다. 마땅히 의심해야 옳은 일이었기에 말투는 자연히 딱
딱해질 수밖에 없었다.

그런 유검의 태도에 활짝 웃으려던 일월쌍괴의 표정이 어정쩡해졌
다. 잠시 어색한 침묵이 흘렀다. 일월쌍괴는 체면과 자존심이 뭉개어
지자 억눌려 있던 그들의 흉성이 다시 불쑥 고개를 쳐들었다.

월음괴는 속으로 투덜거렸다.

'뭐가 불만이지? 애송이 녀석, 우리가 주인 대접 해준다고 너무 깔

보는 거 아냐?'

속의 불만을 겉으로 내색하지는 않았지만 분위기는 싸늘해질 수밖에 없었다.

유검 역시 그들의 내심을 짐작하고는 코웃음을 치며 팔짱을 끼었다.

'먼저 하인으로 자처했겠다? 좋아, 앞으로는 원대로 해주지.'

생각해 보면 애당초 좋은 관계가 될 리 없었다. 그들이 기뻐하며 순순히 하인 노릇에 충실했던 것은 갑작스레 반지의 주인을 만나 너무나 절망했기에 그에 대한 반발심 때문이었으니까.

유검은 문득 낯설어져 있는 자신을 발견했다. 흐르는 구름처럼 세속의 모든 것에서 벗어나 유유자적한 생활을 즐기던 자신에게 어느새 쉽게 화내고 의심하는 버릇이 배어든 것이다. 화로 인한 감정의 격류 때문만은 아니었다.

'그러고 보니 문양을 깨우진 뒤부터……'

아무것도 확실치 않으니 아무래도 당분간 괴이한 노인이 준 책자에서 터득한 문양의 힘은 꼭 필요한 경우가 아니라면 자제해야겠다고 생각했다.

휙—!

날카로운 파공성과 함께 갑자기 암기가 날아왔다. 가볍게 낚아챈 유검의 시선이 일월쌍괴 뒤로 향했다. 진삼원이 천천히 걸어오고 있었다. 그의 왼쪽 어깨에는 보기 드문 하얀 깃털의 해동청이 앉아 있었다. 날카로운 매의 발톱에 몸을 보호할 가죽이 없는데도 별 상관 없어하는 듯했다.

유검의 눈빛이 날카로워졌다.

"여긴 무슨 일이죠? 저와 싸우고 싶어 몸이 근질근질하신가 보군요."

진삼원은 피식 웃으며 답했다.

"싸움이라… 그것 좋지. 그보다 먼저 손에 들린 걸 먼저 보는 게 어떤가?"

슬쩍 시선을 내리깔고 낚아챈 암기를 보니 한 장의 서찰이었다. 서찰 표면에 적힌 필체가 낯익음을 깨닫고 흠칫했다.

"자네 사부의 것일세."

유검은 한 가닥 불안감이 밀려왔다. 왜 사부의 서찰이 저자로부터 전해진단 말인가?

진삼원, 그를 증오하기는 하나 결코 암습이나 비열한 짓을 할 사람은 아니라는 것을 알고 있었기에 한차례 매섭게 쏘아보고는 천천히 서찰을 펼쳐 읽었다.

검아, 보아라.

네가 이 글을 볼 수 있다면 살아남았다는 의미겠지.

너에게 있어 검을 들지 못하게 한다는 것은 사실상 불가능하다는 것을 알고 있었다. 어릴 적부터 보아온 너인데 이 사부가 모를 리 있겠느냐. 그러니 이러한 시험을 네게 내리지 않을 수 없었다. 너에게도 진가 녀석에게도 가혹한 일임을 아나 이 못난 사부는 그리하지 않을 수 없었노라. 나의 이름으로 언약하건대 이는 마지막 시험이 될 것이다.

"시험?"

글을 읽다 말고 유검은 힐끔 눈길을 돌려 진삼원을 바라보았다. 아무런 표정 변화가 없었다.

그는 무뚝뚝하게 말했다.

"네 사부는 오른손을 바치셨다, 너를 시험하는 대가로."

"…무슨 의미냐?"

유검의 얼굴이 창백해졌다.

"말 그대로다. 한평생 익혀온 무공이 담긴 오른손을 스스로 잘라내셨다."

유검의 신형이 휘청거렸다.

팡!

유검의 신형이 쏘아져 갔다. 손으로 진삼원의 멱살을 잡아 쥐었다. 진삼원의 어깨에 앉아 있던 해동청이 깜짝 놀라 파드득 날갯짓을 하며 날아올랐다.

"무슨 소리를 하는 거냐? 수작 부리지 마라! 그런 엉터리 말을 내가 믿을 것 같은가?"

유검은 발작적으로 소리쳤다. 핏발이 곤두설 정도로 두 눈을 부릅떴지만, 날카로운 안광만 쏟아져 나올 뿐 눈동자는 깨끗했다. 금강불괴인 탓이었다.

"어리군."

팍!

진삼원이 내뻗은 일장에 유검은 주르륵 흙먼지를 일으키며 뒤로 밀려났다.

진삼원은 무뚝뚝하게 말했다.

"걸어오는 싸움은 피하지 않겠다만… 마저 서찰을 읽어보는 게 어떤가?"

살기 띤 눈으로 그를 쏘아보던 유검은 바드득 이빨을 갈면서 서찰로 다시 눈길을 향했다.

반고의 기지개라 이름한 낙양의 대지진을 알고 있을 게다. 부디 절망하지 말기를 바라며 네게 밝히니 그것은 너의 일검으로 그리된 것이었다.

서찰을 쥔 유검의 두 손이 부들부들 떨렸다. 혹시나 했었다. 무림맹의 금역 안에서 일검을 펼친 후 일어난 의심이었다. 갑자기 일어난 낙양의 대지진, 그 다음날 내려진 사부의 파문령, 엄청난 액수의 차용증, 게다가 검을 들지 말라고 부탁하던…….

더 이상 감당할 수 없는 충격에 유검의 얼굴은 종내 무표정해졌다.

그러니 나로서도 네가 그 일검을 자유 의지로 펼치고 거둘 수 있는지 어떤지 확실히 알아둬야만 했던 것이니라. 그것이 네게 시험을 내린 의미였다. 진가 녀석이 네게 어떤 시험을 내릴지는 모르나 참으로 인내하기 힘든 가혹함이 있었을 것이다. 너에게도 진가 녀석에게도 나는 참으로 못할 짓을 하였다. 그럼에도 너는 잘 견뎌주었다.

나의 사랑하는 제자여.

이제 못난 사부는 마지막으로 바라는 바가 있으니, 진정한 무상검의 경지를 깨우쳐 다오. 나의 한평생 염원을 이루어주려무나. 염치없는 이 사부의 마지막 부탁이니라. 들어주길 믿어 의심치 않겠다.

또한 바라 마지않는다. 검을 쓰기 전에 세 번을 더 생각하고 양보할 것이며, 부디 측은지심을 가져 인명을 소홀히 하지 말지어다.

그리고 진가 녀석과는 사이좋게 지내거라. 부족함이 많은 이 사부가 가르쳐 주지 못한 많은 것을 배울 수 있을 게다.

추신: 이제 깊은 산속으로 들어가 은둔하고자 하니 찾지 말기를 바라며 또 하나만 더 부탁하자꾸나. 천하에 깔린 나의 외상 술값을 부디 갚아서 나의 조그만 명예를 보존케 해다오.

항상 너와 함께 있던 전각의 오른쪽 세 번째 기둥 밑을 살펴보거라. 술값에 보태 쓸 만한 것이 있으리라.

서찰은 끝이 났다.

"사부는… 사부는 항상 제게……."

유검은 뒷말을 잇지 못했다. 추신의 내용을 보고 웃어야 한다고 생각하면서도, 억지로 입가에 미소를 띠면서도 목이 메어와 더 이상 말을 잇지 못했다.

눈시울이 뜨거워지더니 주르르 눈물을 흘리고 말았다.

현풍은 단순히 사부가 아니었다. 어린 시절 모든 것을 함께해 온 부모나 마찬가지였다. 지금에 이르러 제자의 과오를 모두 자신의 어깨 위에 올려놓고는 혹시나 허튼 생각을 품을까 저어하여 마지막 무상검의 경지를 부탁하다니…….

자칫 이 일이 세상에 알려진다면 쌓아왔던 사부 본인의 명예는 물론이거니와 무당파의 모든 제자와 강호의 친구들로부터 욕을 먹을 것이다. 사부 현풍은 그런 위험을 감수하고서도 끝까지 못난 제자를 믿어주었다.

유검의 어깨가 부르르 떨렸다.

하늘을 우러러 외쳤다. 갈라지고 쉰 목소리였다. 목메어 나오지 못했던 감정의 알갱이들이 한꺼번에 터져 나오는 소리였다.

"천지신명에게 고하나이다! 맹세하건대, 이 몸이 부서지는 한이 있더라도 반드시 사부의 염원을 이루어 드리겠습니다! 결코 일신의 평온과 부귀영화를 위해 검을 들지 않을 것이며, 오로지 검의 경지를 향해 용맹정진하겠나이다. 무상검을 익히는 데 도움이 되는 초식(招式)이 있다면 훔쳐서라도 배울 것이며, 모든 사람들로부터 욕을 먹을지라도 마두(魔頭)로부터의 가르침도 망설이지 않겠나이다! 이 몸이 천 갈래만 갈래 찢겨진다 한들 이 맹서는 변하지 않으리다! 반드시… 반드시!"

울부짖다 지친 한 마리 늑대처럼 유검의 고개가 푹 숙여졌다.

"그리고… 사부님의 외상 술값도 모두 갚겠습니다."

지켜보던 다우는 슬픈 얼굴이었고, 일월쌍괴는 입맛을 다시다 술값을 갚겠다는 말에 키득거렸으며, 진삼원은 여전히 무표정했으나 슬며시 고개를 하늘로 올리고 있었다.

비 개인 날의 창천(蒼天)은 더없이 깨끗했다. 눈이 시릴 정도로.

"검술 교두(劍術教頭)?"

화력을 높인 모닥불 위로 지글지글 기름이 떨어지며 치이익 연기가 피어올랐다. 향기로운 고기 냄새가 동굴 안을 진동시켰다.

통째로 구워지는 멧돼지 주위로 모두들 둘러앉아 있었는데, 고기를 뜯다 말고 유검이 눈살을 찌푸렸다.

유검의 반문에 진삼원은 고개를 끄덕였다.

유검은 잠시 어이없는 표정으로 멍하니 있다가 다시 입을 열었다.

"무림맹에서 나를 무림공적으로 지목했다고 방금 말씀하지 않았습니까? 그런데 왜 나를……?"

진삼원은 잠시 먹던 고기를 땅에 내려놓았다. 설명이 길어질 듯해서였다.

"네가 무림공적, 아니, 무림맹의 적이 된 것은 우리 가문의 어르신 뜻이라 내 힘으로는 어쩔 수 없었다만… 신경이 쓰이나?"

"별로."

유검은 동굴 안쪽 구석에 홀로 기대앉아 조금씩 손가락으로 고기를 찢어 깨작대며 먹고 있는 화를 힐끔거렸다.

말은 하지 않았지만, 신경 쓰이는 것은 화라는 무언의 대꾸였다.

하지만 진삼원은 전혀 모른 척 딴청을 피웠다.

"그렇다면 상관없군."

진삼원의 무심한 눈이 화를 스쳤다.

화는 그의 눈길이 두려운 듯 움찔거렸다. 화는 자신이 어떻게 살아 났는지 그 연유는 아직 몰랐지만, 혈도를 제압당한 상태에서 진삼원의 일건에 자신의 심장이 꿰뚫리는 고통을 분명히 느꼈다. 그러니 진삼원 이 자신의 이름을 걸고 해치지 않겠다는 약속을 했음에도 두려워하지 않을 수 없었다.

진삼원은 유검에게 말했다.

"어쨌든 이번 편복도(蝙蝠島)행(行)은 너에게 나쁠 것 없다. 구파일 방과 오대세가의 기재들, 그리고 이번 사신당의 갑조 시험을 통과한 기 재들과 천하 각지에서 자질을 인정받아 모은 기재들에게 검술을 가르 치다 보면 너 스스로 얻는 게 많을 테니까. 오룡삼봉(五龍三鳳)이라는 애송이들도 빠짐없이 참가를 했다더군. 평소 가문의 위광을 업고 커온 녀석들이라 다루는 게 쉽지는 않겠지만 너라면 별문제가 없겠지. 그

외 그들을 가르치기 위해 무림맹에서는 막대한 자본과 인력을 동원했다. 분명 손해는 아니야."

물론 손해는 아니다.

그의 말대로라면 마교와의 싸움에 대비하기 위함일 뿐 아니라 천하의 무학을 몽땅 집대성하여 새로운 무림의 백년대계를 세워보자는 의도에서 만들어졌기 때문에 각 문파에서는 비전들을 아낌없이 내놓았다고 한다.

애당초 유검은 무상검을 익히기 위해서 일단 천하 각 문파의 무공을 모두 섭렵해 볼 생각을 했으니 편복도에서의 교두 직 제의는 불감청이 언정 고소원이었다.

다만 문제는 화.

진삼원은 분명 자신이 화를 데리고 있을 것이라는 것은 알고 있다. 마교에서 필사적으로 그녀를 노리고 있는 처지, 무림맹은 그들의 아가리에 화를 넣어주지 못해 안달이다. 그것은 진삼원도 알고 있다. 그러니 아무런 언급을 하지 않았지만 교두 직을 제시하는 것을 보면 분명 화에 대한 대책이 있는 게 틀림없었다.

유검의 눈길이 웅크리고 앉아 무언가를 부지런히 쓰고 있는 일월쌍괴에게로 향했다. 그들은 열심히 붓을 놀려 쓰는 척했지만, 코를 벌름거리며 연신 향기로운 고기 냄새를 풍기고 있는 멧돼지고기에 곁눈질을 하고 있었다.

"뭘 보세요? 다 끝났습니까? 그렇다면 먹어도 좋습니다."

유검의 차가운 말에 일월쌍괴는 움찔거렸다.

그들은 눈썹이 휘날리도록 읍내까지 달려가서 고기 양념과 함께 종이와 먹과 벼루를 사 들고 왔다. 그리고 유검의 명대로 자신들의 독문

신공을 종이에 옮겨 적고 있는 중이었다. 결코 적지 않은 분량의 구결이었기에 써도 써도 끝날 것 같지가 않았다.

월음괴는 뱃속에서 계속 아우성치는 밥벌레들의 요구에 도저히 못 참겠다는 듯 입을 열었다.

"저… 주인님, 일단은 배가 불러야 일의 능률도 오르는 법입니다. 그러니까 우선 먹고 나서 적으면… 아, 예! 안 되죠. 사람은 자기 할 일을 철저히 해야죠. 일하지 않는 자는 먹을 자격이 없습죠. 헤헤헤……."

일월쌍괴의 얼굴은 웃는 건지 찡그리는 건지 알 수 없을 정도로 일그러졌다.

둘은 내심 똑같이 외쳤다.

'이 빌어먹을 애송이 녀석, 도대체 갑자기 왜 저러는 거냐! 사람이 갑자기 바뀌면 죽을 징조야!'

유검이 눈을 가늘게 뜨자 둘은 찔끔하더니 푹 고개를 숙이고 열심히 하던 일을 계속했다.

"조수 두 명을 같이 데리고 가도 상관없습니까?"

유검의 말에 진삼원은 일월쌍괴를 힐끔거린 후 말했다.

"편한 대로 하게. 단, 조건이 있는데, 저 두 노선배의 경우 너무 외모가 알려져 변장이 불가피할 걸세."

유검은 냉소하며 말했다.

"내 하인들이니 맘대로 굴려도 상관없습니다."

유검 역시 변장을 하기는 해야 할 것이다. 구파일방이라 말했으니 분명 무당파에서도 올 것이다. 그리고 그 외 동년배 중에 지인(知人)이 많은 것은 아니지만 분명 알아보는 사람이 있을 것이다.

하지만 그런 사소한 일은 유검 본인이 알아서 하면 그뿐이라 보았는지 진삼원은 아예 언급조차 하지 않았다. 이는 뭘 시킨다는 느낌의 말을 극도로 자제하는 듯한 태도. 그것은 진삼원에게 있어 상당한 존중이자 배려라고 할 수가 있었다.

유검이 가는 것으로 마음을 굳힌 듯하자 큰 눈동자를 데굴데굴 굴리며 지켜보던 다우가 폴짝 뛰며 좋아했다.

"와~! 축하해요, 오라버니~!"

그녀의 말 한마디에 서리가 껴 앉은 듯 싸늘하던 동굴 안에 갑자기 화기애애한 분위기가 돌았다.

다우는 유검의 목을 껴안고 애교스런 목소리로 말했다.

"그 섬엔 빚을 받을 사람들이 많이 있어요. 이번에 오라버니랑 같이 가서 꼼짝 마라! 하고 외치면 재밌겠죠?"

"빚?"

"예~ 빚이요. 이번에 빚을 받아내면 다우가 크게 한턱 낼 거예요. 오라버니도 도와주실 거죠?"

"그럼! 물론이지!"

다우의 귓전에 진삼원의 전음 소리가 들려왔다.

―너도 이번 교두 직을 수락한 것이냐? 마교 놈들의 미혼술에 대항하려면 너의 힘이 꼭 필요하다.

―싫어요! 누가 그런 짓을 한댔어요!

―너의 비밀은 반드시 지켜주겠다. 총교두의 신분으로… 아니, 진삼원의 이름으로 약속하마. …도박 벌이는 것도 눈감아주지.

―으음… 쳇, 좀 더 생각해 보구요.

유검은 동굴 안을 천천히 돌아보았다.

화, 일월쌍괴, 다우, 그리고 자신까지 이렇게 다섯이 한편이다. 아니, 풍환과 입구에 자리해 있는 상화구까지 합친다면 일곱. 이 정도라면 마교나 무림맹뿐 아니라 무림 전체와도 한번 겨뤄볼 만하다.

혹시나 만약의 경우 정체가 발각되더라도 곤란한 것은 자신들이 아니라 무림맹과 진삼원인 것이고.

한참을 숙고하고 있는 유검에게 진삼원이 물었다.

"이제 제의를 수락한 것으로 보아도 좋은가?"

그의 질문에 잔뜩 미간을 찌푸린 채 유검은 길게 한숨을 토해냈다.

"휴… 좋습니다. 하지만 마지막으로 한 가지만 물어보겠습니다. 대답이 마음에 들지 않는다면 제시한 교두 직은 없었던 것으로 하겠습니다."

유검이 심각한 어조로 그렇게 말하자 진삼원은 내심 긴장했다.

단순히 검술 교두 직을 제의한 것이 아니라, 사실 그 안에는 화평의 의미가 깃들어 있었다. 유검이 만일의 경우 무림맹을 적으로 놀린다면 보통 문제가 아니었다.

"뭔가?"

"…한 달 녹봉이 얼마죠? 사부님의 외상 술값을 갚으려면 적은 액수로는 곤란합니다."

가면을 쓴 듯 무심해 보이던 진삼원의 얼굴에 변화가 생겼다. 천천히 그의 얼굴에 미소가 떠올랐다. 살얼음이 깨어지고 그 안에서 봄바람이 흘러나오는 듯 부드러웠다.

"흠, 그건 흥정을 해보세. 자고로 싸움은 말리고 흥정은 붙이라고 했잖은가. 하하하."

호탕한 그의 웃음소리가 동굴 안에 울려 퍼졌다.

다우는 고개를 갸웃거렸다. 진삼원이 저렇게 웃는 모습은 그녀의 기억 속에서도 많지 않았다.

"그렇게도 우스운 이야기였나?"

다우는 그의 웃음을 여전히 이해할 수가 없어 눈만 껌뻑거렸다.

편복도의 기재들

절강성 항주에서 동남쪽으로 배를 타고 이삼 일 정도 가다 보면 남국의 향취가 물씬 풍겨나는 천국의 섬들이 모여 있는 것을 볼 수 있나.

그곳에서 불과 백여 리 떨어지지 않은 곳에 뱃사람들에게 '지옥의 섬'이라 불리우는 곳이 있었다.

그 섬은 화산 활동이 계속되고 있어 하늘을 향해 벌린 입구에서는 연신 연기가 뿜어져 나오고 있었다. 또한 자주 비가 오고 사시사철 안개로 뒤덮여 있어 신비로웠지만, 수시로 금방이라도 폭발할 듯 우르릉 천둥 소리를 내면서 시뻘건 용암이 흘러나왔기에 그 어떤 사람도 접근하기를 꺼려했다.

게다가 그 섬에서는 기이하게도 차가운 물이 흘러나와 주변의 따듯한 해수와 충돌이 일어나며 자주 소용돌이를 일으켰다. 그러니 한평생을 바다에서 살아온 뱃사람이라 할지라도 접근조차 어려웠다.

하지만 목숨을 아주 가볍게 여기고 여기저기 돌아다니기를 좋아하는 족속들이 있어 무림인이라 불리웠는데, 그들 중 한 무리가 이 지옥의 섬을 발견하고는 오히려 영지(靈地)라 부르며 찬탄하고 경배했다.

그중 작명에는 소질이 없었지만 일행의 우두머리였던 한 사람이 쏟아지는 비를 피해 한 동굴 안으로 들어갔다가 헤아릴 수 없이 많은 박쥐들이 서식하고 있는 것을 보고 이 섬을 그냥 편복도라 이름지어 버렸다. 지옥의 섬이 가지고 있는 장엄한 위용과 웅대한 자연의 모습과는 전혀 어울리지 않는 이름이었지만, 이곳을 찾는 무림인이란 족속들은 그 누구도 이름의 운치 따위에는 신경 쓰지 않았고 그보다는 우두머리의 권위를 존중하였기에 그냥 '편복도'라는 이름으로 고정되어 버리고 말았다.

서서히 낙조가 일 무렵,

편복도의 서쪽에는 드넓은 수평선을 마주하고 절벽으로 둘러싸인 옴폭한 곳에 조그만 백사장(白沙場)이 하나 기적적으로 자리하고 있었다.

거친 파도가 밀려왔다 사라지는 모래 위에 서로 일 장 거리를 두고 일렬로 서서 검을 쥔 채 웃통을 벗어 젖힌 육십여 명의 청년들이 있었다. 오랜 시간 연무를 해왔는지 저마다 땀으로 범벅이 되어 있었고, 그들의 탄력있는 근육질에서 뿜어져 나오는 체열에 의해 주변 공기가 일그러져 흐릿해 보일 정도였다.

"성월쟁요(星月爭耀)!"

청년들 앞에 선 중년인이 우렁차게 소리 지르자 청년들은 모두 기합을 내지르며 신형을 허공으로 띄웠다. 그들은 모두 쇠 신발과 삼십여 근이 넘는 모래주머니를 각 발목에 차고 있어 모두 이백여 근이 넘었는데도 불구하고 전혀 지장을 받지 않는 듯 하나같이 날렵하기 이를 데 없었다.

청년들은 허공에 몸을 비스듬히 띄운 채 동시에 좌우로 검을 휘둘렀다. 이십여 명의 청년이 땅이 꺼질 듯 우렁찬 기합 소리와 함께 한꺼번에 초식을 펼치자, 낙조에 긴 그림자를 드리우며 저마다 검광을 번득이는 모습이 정말로 별과 달이 서로 빛을 다투는 듯하였다.

중년인이 연이어 소리쳤다.

"응락공석(鷹落空石)!"

청년들은 또다시 우렁찬 기합성과 함께 검끝을 아래로 하고 매가 허공에서 돌을 떨어뜨리듯 신형을 떨구었다. 푹! 하고 검은 자루까지 모래밭에 파묻혔다. 쓰러진 상대의 숨통을 끊어놓는 비정한 초식이었다.

청년들의 검술 연마는 해가 완전히 수평선 너머로 사라질 때까지 계속되었다.

"그만!"

중년인이 마침내 종료를 알리자 청년들은 검끝을 아래로 하고 두 손을 마주쳐 예를 표했다.

"수고하셨습니다!"

청년들은 오랜 시간 동안 연무해 오느라 숨이 머리 꼭대기까지 차올라 있을 터인데도 아무도 헉헉대거나 흩어진 모습을 보이지 않았다.

중년인은 그런 그들이 절도있고 재기발랄한 모습에 흐뭇했지만 겉으로는 여전히 엄격한 모습을 잃지 않았다.

"모두 잘했다. 오늘은 아무도 실수가 없었으니 남는 사람 없이 모두 추 교두에게로 가도 좋다. 내일은 새로운 검술 교두를 맞이해야 하니 하루 쉬고 모레부터는 예고했던 대로 종남파(終南派)의 낙일검법(落日劍法)을 익히겠다. 모두 무고(武庫)에서 미리 익혀오도록!"

"알겠습니다!"

중년인은 고개를 끄덕이며 말했다.

"추 교두가 너희들을 기다리고 있다. 절벽 위로 올라가 보도록. 여느 때와 마찬가지로 마지막 열 명은 저녁을 굶고 자정까지 경신술 연마를 해야 할 것이다. 행운을 빈다. 해산!"

"수고하셨습니다!"

청년들은 마지막 포권지례를 취한 후 검을 허리춤에 끼어 차고 해안가의 절벽을 향해 달려가더니 망설임없이 타고 기어오르기 시작했다.

중년인은 가슴을 가득 메우는 흐뭇함을 감추지 못해 결국 미소를 지었다.

"허허… 참으로 기재들이로다! 오만하기는 하나 충분히 그럴 만한 자격이 있는 놈들이야."

중년인은 마른 몸매에 날카로운 눈매를 지녔는데, 외호는 중주일검(中州一劍)으로 세 명의 검술 교두 중 한 명이었다. 그는 겉으로는 중년인으로 보이나 실제로는 칠십이 넘은 노협객이었다. 내공이 노화순청(爐火純靑)에 이르렀기에 실제 나이보다 훨씬 젊어 보였던 것이다.

그는 이십여 년 전에 검을 꺾고 강호에서 은거하여 황산에 밭을 일구며 살고 있었는데, 몸소 찾아온 무림맹주의 청을 이기지 못하고 기재들을 가르치기 위해 이곳 편복도로 왔었다.

그가 처음 기재들을 맡았을 때만 하더라도 모두 제멋대로였다.

한평생 검을 쥐고 살아온 그에게 있어 철부지들의 오만은 참으로 눈살이 찌푸려지는 일이었지만, 그래도 하나를 가르치면 열을 헤아리는 그들의 기재에는 참으로 감탄을 금치 못했다.

노년의 열정을 불태울 만한 일이라 여겨 열심히 가르친 결과, 이제는 기재에 노력까지 더하여 어엿한 무인으로서의 품격이 갖춰지는 듯하여 기쁘기 그지없었다.

"허허허……."

중주일검은 연신 흐뭇한 미소를 지울 줄 몰랐다. 여태껏 모든 게 부질없다 여겨 제자 하나 거두지 못한 게 한이 될 정도였다.

"이봐!"

절벽을 오르던 청년들 중에 한 명이 짜증스런 목소리로 옆 청년에게 말을 걸었다. 그 청년은 웬만한 사람들의 허벅지 굵기만한 팔뚝에 태산의 산맥처럼 우람한 근육의 소유자였다. 보통 사람들이 막연히 무림인을 상상하다 그를 본다면 틀림없이 무림인의 표본으로 보았으리라.

이 거구의 청년은 신경질적으로 투덜거렸다.

"언제까지 저 곰팡내나는 늙은이들의 말에 고분고분 따라야 하는 거야?"

옆의 청년은 부지런히 절벽으로 오르며 짤막하게 대꾸했다.

"기다려."

이목구비가 단정하고 순해 보여 오히려 글줄이나 읽는 선비 같은 외모였지만 드러난 상체의 근육은 고무처럼 탄력있어 보였다. 힘을 쓰는 외가의 무공이 아니라 내공과 순발력을 위주로 검술을 익힌 자의 몸매였다.

거구의 청년이 퉁명스럽게 물었다.

"쳇, 언제까지란 말은 해줘야 할 거 아니야."

단정한 외모의 청년은 눈살을 찌푸렸다.

"아구(阿鉤), 너는 항시 참을성이 부족하다. 그건 고쳐야 할 점이야. 앞으로 강호를 이끌어 나갈 우리에게는 그런 사소한 결점조차도 용납될 수 없어."

"쳇, 이건 참을성 문제가 아니야. 교두들 반 이상은 이미 포섭이 끝난 상태, 게다가 몇몇을 빼놓고 기재들은 모두 우리를 지지하고 있어. 일은 이미 이뤄진 것이나 다름없는데 뭘 기다려야 한단 말이야!"

청년들은 모두 체력의 한계까지 기운을 소모한 상태로 절벽을 오르는 중이라 지친 기색들이 역력했는데, 말을 주고받는 이 둘은 오히려 여유가 있어 보였다.

"이쪽으로."

단정한 외모의 청년은 말없이 절벽을 오르다 조금씩 왼쪽으로 자리를 이동했다. 다른 청년들과 어느 정도 거리가 되자 다시 입을 열었다.

"이제 비밀로 하지 않아도 되겠지."

그리고는 전음으로 말했다.

─내일 검술 교두만 오는 게 아니다. 몇몇의 추가된 기재들과 함께 진삼원도 온다.

거구의 청년은 흠칫했다.

"총교두가?!"

자신의 음성이 너무 컸다는 것을 깨닫고 거구의 청년은 황급히 입을 닫았다.

─확실해?

거구의 청년은 전음으로 물었다.

단정한 외모의 청년의 눈매가 가늘어졌다.

―나의 정보력을 못 믿는 거냐?

음성이 차가워지자 거구의 청년은 흠칫했다.

―아, 아니, 미안해. 하여간 좀 더 자세히 말해 봐.

―결론을 말하자면 그가 이곳에 얼마나 머무를지는 모르지만, 어쨌든 그가 떠나고 난 후 일을 시작하는 게 좋아. 이건 초우(草雨)의 결정이다.

―초우가? 쩝… 진작 말할 것이지…….

사실 전음을 펼치려면 일반적인 공력의 크기로 말할 때 대략 반 갑자(半甲子:30년)의 내공이 있어야 가능했다. 그러니 약관의 청년들이 아무렇지도 않게 전음을 펼치는 것은 참으로 놀라운 일이었다. 게다가 극도로 체력을 상실한 후 이렇게 절벽을 오르며 전음을 시전하는 데도 둘은 전혀 무리가 없어 보였다.

초우에 대한 이야기가 나오자 둘은 더 이상 대화를 나누지 않고 부지런히 절벽을 오르기 시작했다.

절벽을 다 오르기 전에 분득 생각난 듯 거구의 청년이 물었다.

―참, 근데 이번에 오는 검술 교두라는 놈은 또 어떤 작자야?

단정한 외모의 청년은 곤혹스러운 듯 미간을 찌푸렸지만, 곧 냉소하며 답했다.

―그건… 미처 파악이 되지 않았어. 흥, 하지만 별 놈은 아닐 거야. 천하각지에 퍼져 있는 본 가의 정보로는 무림의 중대한 인물이 이 근처로 움직였다는 정보는 없었으니까.

그의 말이 틀림없다고 믿는 듯 거구의 청년은 아무런 의심 없이 고개를 주억거렸다.

휙―!

어느새 작은 원숭이 같은 청년이 근처에 와 있었다.

"어이, 무슨 이야기들이야? 경신술 수련이나 빨리 마치고 여자애들 수련하는 거나 훔쳐보러 가자구!"

두 청년은 히죽 웃어 보였지만 내심은 달랐다.

거구의 청년은 속으로 생각했다.

'쥐새끼 같은 놈! 무슨 고자질할 게 없나 싶어서 왔겠지. 이번 일만 마치고 나면 넌 비 오는 날에도 자기 몸에서 먼지가 날 수 있다는 것을 실감하게 될 거다.'

원숭이 같은 청년은 날렵하게 위로 아래로 정신없이 왔다 갔다 하면서 그들에게 말을 걸었다.

"참, 그거 알아?"

거구의 청년은 귀찮아하며 퉁명스레 답했다.

"뭘?"

"내일 들어오는 기재들 중에 진짜 대단한 미녀가 있대. 직접 본 사람 말로는 삼봉(三鳳)보다 더 이쁘더래~!"

"거짓말."

"진짜라구! 나랑 내기할래?"

"흥!"

거구의 청년은 냉소와 함께 고개를 흔들었다.

원숭이를 닮은 청년이 히죽 웃으며 비웃었다.

"뭐야? 뭐야? 자신이 없는 거야?"

"쳇, 그 딴 헛소리에 신경 쓸 시간 없다."

"킥킥, 정말로 안 믿네. 하기사 삼봉보다 더 이쁜 미녀라니 믿을 수가 없긴 하지만."

원숭이를 닮은 청년은 히죽 웃으며 말을 이었다.

"하지만 이건 들어봤을걸? 엄청난 미녀가 교두로 올지 모른다는 소문 말이야. 뭐, 미혼술에 대한 저항력을 기르기 위해서였던가? 하여간 한 번 본 순간 백이면 백! 천이면 천! 모두 넋을 잃어버린다던 그 엄청난 미녀가……!"

단정한 외모의 청년이 퉁명스레 그의 말을 끊었다.

"이봐, 그 딴 헛소문을 아직도 믿는 거냐?"

"헛소문? 쿡쿡쿡!"

원숭이청년은 억지로 웃음을 참는 듯하더니 파안대소하며 말했다.

"그러니까 내 말은, 내일 오는 미녀가 바로 그 헛소문의 주인공일지 모른다 이 말씀이야! 그러니까 어때? 내기를 하는 게?"

단정한 외모의 청년이 눈살을 찌푸리며 말했다.

"헛소문은 헛소문일 뿐이야. 보는 사람마다 넋을 잃은 미녀라니… 그런 미녀가 있을 리가 없잖아. 천상의 선녀라도 그런 일은 벌이지지 않는다."

원숭이청년이 뭐라고 대꾸하려 하자 단정한 외모의 청년은 서둘러 말을 가로챘다.

"그리고 너, 방금 이번에 오는 기재들 중에 미녀가 있다고 하지 않았나? 그 헛소문의 주인공은 교두로 들어올지 모른다는 거였다. 제발 말도 되지 않는 소리로 정신 헷갈리게 하지 마라!"

자신의 말에 허점이 있다는 것을 깨달은 듯 원숭이청년은 말문이 막혔다. 하지만 곧 두 눈을 동그랗게 뜨고 자신의 주장을 관철했다.

"그, 그래도 미녀가 들어온다는 것은 틀림없는 사실이라구! 내가 내기하자고 한 것은 삼봉보다 이쁜가 안 이쁜가였어! 그러니까 사소한 건 잊어버려. 에… 하여간 어떡할래? 내기할래 말래? 응?"

원숭이청년은 당혹스러움을 뻔뻔함으로 감춘 채 그렇게 말했다.

단정한 외모의 청년은 눈살을 찌푸렸다.

'이놈은 도대체 어디서 그런 정보를 얻은 거지? 저렇게 뻗대는 걸 보면 완전히 거짓말 같지는 않군.'

원숭이청년은 아무래도 단정한 외모의 청년은 자기와 내기할 것 같지 않다고 판단했는지 거구의 청년에게 달라붙었다.

거구의 청년은 귀찮은 표정으로 냉소를 터뜨렸다.

원숭이 닮은 청년이 은자에서부터 이곳 편복도에서는 가장 큰 보물에 해당하는 죽엽청 한 병까지 내기에 내걸었지만 거구의 청년은 전혀 듣지 못한 것처럼 상대도 하지 않았다.

내기라니?

삼봉은 일반 강호의 청년뿐 아니라 여기 편복도의 기재들에게도 그야말로 고지의 꽃이었으며 마음속의 여신이었다. 이기고 지고를 떠나 그런 신성불가침의 여신을 내기에 내건다는 사실 자체가 말이 안 되는 소리였다. 그것도 그녀들의 미모를 두고 내기라니?

삼봉의 미모에 관해서는 신화에 가까웠다. 한껏 부풀리고 부풀려져 있었지만 실제 한 번이라도 그녀들을 본 사람들은 오히려 소문이 너무나 과소평가되었다고 말할 정도였다. 사내라면 누구라도 그녀들의 모습을 먼발치에서나마 한 번 보고 싶어했으나, 그런 행운을 가진 이는 많지 않았다.

이는 오룡과 삼봉은 다른 기재와는 달리 방관에 가까울 정도로 모든 자유로운 행동이 허락되었기에 엄밀한 규율 속에서 정해진 일과에 따라 무공을 수련하고 있는 이들이 그들을 만나본다는 것은 하늘의 별

따기였던 것이다.

거구의 청년은 히죽 웃었다.

'흥, 하지만 우리는 특별하지. 초우 덕분에 그녀들을 가까이서 보고 말까지 건네받았으니까!'

거구의 청년은 그녀들과 처음 만났을 때 입이 얼어붙어 그냥 어색한 미소만 짓고 있었는데, 한 소녀가 '쳇, 바보 같아!' 라고 말했었다. 거구의 청년 아구는 가슴이 진탕되었다. 말한 내용이 어떤가는 상관없었다. 그녀가 바보 같다고 말할 정도면 이유야 어찌 되었든 자신을 눈여겨보고 있었다는 증거가 아니겠는가? 그 하나만으로도 감격스러웠다.

아구는 그때 삼봉들과 스스럼없이 말을 주고받는 초우를 비롯한 오룡들에게 질투심조차 일지 않았다. 같이 만났던 다른 청년들도 마찬가지로 주눅만 들어 있었다. 오룡, 그들은 삼봉과 마찬가지로 특별히 선택된 존재였으며 이미 자신들과 사는 세계가 전혀 다르다는 것을 모두 자각하고 있었던 것이다.

어쨌든… 세 명의 소녀는 모든 청년들에게 있어 고지 위의 꽃이었으며 마음속의 여신이었다.

그런 그녀들을 대상으로 내기를 한다는 것은 있을 수 없는 일이었다.

그녀들의 모습을 떠올리며 정신이 흩어진 탓일까. 근 칠 장여 높이의 절벽을 벽호공으로 거의 다 올라간 상태였는데, 거구의 청년 아구는 그만 헛발을 내딛고 말았다.

"엇!"

원숭이 닮은 청년이 놀라 소리쳤다.

"아구!"

단정한 외모의 청년이 소리쳐 부르며 손을 내밀었지만 이미 늦었다.

주르륵―

아구는 황급히 두 손으로 튀어나온 부위를 움켜쥐었지만 이미 가속화되어 떨어지는 그의 몸을 지탱할 수는 없었다.

"젠장할!"

아구는 한 모금 진기를 들이마신 후 몸을 최대한 가볍게 해서 빙글빙글 신형을 회전시키며 아래로 떨어졌다.

쿵!

모래 바닥을 파헤치며 그의 신형은 다행히 제대로 두 발로 착지했다.

비록 바닥이 부드러운 모래사장이었고 제대로 운신하여 착지했다고는 하지만 칠 장여 높이란 결코 만만치 않았다. 게다가 발에 거의 이백여 근에 달하는 쇠 신발과 모래주머니를 찬 상태였으니 착지한 두 발이 온전할 리가 없었다.

아구는 이빨을 꽉 깨물고 터져 나오려는 비명을 꾹 참았다.

"아구! 괜찮으냐!"

단정한 외모의 청년이 소리쳐 묻자 아구는 고개를 끄덕이며 크게 소리쳐 답했다.

"아진(阿眞)! 난 괜찮다! 상관 말고 올라가!"

"쳇, 몸뚱이 하나는 단단하군. 그럼 천천히 놀다 와라!"

단정한 외모의 청년 아진은 아구가 괜찮은 듯하자 더 이상 다른 청년들에게 뒤질 수 없어 늦기 전에 절벽을 마저 올랐다.

기재들이 절벽을 오르던 모습을 지켜보던 중주일검이 놀라 황급히 달려왔다.

"괜찮으냐?"

"괘, 괜찮습니다."

아구는 억지로 몸을 일으키려 했지만 중주일검에 의해 저지되었다. 중주일검은 아구를 억지로 눕힌 후 여기저기 자세히 살펴보고는 안도의 한숨을 내쉬었다.

"휴… 다행히 크게 다친 곳은 없군. 왼쪽 발목은 삔 것 같다만… 신농산장의 소 노인에게 약이나 얻어서 바르고 오늘은 쉬도록 하거라."

"괜찮습니다!"

아구는 억지로 버티고 섰다. 하지만 중주일검이 슬쩍 가슴을 밀자 한 걸음 뒤로 물러설 수밖에 없었는데, 순간 왼쪽 발목에서 몰려오는 통증에 끼악! 하고 소리를 내지를 뻔했다.

중주일검이 은은히 미소 지으며 말했다.

"추 교두에게는 내가 말해 놓으마. 어서 소 노인에게 가봐."

중주일검은 친절하게도 몸을 지탱할 수 있는 막대기를 하나 구해다 주었다. 그리고는 훌쩍 단번에 칠 장여 높이의 절벽 위를 날아올랐다.

그 모습을 본 아구는 미간을 찌푸렸다.

대개 일 갑자 정도의 공력을 쌓은 일류고수들이 오 장여 높이를 뛰어오를 수 있는 것과 비교해 보자면 대단한 경공술이었다.

대개 일류고수들이 높이 뛸 수 있는 한계는 오 장 정도였다. 그 상태에서 조금이라도 더 높이 뛰어오르기 위해서는 각고의 노력과 수련, 그리고 노화순청에 달한 내공의 힘이 필요로 했다.

그러니 손쉽게 내보인 중주일검의 경공은 단순히 이 장 정도 더 높이 뛰었다는 산술적인 의미가 아니라 지닌 바 무공의 경지가 보통의 일류고수들보다는 최소한 두세 단계 위임을 드러낸 것이다.

은밀한 반란을 획책하던 무리들 중 하나인 아구로서는 마음에 걸리는 일이 아닐 수 없었다. 이미 중주일검의 무공이 어떠하다는 것을 모르고 있었던 것은 아니나 새삼 자신의 눈으로 확인하고 보니 밥 먹다 체한 것처럼 가슴이 묵직해졌다.

아구는 투덜거렸다.

"쳇, 늙은이가 주제넘게도 괜한 상관이야."

아구는 상의를 챙겨 입고 지팡이를 잡고 절뚝거리면서 절벽 옆으로 난 샛길로 향했다.

날은 점차 어두워져 가고 있었다.

날은 저물고 자욱한 밤 안개가 끼어 있어 주위의 광경을 제대로 살필 수 없었다. 게다가 갑작스레 비까지 내렸다.

편복도에서는 자주 있는 일이었으며 이 때문에 큰 사고가 나는 일은 없었다.

다만 평소 잘 찾지 않는 신농산장 소 노인의 집으로 향하던 아구에게는 큰 문제가 되었다.

"제기랄, 도대체 여기가 어디야?"

투덜거리던 그에게 우르릉— 폭포수 떨어지는 소리가 들렸다.

소 노인의 집이 폭포수 근처임을 알고 있던 그가 반색하며 소리난 방향으로 향한 것은 지극히 당연한 일이었다. 그리고 수풀을 젖히고 폭포수 앞에 당당히 나선 순간, 지극히 빠른 몸놀림으로 낮게 몸을 웅크린 것은 또한 어쩔 수 없는 일이었다.

"어머? 방금 뭔가 나타나지 않았니?"

폭포수 아래에서 목욕 중이던 한 소녀가 아구가 숨어 있는 수풀 쪽을 보고 고개를 갸웃거렸다.

그 옆에 있던 소녀가 말했다.

"이 섬에 맹수는 없어. 혹시 다람쥐가 나타났다가 사라진 거 아닐까?"

'그럼, 그럼! 지극히 당연한 말씀!'

아구는 들키면 끝장이다! 라는 생각에 식은땀을 주르르 흘러내렸다. 지금에서야 여자 제자들이 남자들보다 일찍 하루 일과를 마치고 이곳 폭포수에서 몸을 씻는다는 사실을 떠올릴 수 있었다.

아구는 속으로 투덜거렸다.

'젠장! 비 오는데 목욕은 무슨 목욕이야?! 계집애들 생각은 도통 알 수가 없다니깐.'

다급한 위기 의식 중에도 남자의 본능은 어쩔 수 없는 법이라 밤 안개 사이로 아른거리는 소녀들의 미끈한 알몸을 좀 더 자세히 보기 위해 아구는 두 눈을 크게 뜨고 안력을 집중시켰다.

한 소녀가 두 팔로 천천히 자신의 가슴을 가리면서 말했다.

"맹수… 만 위험한 건 아니겠지?"

상승 무공을 익힌 그녀들로서는 오히려 맹수를 두려워할 이유가 없었다. 그녀들이 정말로 경계하는 것은…

"남자 제자들은 모두 경신술 수련 중일 텐데……."

한 소녀가 그 말을 꺼내자 까르르 웃고 장난치던 소녀들이 일시에 동작을 멈췄다. 모두 아구가 숨어 있는 수풀 쪽을 수상쩍은 눈길로 째려보았다.

'크, 큰일 났다!'

몇몇 소녀가 서둘러 옷을 입으며 검을 드는 모습이 보였다.

하지만 아무리 무가의 여식들이라고는 하나 타고난 여인으로서 미지의 어둠에 대한 두려움은 어쩔 수 없어 먼저 나서는 이는 없었다. 만약 홀로였다면 달랐을지도 모른다. 뭉치면 약해지고 홀로일 때 강해지는 것이 여인이니까.

긴 생머리의 소녀가 과감하게도 물속으로 잠수하더니 어린아이 주먹만한 돌멩이를 건져 올려 아구 쪽을 향해 던졌다.

아구에게 드러난 그녀의 가슴을 감상할 여유는 없었다.

긴 생머리의 소녀가 던진 돌멩이는 정확히 자신의 머리통을 향해 날아왔던 것이다. 하지만 조금도 움직일 수 없었다. 움직이면 그녀들의 귀를 속이지 못하고 들통나고 말 테니까.

퍼억!

수박 깨지는 소리와 함께 돌멩이는 정확히 아구의 이마에 격중되었다. 내공을 끌어올렸다고는 하나 충격은 만만치 않았다. 수없이 많은 별들이 눈앞에서 날아다녔다.

아구는 조그만 신음 소리 하나 내지 못했다. 들키면 끝장이라 생각했으니까. 사정은 있었지만 누가 온전히 믿어줄 것인가? 색마로 낙인 찍혀 버릴지도 몰랐다. 어쩌면 그전에 소녀들의 공격에 먼저 맞아 죽을지도 모른다.

"잘못 봤었나?"

한 소녀가 고개를 갸웃거렸다.

"일단 확인해 보자."

긴 생머리의 소녀가 먼저 옷을 챙겨 입고 검을 든 채 용기있게 물 웅덩이를 가로질러 아구가 있는 수풀 쪽을 향해 성큼성큼 걸어왔다.

이제 정말로 끝이다라고 생각한 순간, 아구는 누군가 스르르 걸어와 자신의 앞을 가로막는 것을 보았다.

하늘하늘한 몸매로 보아 여인인 듯싶었는데, 기름 먹인 종이 우산을 들고 있었다.

"아, 목욕하는데 방해해서 미안해요."

가을 하늘처럼 맑고 듣는 사람으로 하여금 마음을 편하게 해주는 부드러움이 있는 여인의 음성이었다. 목소리로 보아 십대 후반의 소녀로 보였다.

아구는 얼어붙어 있었다. 이미 들켰다! 라는 생각만이 그의 의식 속을 지배하고 있었다.

하지만 우산을 쓰고 나타난 소녀는 아구가 보이지 않는 것처럼 행동했다.

그녀는 밝은 목소리로 말했다.

"음… 약초를 구하러 나왔다가 잠시 길을 잘못 들고 말았어요. 용서해 주실 거죠?"

소녀들은 우산을 쓰고 나타난 사람이 같은 여인이라는 사실에 안도했는지 일단 경계심을 풀었다.

"혹시 그 근처에 수상한 사람을 못 봤나요?"

"음… 글쎄요. 수상한 멧돼지라면 한 마리 봤답니다. 찾는 게 그 멧돼지예요? 근데 결혼 신청하기에는 너무 못생기지 않았나요?"

"호호호, 물론이에요."

그녀의 조그만 농담에 분위기는 금방 화기애애해졌다.

검을 들고 물 웅덩이를 가로질러 오던 긴 생머리의 소녀가 그녀를 향해 조심스레 물었다.

"혹시… 여 소저 아니세요?"

“어머, 누구시죠? 절 아시나요?”

간접적으로 긍정하는 그녀의 말에 긴 생머리의 소녀는 반가운 듯 활짝 웃으며 말했다.

“절 잊으셨어요? 삼 년 전 영웅회 때 만났었는데…….”

우산을 쓴 여인은 아! 하고 탄성을 질렀다.

“아! 알고 보니 무산파(巫山派)의 진 소저시군요. 미안해요. 미처 알아보지 못했어요.”

“호호, 저도 얼굴은 잘 보이지 않아서 여 언니를 못 알아봤어요. 그냥 음성이 귀에 익어서 혹시나 하고 물어본 거예요.”

우산을 쓴 그녀가 긴 생머리 소녀와 서로 아는 사이인 듯하자 소녀들의 경계심은 완전히 풀렸다.

“아참, 지금 급한 환자 때문에 들어가 봐야 해요. 나중에 다시 만나요.”

여 소저가 작별 인사를 꺼내자 무산파의 진 소저가 당황해했다.

“아, 저…….”

조금 전의 당돌한 행동은 어디로 가버렸는지 얼굴을 붉히며 머뭇머뭇 입을 열지 못했다.

여 소저는 밝은 음성으로 그녀에게 말했다.

“아참, 그것 아세요? 유 사형이 진 소저에게 비무첩을 보내려고 한 적이 있었답니다.”

“…비무첩요?”

진 소저는 그녀의 말에 두 눈이 동그래졌다.

“흐음~ 공짜로는 가르쳐 드릴 수 없답니다. 알고 싶으면 나중에 먹을 것을 가지고 와요. 그럼 자세히 말씀드리죠. 후훗!”

주위의 소녀들은 짓궂은 농담을 꺼내어 그녀를 놀렸다. 진 소저는 얼굴을 붉게 물들이면서도 두 눈에는 기쁜 빛이 가득했다.

"에구, 약초 망태기가 꽤 무겁네요. 그럼 나중에 뵈요. 제가 있는 곳은 신농산장 소 노인에게 물어보면 된답니다."

여 소저는 손을 흔들어 그녀들에게 작별을 고했다.

그리고는 우산을 쓴 채로 태연히 아구의 목덜미 쪽 옷자락을 잡아끌고 천천히 걸어갔다. 얼어붙은 아구는 일절 꼼짝도 못하고 아무 소리도 없이 그렇게 끌려갔다.

대략 십여 장 끌고 오자 여 소저는 아구를 풀어주었다.

"그럼 잘 가세요."

갑작스런 작별 인사에 아구는 자신도 모르게 그녀를 향해 입을 열었다.

"저… 왜 절 도와주신 겁니까?"

여 소저는 고개를 갸웃거렸다.

"음… 아무래도 익숙해서일까? 뭐, 신경 쓰지 마세요. 전 이래 봬도 입이 무겁답니다."

아구는 황급히 변명했다.

"절 이상한 놈으로 생각하지 말아주십시오. 사실 이렇게 된 데는 까닭이 있습니다. 그러니까……."

"무슨 나쁜 짓을 할 생각이었어요?"

"그, 그럴 리가!"

"그럼 별 상관 없잖아요. 뭐, 훔쳐본다고 해서 큰일 나는 것도 아니고."

"……."

여 소저는 아구의 발을 힐끔거리더니 자신이 쓰고 있는 우산을 접었다.

"이걸 지팡이로 하세요."

우산 속에 가려져 있던 그녀의 용모가 내리는 비와 자욱한 밤 안개 사이로 드러나자 아구는 순간 숨이 막힐 듯했다.

"아……!"

멍청히 있는 아구에게 그녀가 가까이 다가와 손에 우산을 건네주며 말했다.

"아참, 발이 삔 건 별거 아닌데 이마 위에 난 상처는… 꽤 오래가겠어요. 빨리 소 노인에게 가보시는 게 좋을 것 같네요."

걱정스러운 듯 아미를 찌푸리는 그녀의 모습에 아구의 가슴은 울렁거렸다.

"참, 잊으시면 안 돼요! 나중에 우산 값 반드시 돌려줘요. 알겠죠?"

그 말을 끝으로 그녀는 비에 젖은 모습으로 숙소를 향해 뛰어갔다.

아구는 망연한 시선으로 그녀의 모습이 사라질 때까지 넋을 잃고 바라보았다.

한참 시간이 흐른 후 아구의 시선은 자신의 손에 들려 있는 우산으로 향했다.

"날… 걱정해 줬어."

아구는 가슴을 뒤흔드는 조용한 격정에 잠겨 있었다. 삼봉을 만났을 때도 얼어붙고 감탄은 했을지언정 이렇게 가슴이 울렁거리지는 않았었다.

조금 전 그녀의 행동과 말이 자꾸만 머리 속에서 맴돌았다.

마지막 자신을 진심으로 걱정해 주던 그녀의 눈빛을 떠올리자 거친

강호의 생활로 메마르기 짝이 없었던 그의 가슴이 뒤늦게 축촉한 감동
의 빗물로 적셔졌다.
　"날… 걱정해 줬어."
　아구는 망연히 그 말만 되풀이했다.

일월쌍괴와의 갈등

일월쌍괴와의 갈등

한낮의 태양은 사정없이 푸른 바다 위로 살인적인 햇살을 뿌려대었고, 순풍에 하얀 포말을 일으키며 파도를 가르는 한 척의 범선은 반짝이는 은빛의 편린들을 단숨에 집어삼키며 전진! 전진! 해 나가고 있었다.

목적지에 다 와감을 아는 이들은 저마다 선두에 서서 다가올 광경을 기대에 찬 눈으로 바라보고 있었다.

하지만 이들과는 달리 홀로 선미(船尾)에 앉아 자꾸만 멀어져 가는 뱃자국에 무심한 시선을 고정시키고 있는 이가 있었다. 흘러온 세월을 후회하며 돌이켜 보기에는 너무 젊어 보였다. 그리고 헐렁한 청삼에 남장을 하고 있었지만 가냘픈 몸집에 섬세한 얼굴의 선을 보노라면 유검과 같이 일부 둔감한 사람 이외에는 대번에 여인임을 눈치 챌 수 있었다.

화였다.

유검은 바람에 흔들리는 돛대 위에서 아슬아슬하게 가부좌를 틀고 앉아 다가오는 전망을 구경하다 힐끔 그녀에게로 시선을 향했다.

“…….”

유검은 다시 시선을 앞으로 돌렸다.

태양이 중천을 지날 무렵 저 멀리 하얀 연기가 뭉게뭉게 피어오르고 있는 조그만 섬 하나가 나타났다. 푸른 하늘은 맑고 청명하기 이를 데 없는데, 그 섬 주위만은 대낮인데도 자욱한 안개가 끼어 있었고 상공에는 시커먼 먹장구름이 깔려 있었다.

“편복도다!”

사람들은 기쁨의 탄성을 내질렀다. 뱃사람에게 있어 무사히 다음 목적지에 도착한다는 것은 그 자체만으로 기쁜 일이었다.

유검은 다시 힐끔 선미의 화에게로 눈길을 돌렸다. 화는 앉은 자세 그대로 여전히 포말이 이는 파도만을 바라보고 있었다.

멍하니 그녀의 뒷모습을 바라보다 왼쪽 어깨로 쓸어 넘긴 머리카락 사이로 드러난 하얀 목덜미의 선이 무척이나 곱다는 생각이 들었다.

유검은 머뭇머뭇거리다 훌쩍 그녀의 옆으로 뛰어내렸다.

굳이 기척을 감추지 않았기에 떨어지는 소리를 들었을 텐데도 화의 시선은 여전히 파도 위로 고정된 채 고개를 움직이지 않았다.

슬며시 그녀의 왼쪽 곁으로 다가가 앉았다.

화는 그제야 반응을 보였다. 일절 아무런 말도 없이 일어나 왼쪽으로 한 발자국 가서 다시 앉은 것이다. 유검이 가까이 오는 게 싫다는 무언의 대꾸였다.

“…….”

그런 그녀의 태도에 유검은 머리만 긁적거릴 뿐 아무런 말도 꺼낼
수 없었다.

선원들은 곧 다가올 하선을 위한 준비 작업으로 바삐 움직이기 시작
했다. 활기 찬 새벽 시장처럼 시끌벅적했다.

"음……."

우유부단함의 구렁텅이에서 마침내 용기의 동아줄을 잡고 힘겹게
말을 꺼내려는 순간, 물기둥이 솟구치며 거대한 상어가 튀어 올랐다.
그 위로 일양괴가 타고 있었다. 일양괴가 상어의 등을 두들기자 튕기
듯 배 위로 날아올랐다.

유검과 화를 뛰어넘어 상어와 함께 배 위에 무사히 착지한 일양괴는
주인에게 명을 이행했음을 보여주듯 두 주먹을 마주 쥐어 보였다. 그
의 얼굴에는 내가 왜 이딴 어부 노릇을 해야 하나 하는 불만이 어려 있
었다.

"어떻게 할깝쇼, 주인 나으리?"

일양괴가 비아냥거리는 듯한 말과 함께 공력을 끌어올리자 무럭무
럭 김이 피어오르며 바닷물에 젖었던 그의 몸은 순식간에 말라 버렸다.

유검은 곱지 않은 눈으로 그를 바라보았다. 일양괴 때문에 애써 잡
았던 용기의 동아줄이 썩은 새끼줄마냥 끊어져 버린 것이다. 자연 대
꾸도 퉁명스러울 수밖에 없었다.

"지느러미는 떼내고 나머지는 알아서 해."

"…그러죠."

일양괴가 어떻게 대꾸하든 유검은 신경 쓰지 않았다. 조금 전 일양
괴가 상어를 끌고 자신들의 머리를 넘어 배 위로 튀어 오를 때 유검은
귀찮은 생각이 들어 호신강기를 끌어올리지 않았고 그 때문에 바닷물

에 흠뻑 젖어버렸다. 옆 자리의 화 역시 마찬가지였다.

어색한 침묵 속에서 필사적으로 꺼내어야 할 적당한 단어를 찾고 있던 유검은 간신히 실마리를 발견할 수 있었다. 그 실마리는 일양괴 덕분이라 할 수가 있었다.

"음… 젖었구나. 들어가서 옷이라도 갈아입는 게 어떨까?"

조심스레 그렇게 말을 꺼내었지만 기대와는 달리 화는 전혀 들은 척도 하지 않았다.

유검은 내심 길게 한숨을 내쉬었다.

'휴… 정말 미치겠군. 동굴 안에서부터 지금까지 내게 한마디도 대꾸하지 않다니! 도대체 불만이 뭐냐? 뭐야?'

대꾸는커녕 그녀는 시선조차 마주치려 하지 않았다.

"좋아! 네 갈 길을 가라. 내가 굳이 오지랖 넓게 네 일에 상관할 필요는 없겠지. 무림맹의 미끼가 되든 말든, 마교에 끌려가서 산 채로 제물이 되든 말든 나와는 아무 상관 없지! 상관없다구!"

당장이라도 그렇게 소리치고 싶은 심정이었지만 어눌한 표정으로 침묵의 율법을 지키는 유검이었다.

"오라버니~"

유검을 발견한 다우가 반색하며 쪼르르 달려왔다. 하지만 화와 같이 앉아 있는 모습을 보고 곧 시큰둥한 얼굴로 변했다.

"쳇, 사랑놀음 중이었네. 불청객은 이만 사라질게요."

다우는 다시 뒤돌아서서 가려 했다.

"음? 아니, 아니야!"

답답한 분위기에 짓눌려 신음하고 있던 유검은 다우의 출현에 탈출구를 발견한 조난자처럼 기뻐하며 자리를 털고 일어섰다.

“그래, 무슨 일이라도 있느냐?”

유검은 다우를 번쩍 들어 올려 목마를 태웠다.

다우는 힐끔 화를 곁눈질하다가 곧 밝은 음성으로 말했다.

“섬에서 연기가 마구 피어올라요. 가서 구경해요. 예?”

“그래? 그것참 신기하네.”

이미 보았던 광경이지만 다우의 말에 맞장구쳐 주며 선두로 걸어갔다.

묵묵히 배 뒤로 지나가는 파도만을 바라보던 화의 입술이 조그맣게 열렸다.

“바보…….”

옆 자리에 누가 앉아 있었다 하더라도 들리지 않을 정도로 작은 목소리였다.

“내가? 흠… 몰랐던 사실이군, 내가 바보였다니.”

들려오는 굵직한 음성에 화는 흠칫하며 고개를 돌렸다. 만약 유검의 목소리였다면 죽는 한이 있어도 절대 고개를 돌리지 않았을 것이다. 아니, 들은 척도 하지 않았을 것이다.

진삼원이었다.

본래부터 화는 그를 두려워했고 지금도 마찬가지였지만 기이하게 반가움도 함께 있었다.

“쳇, 이제야 아셨어요?”

화는 자신도 모르게 그렇게 대꾸했다.

진삼원은 그녀의 옆으로 다가와 앉으며 말했다.

“그를 좋아하나 보군.”

미소 지으며 가볍게 한 말이었다.

“누, 누가 그, 그 딴 인간을!”

화는 벌떡 일어나 흥분해서 외쳤다. 말이 제대로 나오지 않았다.

“도대체가 다른 사람의 사정은 전혀 생각하지도 않고 제멋대로에 뭐든 미안하다는 말 한마디 없는 사람이에요. 게다가 여기저기 정을 흘리고 다니면서 온갖 여자한테 꼬리치고 다니는 그런 사람을 왜……!”

그가 누구인지 딱히 지칭하지 않았는데도 날카롭게 반응하는 그녀의 태도에 진삼원은 내심 웃었다.

“하지만 네게는 잘 대해주지 않았던가? 뭐… 너를 해치려 한 나로서 할 말은 아니지만, 그는 목숨 걸고 널 구해줬는데 말야.”

“저를요? 흥, 다른 속셈이 있어서겠지요. 뭐, 단순히 영웅이 되고 싶어서든지, 아니면 그냥 진 대협과 싸우고 싶어서였을지도 모르죠.”

“흠… 하긴, 그럴 수도 있겠군.”

진삼원은 고개를 끄덕이며 싱긋 웃었다.

화의 얼굴이 빨갛게 상기되었다.

그녀는 힘없이 털썩 주저앉으며 중얼거리듯 말했다.

“다른 하실 말씀이 없다면 비켜주실래요? 전 혼자 있고 싶어요.”

진삼원은 그런 그녀의 말에 전혀 아랑곳하지 않았다.

“어떻게 생각하느냐?”

갑작스런 진삼원의 물음에 화는 당혹해했다.

“어, 어떻게 생각하느냐니요? 그, 그야 물론…….”

“역시 네가 보기에도 다우는 꽤 귀여운 꼬마 아이지?”

“다, 다우?”

화는 말을 더듬거리다 어색하게 웃었다.

“아! 무, 물론… 귀엽죠.”

곧 표정을 굳히며 말했다.

"이제 하실 말씀이 없으시다면……."

"사실 다우는 내게 있어 친동생, 아니, 딸과 같이 생각하는 아이다. 아무래도 유검, 그 녀석 곁에 두기에는 조금 위험하다 싶어서 말이야."

"물론이죠!"

화는 방금 전까지만 해도 그에게 축객령을 내리려 했던 사실도 잊은 채 크게 소리치며 맞장구를 쳤다.

"그건 사실 예전부터 하고 싶은 말이었어요. 어린아이가 그런 사람 옆에 있으면 이상한 물이 들어버린다구요. 앞으로의 교육을 위해서도 반드시 떼어놓는 게 좋다구요!"

"역시 그렇지?"

"당연하잖아요! 도대체 그 사람 옆에 있어서 도움되는 게 뭐가 있겠어요?"

억울한 심정을 하소연하듯 무림공적을 탄핵하는 협객의 말투로 그렇게 맞장구쳤다. 그동안 쌓였던 게 많았던 모양.

진삼원은 슬며시 미소 지으며 고개를 끄덕였다.

"도와주겠느냐?"

"예?"

화는 돌연한 그의 말에 화들짝 놀라 반문했다.

"그러니까 어린아이를 이상한 물이 들 우려가 있는 불한당으로부터 보호하는 것은 무림인으로서 지극히 당연하다고 할 수 있지."

"…그렇죠."

"하지만 나 혼자만의 힘으로는 조금 힘들 것 같아서 말이다. 네가 조금 도와주면 쉬울 듯한데……."

“……”

진삼원의 말에 화는 까닭을 알 수 없는 두근거림을 느꼈다. 한참 후에야 조심스럽게 물어볼 수 있었다.

“어떻… 게요?”

일양괴가 잡아온 상어를 끌고 선두로 나가자 무림맹 소속의 무사들을 제외한 선원들이 우르르 모여들었다.

“백상어다!”

선원들은 깜짝 놀라 소리쳤다. 호위 무사들도 아직 명을 받지 못했기에 제자리를 지키고 있었지만 백상어를 직접 눈으로 보는 것은 처음이라 신기해하며 힐끔힐끔 훔쳐보았다.

이 상어는 보통 놈보다 한 배 반이나 두 배의 크기로 거의 이 장(二丈)여에 달했다. 등 쪽은 회색, 배는 흰 편이었는데 아직 살아 있는 놈이라 삼천 개의 흉측한 이빨을 쩍 벌리며 살기를 내뿜고 있었다. 초승달 모양의 꼬리지느러미가 발악하듯 퍼득거렸다.

“젠장할!”

일양괴는 투덜거리며 품속에서 네모난 식칼을 꺼내었다. 주방에서 슬쩍 가져온 것이었는데 하늘 높은 줄 모르는 그의 자존심상 이런 상어의 지느러미를 떼어낼 때 어떤 칼이 필요한지 선원들에게 물어볼 수가 없었다.

퍼억—!

네모난 식칼이 상어의 정수리를 찍었으나 포악한 성질만 돋울 뿐 별다른 타격을 주지 못했다.

“에잇!”

일양괴는 울화가 치밀어 올라 식칼에 독문신공인 일양신공을 주입
시켰다. 칼을 타고 막강한 열양(熱陽)의 공력(功力)이 두개골을 뚫고 들
어가 상어의 뇌수를 녹여 버렸다. 상어는 반사적으로 몇 번 더 퍼덕이
다 곧 잠잠해졌다.

"제에─기랄! 제엔─장!"

일양괴는 뭐가 그리 불만인지 연신 욕설을 토해내며 식칼을 휘둘렀
다. 초승달 모양의 꼬리지느러미가 먼저 잘려 나가고, 아가미 등지느
러미, 가슴지느러미 등이 뒤를 이었다.

신기에 달한 그의 솜씨에 선원들은 환호성을 지르며 엄지손가락을
치켜세웠다.

일양괴가 지느러미를 모아 나무 상자에 담고 떠나려 하자 구레나룻
을 길게 기른 선원 하나가 그에게 물었다.

"이봐, 영감! 이 상어의 나머지는 어떻게 할 거요?"

그로서는 뱃사람으로서 상당히 예의를 갖춘 질문이었으나 듣는 입
장에서는 달랐다.

일양괴가 힐끔 고개 돌려 째려보자 그 선원은 돌연 목덜미가 서늘해
지고 오금이 저려와 자기도 모르게 뒷걸음질쳤다.

"영감? 지금 날 보고 영감이라 불렀나?"

"아, 아뇨, 어르신……!"

선원이 자신을 두려워하는 표정을 짓자 일양괴는 그제야 살기를 거
두었다.

"바다에 던져 버려."

그렇게 말하고 떠나려는데 그 선원이 극도로 조심스런 태도로 일양
괴를 다시 불렀다.

"저… 어르신!"

일양괴가 귀찮은 표정으로 뒤돌아보자 선원은 헤헤 웃음 지으며 말했다.

"이 상어를 저희들에게 주시면 안 되겠습니까? 사실 상어 가죽은 제대로 팔면 꽤 값이 나가지요. 그리고 저 상어 이빨은 저희들이 심심할 때 가공해서 장식품으로 달고 다녀도 좋고… 게다가 이놈의 상어로 비누를 만들면… 헤헤, 기방의 계집들이 사족을 못 씁니다요! 그야말로 끝내줍죠!"

점점 열의를 더하는 선원의 설명을 일양괴는 한마디로 일축시켜 버렸다.

"시끄러!"

더 이상 귀찮은 것은 질색이라는 듯 일양괴는 육중한 무게의 상어를 번쩍 들어 올려 바다로 던져 버리려 했다. 이때,

"잠깐만."

다우를 목마 태우고 선두로 슬슬 나온 유검이 그의 행동을 저지시켰다.

"상어는 놔두고 들어가 볼일이나 봐."

일양괴의 두 주먹이 부르르 떨렸다. 두 눈에서는 불꽃이 튀었다. 하지만 입에서 튀어나온 말은 욕설이 아니었다.

"알겠습니다, 주인 나으리!"

일양괴는 포권을 취한 후 거친 걸음걸이로 지느러미가 든 나무 상자를 가지고 배 안으로 들어가 버렸다.

"저, 오라버니……."

다우가 조심스럽게 불렀다.

“음?”

“저 할아버지… 혹시 오라버니한테 돈 떼먹은 거 있어?”

“아~니.”

“그런데 왜… 다우한텐 잘해줬단 말야. 그러니까 오라버니도 저 할아버지한테 잘해주면 안 돼?”

“흠… 본래 하인이란 잘해주면 기어오른단다. 그래서 안 돼.”

“에에? 그럼 할아버지가 하인이었어?”

“응!”

“우웅… 머, 저 난쟁이 할아버지가 목마 태워줘서 그런 건 아니구 말야. 음… 아, 맞다! 혼내줄 때 키가 큰 할아버지한테 대신해. 그럼 되겠다! 그치?”

“그럴까?”

“응!”

타협은 이루어졌다.

구레나룻의 선원은 뭐가 어떻게 된 영문인지 몰라 두 눈을 동그랗게 뜨고 있었는데 유검이 다가가 말했다.

“에… 뭐라고 했었죠? 그러니까… 상어로 비누를 만들려면…….”

다우가 서둘러 끼어들었다.

“나두! 나두! 만들면 다우도 하나 줘요!”

유검은 웃으며 말했다.

“물론이지! 하지만 네게 혼례는 아직 십 년은 이르단다.”

다우는 갑자기 토라져서 유검의 머리를 쥐어박았다.

“바보! 멍텅구리!”

*　　　　*　　　　*

“뜨기랄! 애송이 놈!”

꽈당—!

배 안의 주방에 도착한 일양괴는 어깨 위에 얹혀 있던 나무 상자를 거칠게 바닥에 던지며 욕을 퍼부었다.

“도대체 무슨 억하심정이야! 안 그러냐, 헐랭이?”

월음괴는 양 손바닥을 대나무에 대고 있었다. 한여름날 찌는 듯한 찜통 더위의 선실 안인데도 불구하고 대나무 표면 위로 하얗게 서리가 끼어갔다.

그의 옆에는 커다란 쇠 상자가 하나 있었는데 서리 앉은 대나무 통이 수십 개가 들어 있었다.

“음… 이제 여섯 개만 더 만들면 되겠군.”

“내 말이 안 들려?”

“너무 화내지 마라, 뚱땡아. 일단 가져온 그 상어 지느러미나 저 상자 속에 넣어.”

“젠장!”

일양괴는 일단 월음괴의 말대로 가져온 지느러미를 쇠 상자 속에 쏟아 부었다. 골고루 대나무 통과 섞은 다음 또다시 분통이 터진 듯 버럭 소리를 질렀다.

“제기랄, 애송이 녀석 말야!”

월음괴가 조용히 타이르는 음성으로 말했다. 여전히 월음신공으로 대나무 통 속의 물을 얼리는 작업을 하면서.

“없는 데서도 주인님이라 불러. 아니면 네 입버릇처럼 주인 나으리라 부르던가."

일양괴는 그의 말에 어이가 없어 입이 딱 벌어졌다.

"엥? 넌 아예 노예 근성이 붙은 거냐?"

월음괴는 조용히 말했다.

"주인님을 처음 만났을 때를 생각해 봐라. 사실 이런 정도의 수모는 애당초 우리가 처음 예상했던 것보다 훨씬 양호해. 다만 우리의 기대치가 높았던 거지. 반지의 후예로서 우리에게 너무 잘 대해줬으니까 말야. 그래서… 정말 진심으로 섬길 생각이 들었지만… 타고난 우리 성깔이 어디 가겠냐? 좀 더 있었으면 있는 성질 없는 성질 다 나왔을 걸? 그때 되면 우리 스스로 자제하려고 해도 그게 가능하겠냐? 주인님은 아마도 그것을 꿰뚫어 보고 일부러 읍참마속(泣斬馬謖)의 심정으로 저러시는 걸 게야. 아무렴, 그렇지, 그렇구말구!"

일양괴는 절대 승복할 수 없는 듯 그의 한마디가 끝날 때마다 흥! 흥! 코웃음 소리를 내었다.

"무조리 개방귀 같은 소리군! 냄새가 지독해!"

월음괴는 한숨을 쉬며 말했다.

"다시 생각해 봐. 기억나지 않나? 우리가 세상에 바란 것은 단 하나였잖아."

"뭐가 하나야?"

"일소촌(馹召村)."

월음괴가 힘없이 내놓은 한마디에 일양괴는 흠칫했다.

일소촌은 그들이 젊은 날 한때 살았던 촌락의 이름이었다. 사랑하던 한 여인과 함께.

둘은 선명하게 떠올리고 말았다. 젊은 날 사랑했던 한 여인이 목을 매달아 죽을 때 보여줬던 그 독살스럽고 원망에 찬, 그리고 비웃음이 가득 담긴 시선을.

천장으로 고개 돌린 일양괴의 눈길이 아련해졌다. 돌이킬 수 없는 지난날의 회한이 함께 몰려와서였다. 그때 막을 수만 있었더라면… 남은 인생 모두 가소로움과 비웃음 속에서 산다 한들 아무렇지도 않았을 것이다.

"헐렝아……."

일양괴는 허탈한 목소리로 말했다.

"그 일은… 절대 들먹이지 않기로 했잖아. 그런데 왜……."

월음괴는 한숨을 내쉬며 말했다.

"세월이 흘러 생각해 보니 바퀴벌레 먹고 지낸 시간들도 결코 나쁘지 않았던 것 같더라."

"…네 말이 맞다. 사실 그렇게 나쁜 건 아니었지. 힘든 만큼 그녀의… 잊을 수 있었으니까."

월음괴는 고개를 끄덕이며 말을 이었다.

"사실 생각해 봐. 지금 우리들, 꽤 괜찮지 않아? 자존심 따위가 무에 소용있냐? 최소한 우리가 뭘 해야 할까 고민할 필요가 없어졌잖아. 주인님 명에 따르기만 하면 되니까."

일양괴는 동감한다는 듯 허탈한 눈빛으로 고개를 끄덕였다.

"휴우……."

둘은 땅이 꺼져라 한숨을 내쉬었다.

묵묵히 작업에 열중하던 월음괴는 마지막 대나무 통을 완성시키고 철 상자 안에 던져 넣었다.

"끝났군."

기묘하게도 가슴을 가득 채우는 뿌듯한 성취감이 있었다. 월음괴는 갑자기 기쁨이 솟구쳐 벌떡 일어나 소리쳤다.

"그래! 이런 인생도 꽤 쓸 만한 거야! 언제 관 속으로 들어갈지 고민하다가 이런저런 체면 유지를 위해 하고 싶은 것도 못하고… 괜히 딴 놈들을 족쳐야 하고… 이젠 그 짓도 끝이다! 이제부터는 주인님 명만 따르면 되는 거다! 이 얼마나 기쁜 일이란 말인가!"

두 팔을 높이 올려 감격에 겨워하는 월음괴를 묵묵히 바라보던 일양괴는 한참 후에야 그에게 말을 걸었다.

"헐랭아, 근데… 어째 네 모습에 조금 슬퍼진다."

월음괴는 자신의 두 팔이 무척이나 썰렁하게 느껴져 천천히 내렸다.

"그건… 나도 그래."

부우웅―!

회오리치는 소용돌이를 사이에 두고 배가 편복도에서 대략 이십여 장 거리에 이르자 한 선원이 긴 나팔 소리를 울렸다. 사람들은 바삐 움직이기 시작했다. 선원들은 닻을 내리며 하선할 준비를 했다.

울퉁불퉁한 근육을 지닌 한 무사가 나서더니 거대한 철궁을 꺼내 들었다. 그는 선두에 우뚝 서더니 두 가닥의 꼰 명주 천이 달린 쇠 화살을 철궁에 장전했다.

피이이잉―!

쇠 화살은 두 가닥의 명주 천을 달고 날카로운 휘파람 소리와 함께 편복도 유일한 백사장이 위치해 있는 절벽 가까지 날아갔다. 그곳에는 여러 사람들이 이미 배가 오는 것을 보고 나와 있었는데, 쇠 화살이 모래 바닥에 박히자 두 사람이 달려나가 명주 천을 끌렀다.

한 사람이 조그만 도르래[滑車]가 달린 쇠 막대기를 모래 바닥 깊숙
이 박자 다른 사람이 그 도르래에 명주 천을 걸었다.

일이 끝나자 배를 향해 손을 흔들고 나서, 내공을 끌어올려 길게 휘
파람 소리를 내었다.

이에 화답이라도 하듯 배 위에서 한 무사가 명주 천을 역시 고정된
도르래에 건 다음 잽싼 손놀림으로 명주 천에 밧줄을 매달았다.

부우웅—!

배에서 다시 긴 나팔 소리가 울리자 백사장 쇠막대 옆에 선 두 명의
청년은 재빨리 명주 천을 잡아당기기 시작했다. 명주 천에 묶인 밧줄
도 따라왔다.

명주 천은 축 늘어져 소용돌이치는 바다 위에 떨어져 있었지만, 양
쪽이 고정되어 있어 크게 휩쓸리지는 않았다. 밧줄도 무사히 명주 천
을 따라 섬까지 도달할 수 있었다.

절벽가에는 단단하게 고정된 쇠고리들이 박혀 있었다. 모두 다섯 개
였는데 굵기가 어른의 허벅지만하여 절대 망가질 것 같지 않았다. 청
년들은 그 쇠고리 중 가운데 하나에 밧줄을 매었다.

밧줄은 배와 섬 사이로 길게 가로질렀다. 양쪽이 고정되어 있었지만
바다의 소용돌이로 인해 풀 속을 헤치는 뱀처럼 좌우로 요동 쳤다. 백
사장의 청년들이 밧줄을 잡아당기자 밧줄은 수면 위를 아슬아슬하게
스치듯 위로 떠올랐다.

어느 정도 밧줄의 흔들림이 안정되자 배 위에서 날렵한 몸매의 무사
가 양손에 각기 두 개의 밧줄 끝을 붙잡고 선두에 섰다. 그는 경신술을
펼쳐 길게 늘어진 밧줄 위를 달리기 시작했다.

아차! 조그만 실수라도 하는 날이면 소용돌이치는 바다 위로 떨어지

고 말 것인데도 전혀 두려움없이 밧줄 위를 달리는 무사의 태도는 참
으로 호탕하기 이를 데 없었다.

"괜찮아 보이나?"

진삼원의 물음에 유검은 고개를 끄덕였다.

"경신 공부가 좋군요. 흔들리는 밧줄 위에서도 저렇게 몸의 중심을
철저히 자기 것으로 만들다니… 화려하지는 않지만 확실하게 기본이
닦여 있습니다. 저 정도라면 어떤 무공을 배우더라도 진전이 빠를 테
니 꾸준히 노력해 나간다면 후일 일류고수 소리를 듣겠군요."

진삼원은 미간에 내 천(川) 자를 그렸다. 지극히 당연한 소리인데도
유검의 입에서 나오니 선비가 음담패설을 내뱉고 소백정이 공자 왈 하
는 것처럼 어딘지 모르게 이상야릇하게 들리는 것이다.

"이거 참… 자네 입에서 기본 이야기를 들을 줄이야……."

진삼원은 입맛을 다시며 말을 이었다.

"어쨌든 이것 하나는 알아두게. 기재는 일석지간(日夕之間)에 만들
어지지 않는다는 것, 그리고 스스로 무공을 익히는 것과 남에게 가르친
다는 것은 또 다른 문제라는 것을."

유검은 그가 왜 저런 이야기를 하나? 하는 소박한 의문을 떠올렸다.

"어쨌든 자네가 무공을 익혔을 때를 생각해서는 안 돼. 자네가 사부
로부터 배우던 방식으로는……."

진삼원은 딱 잘라 말하기 힘든 듯 말끝을 흐렸다.

듣고 있던 유검은 문득 깨달은 듯 크게 고개를 끄덕였다.

"아! 알겠습니다. 뭐… 녹봉을 받는 처지에 싫다고는 할 수 없는 일
이겠죠. 가르칠 때 조금 더 엄격해지도록 하겠습니다. 이왕 가르칠 바

에야 설렁설렁 그냥 어정쩡하게 가르쳐서는 안 되겠죠. 매일 게으름만 피우며 대충 넘어가던 사부와는 다를 겁니다. 약속하죠.”

진삼원의 얼굴이 찡그려졌다.

“내 말을 전혀 알아듣지 못했군.”

“예?”

진삼원은 뭐라 설명해야 할지 곤혹스러운 듯 눈살을 찌푸렸다. 애당초 설명이란 두 글자는 그에게 있어 낯설었다. 그의 언어는 검로(劍路)에 있었으니까.

‘이 녀석은 자신이 얼렁뚱땅 가르침을 받았다고 생각하는군. 음… 그렇게 틀린 말은 아니지만 그렇다고 맞다고는 절대 할 수 없지.’

뭔가 설득시킬 만한 말을 찾았지만 신통치 않았다. 결국 설명은 포기하기로 했다.

‘여기 있는 기재들은 천하에서 고르고 고른 기재들이다. 설마 하니 망가지는 일은 없겠지.’

진삼원은 그렇게 생각하곤 결국 고개를 내젓고 말았다.

“뭐… 알아서 하게.”

배와 섬 사이에 다섯 개의 밧줄이 걸렸다.

무림맹의 무사들은 선원들이 준비한 상자와 보자기들을 저마다 어깨에 울러 메었다. 각기 십여 장 정도의 거리를 두고 밧줄에 올라타서 짐을 섬으로 나르기 시작했다.

진삼원은 선원들과 무사들에게 몇 가지 지시를 내리고는 선실 안으로 들어갔다.

유검은 멍하니 분주히 움직이는 사람들을 구경하면서 자신이 섬에서 해야 할 일들을 되새겨 보았다.

진삼원은 아마도 자신이 기재들을 잘 가르치기를 바라는 듯하다고 생각했다. 하지만 유검에게 그런 일 따위에 신경 쓸 여가는 없었다.

사부의 서찰이 아니라 할지라도 이미 가슴 깊숙한 곳에서 불타오르는 무엇이 있었다. 그것은 다른 어떤 욕망을 뛰어넘는 간절한 욕구이자 진정한 삶의 목표였다.

그렇게 자신에게는 무상검을 깨우쳐야 한다는 지고한 목표가 있다. 어떻게 다른 일에 한눈을 팔 수가 있겠는가.

'흠… 모르지. 아주 아름다운 미녀라도 있다면……!'

그렇다면 무공을 가르치는 것도 꽤 즐거우리라 생각하며 상상의 나래를 폈으나 아.주. 아름다운 미녀를 쉽게 떠올릴 수는 없었다. 여문과화, 그리고 낙양의 주루에서 보았던 다우의 언니, 그 세 명보다 더 아름다운 여인의 모습을 떠올리기에는 턱없이 상상력의 힘이 모자랐던 것이다.

억지로 만들어보려는데 돌연 전혀 엉뚱한 두 사람의 모습이 떠올랐다. 하나는 키만 삘쭘하니 크고 또 하나는 땅딸보에 자기 키보다 더 큰 상투를 달고 있었다.

"쳇! 쓸데없이 나타나는군. 주제넘은 줄 알아야지."

눈살을 찌푸리며 투덜거렸지만 두 노인의 영상은 쉽게 지워지지 않았다.

"쳇!"

묵묵히 소용돌이치는 바다를 바라보던 유검은 심중이 답답한 듯 길게 한숨을 내쉬었다.

"휴… 할 수 없는 일이지."

유검은 선실로 들어가더니 곧 커다란 두 개의 검은 보자기를 챙겨 들고 다시 나왔다.

선미로 걸어가자 배의 난간에 기대어 바다를 내려다보며 무료하게 시간을 보내고 있던 다우가 반색하며 반겼다.

"다 끝났어?"

"그래, 너도 하선할 준비는 다 마쳤니? 잊어버린 물건은 없고?"

유검의 물음에 다우는 웅! 하며 꽃무늬가 새겨진 비단으로 만든 조그만 보자기를 들어 보였다.

"흠… 당분간은 저 섬에서 살아야 하는데 너무 간단한 거 아닐까?"

"괜찮아. 충분해!"

곧 다우는 유검이 들고 있는 두 개의 검은 보자기를 보고 고개를 갸 웃거렸다.

"근데 그거 어디다 쓸려는 거야?"

"글쎄… 참, 다우야. 재밌는 거 보여줄까?"

유검은 다우의 대답을 기다리지 않고 품속에서 조그만 호각(號角:호 루라기)을 꺼내더니 힘차게 불었다. 호각은 쇠로 만들어졌고 새끼손가 락 하나 정도의 크기였는데 불어도 아무 소리도 나지 않았다.

대신 다른 일이 벌어졌다. 다섯을 헤아리기도 전에 선실 문을 부술 듯 열어젖히며 일월쌍괴가 튀어나왔다.

"부르셨습니까!"

둘은 유검 앞에 사열하듯 정자세로 우뚝 섰다.

유검은 눈살을 찌푸렸다. 계속 반항적이던 그들의 태도가 어쩐지 고 분고분해진 것처럼 보였던 것이다. 이 돌연한 변화는 별로 달갑지 않 게 느껴졌다.

'잔뜩 인상을 찡그리며 나타날 줄 알았는데…….'

내심과는 달리 일부러 키득거리며 다우에게 말했다.

"어떠니? 재밌지?"

유검의 말에 다우는 웅! 하고 대답하기는 했지만 얼굴 표정은 달랐다. 불안한 눈빛으로 힐끔 일월쌍괴의 기분을 살폈다.

유검은 일월쌍괴에게 말했다.

"이제 가봐. 그냥 불러봤어."

"옙! 주인님!"

그들이 예를 취하고 몇 걸음 가기 전에 유검은 다시 호각을 불었다. 일월쌍괴는 번개 치듯 다시 제자리로 돌아와 정자세를 취했다.

유검은 어깨를 으쓱거리며 다우에게 말했다.

"어떠냐? 말 잘 듣는 강아지 같지? 이 호각을 불면 들리지 않는 소리가 난단다. 단, 이 호각 소리를 들으려면 특수한 무공을 익혀야 하지. 강아지 신공이라고나 할까?"

"헤에~? 신기하네?"

말은 그렇게 했지만, 두 노인을 마치 강아지 훈련시키는 듯한 유검의 태도에 다우는 위화감을 느꼈다.

이전부터 유검은 두 노인을 거칠게 다뤄오기는 했지만, 오늘따라 특히 더한 것 같아 보였다. 좀 전에도 너무 일양괴의 체면을 깔아뭉개더니 이번에는 강아지 훈련시키듯 하다니… 다우는 두 노인이 어쩌면 발작을 하지 않을까 불안했다.

하지만 일월쌍괴는 모든 것을 자포자기했는지 일절 반항의 의사를 포기하고 오로지 충직한 사냥개처럼 정자세를 취한 채 유검의 명을 기다렸다.

유검은 허탈하게 웃었지만 다우는 웃을 수 없었다.

유검은 일월쌍괴에게 말했다.

"진 대협 말씀으론 두 분은 변장을 해야 합니다. 왜냐하면 사람들이 알아볼까 봐서이지요."

하대에서 다시 존대로 바뀌었다. 하지만 존중하는 의미가 아니라 빈정거림이 담긴 존대였다.

유검의 말에 일월쌍괴는 각오하고 있었다는 듯 품속에서 하나의 보자기를 꺼내 들었다.

"그렇지 않아도 나름대로 준비해 둔 게 있습니다."

"인피면구(人皮面具)입니다. 진짜 사람 피부를 벗겨 만든 것은 아니지만 아주 정교하게 만들어져 아무도 분간하기 힘들 겁니다."

유검은 피식 웃으며 고개를 흔들었다.

"아마도 착각하고 계시는 것 같군요. 스스로 강호에서 꽤 유명하다고 생각하신 듯한데… 두 분의 얼굴을 아는 사람은 이제 없습니다. 그러니 인피면구 따위는 필요가 없어요."

얼굴을 아는 사람이 없다는 그 빈정거림은 두 노인에게 상처를 주었다. 하지만 강아지 취급받을 때에도 내색없던 그들인데 이 말로 특별히 달라질 것은 없었다. 다만 인피면구 말고 달리 어떻게 변장을 해야 하나 하는 소박한 의문을 떠올렸다.

그들은 조금 전 맹세했던 '우리가 존재하는 것은 주인님의 명을 따르기 위해서이다!' 라는 충성의 결의를 떠올리며 묵묵히 명을 기다렸다.

유검의 눈길이 월음괴의 길쭉한 몸매를 상하로 훑었다.

그 모습에 월음괴는 흠칫했다.

‘설마 축골공(縮骨功)을? 아니, 아니겠지. 설마!’

평소 축골공을 시전하여 키를 줄인 채로 있으면 공력이 엄청 소모될 뿐 아니라 무공도 제대로 펼칠 수 없고 또한 일상생활에서도 엄청나게 불편했다.

하지만 월음괴가 두려워하는 것은 단지 작아진다는 사실 그 하나였다.

심중에 존재하는 여인이 그를 처음 만나 웃으면서 한 첫마디가 ‘키가 크네요?’였다. 그래서 월음괴는 죽는 한이 있더라도 키를 줄이는 짓 따위는 할 수가 없었다.

유검의 시선은 이어 짜리몽땅한 일양괴의 머리에 난 커다란 상투로 향했다.

일양괴도 가슴이 덜컥했다.

‘설마… 이 상투를 잘라 버리라는 이야기는… 안 하겠지. 이건 내 목숨이다! 절대 안 돼!’

일양괴의 심중에 존재하는 여인이 그를 돌아보고 말을 걸게 된 이유가 자신의 상투 때문이었다. 그래서 남들이 뭐라 하든 상투는 그에게 있어 생명이었다. 목을 자르면 잘랐지 상투는 절대 자를 수 없었다.

유검의 입술이 천천히 열렸다. 일월쌍괴는 가슴을 조이면서 나올 말을 기다렸다.

“아주 간단해요.”

그 말에 일월쌍괴는 오히려 더 불안해졌다. 말로는 뭐라고 한들 한마디만 내뱉으면 된다. 그 어찌 간단하지 않겠는가.

유검은 그들의 심중을 아는지 모르는지 천천히 검은 보자기를 들어 보이며 히죽 웃어 보였다.

"이것만 뒤집어쓰고 다니시면 됩니다. 아주 간단하죠? 머리 위에서 뒤집어쓰고 눈이 있는 곳만 구멍을 내면… 아주 훌륭한 옷이 되는군요."

조롱의 빛이 담겨 있었건만 일월쌍괴는 전혀 눈치 채지 못한 듯 말똥말똥한 눈으로 그 보자기만을 쳐다볼 뿐 아무런 반응도 없었다.

유검은 내심 눈살을 찌푸리며 다시 이해가 되도록 설명했다.

"생각해 보세요. 천하의 일월쌍괴가 이런 보자기를 뒤집어쓰고 다닐 거라고는 아무도 생각 못하겠죠? 세 살짜리 아이도 아니고 천하에 이름난 일월쌍괴가 이런 유치한 행동을 하리라고 누가 믿겠습니까? 그래서 완벽한 변장이 될 수가 있는 거죠."

유검은 이런 보자기를 쓰고 다니는 것이 얼마나 체면 깎이는 짓인지 강조했다. 하지만 일월쌍괴의 반응은 유검의 예측과 전혀 달랐다.

월음괴는 검은 보자기를 받아 들고 조심스레 물었다.

"그럼… 이것만 뒤집어쓰고 다니면 되는 겁니까?"

일양괴도 그것이 궁금한 듯 뚫어져라 유검의 입술만 쳐다보았다.

유검이 고개를 끄덕이자 둘은 안도의 한숨을 내쉬었다.

"하하핫, 이 정도야 어려울 게 뭐가 있겠습니까?"

"이 늙은이, 주인님의 호의에 감사드립니다."

일월쌍괴는 자신들이 가장 불안해했던 예상은 지나친 지레짐작이었다는 것을 깨닫고 소박한 기쁨을 느꼈다.

이런 반응은 전혀 예상하지 못했기에 유검은 잠시 아무 말 못하고 있었다.

그동안 일월쌍괴는 얼른 보자기를 뒤집어썼다. 마치 명령을 철회하기라도 하면 큰일이라는 듯이. 그리고 대충 눈 부위에 있는 곳에 손가락으로 구멍을 내었다.

유검은 그들에게 해산을 명하고는 곧 호각을 불었다. 떠나던 그들은 다시 돌아와 정자세로 섰다. 유검은 그 일을 몇 번 더 반복하다 먼저 지쳐 버렸다.

"젠장! 기분도 안 나쁩니까? 강아지 취급받는 게 그리 기분 좋아요? 왜 그리 고분고분한 겁니까!"

그렇게 소리치고 싶었지만 억지로 참고 눌렀다.

"휴… 제 짐을 옮겨놓고 나서 제가 미리 말씀드린 곳으로 가서 기다리고 계세요."

유검은 힘없이 그렇게 말했고 일월쌍괴는 힘차게 복창하며 다시 선실로 들어갔다.

"오라버니……."

다우는 유검의 옷자락을 살며시 잡아당기며 조심스레 그를 불렀나.

"응?"

돌아보는 유검에게 다우는 머뭇거리다 말했다.

"사실… 두 할아버지는 무림맹에서부터 오빠 찾을 때 무척이나 열심이었어. 많은 사람하고 싸울 때도 무조건 오빠 편이었거든. 그리고… 다우한테도 무지 잘해줬는데……."

유검은 다우의 머리를 쓰다듬어 주며 씁쓸한 어조로 말했다.

"나도 알고 있단다."

유검은 하늘을 올려다보며 혼잣말로 중얼거렸다.

"참으로 이상하군. 계속 불만이 쌓여가는 것 같았는데 왜 갑자기 공손해졌을까… 이상하군, 이상해."

다우가 조심스레 물었다.

"오라버니… 혹시 두 할아버지를… 내쫓으려는 거야?"

"음?"

갑자기 정곡을 찌르는 다우의 물음에 유검은 일시지간 답을 하기가
힘들었다. 다우를 데리고 선미 끝 부분으로 가서 걸터앉았다. 잠시 일
렁이는 파도에 시선을 두다 입을 열었다.

"이해하기 힘들겠지만… 들어보렴. 주인이란 거울과 같은 거란다.
내가 잘 대해주고 멋진 모습을 보여주면 반지의 사연에 얽매어 있는
저 두 노인은 거울에 비친 자신들의 모습에 감격해서 충성심을 다하겠
지. 하지만 그게 과연 본심일까? 그들 입장에서 보자면 난 핏덩어리나
다름없는 애송이일 텐데 명은 따를 수 있어도 진심으로 승복하지는 못
할 거야."

유검은 자조적으로 웃으며 말을 이었다.

"그리고… 사실 저 두 분은 내게도 부담스럽단다. 생각해 보렴. 태
사조와 같은 배분의 하인을 두고 내가 어떻게 마음이 편하겠느냐? 뭐
하나 시킬 때도 마음에 가시가 든 것처럼 불편하기 그지없어. 이렇게
서로가 진심으로 대하지 못하는데 차라리 헤어지는 게 낫지 않을까?"

다우는 커다란 두 눈을 동그랗게 뜨고 입술을 삐죽거렸다.

"헤어져? 우웅… 다우는… 헤어지는 건 싫은데… 만약 오라버니가
다우보고 떠나라고 하면 난… 울고 말 거야."

유검은 하하 웃었다.

"녀석! 내가 그런 말 할 리도 없고 또 누가 널 떠나보내게 내버려 둔
다더냐? 넌 내 동생이야. 허락없이 절대 내 곁을 못 떠나! 알겠어?"

"헤헤……."

유검은 이어 말했다.

"두 노인은 당장은 반지의 규율 때문에 명령을 내려도 떠나지 않았지만… 내가 터무니없는 명령을 자꾸 내리면 그들도 결국 참지 못할 거야. 그때 내가 명령을 내려서 반지의 규율을 없애 버리는 거지. 그렇게 되면 나도 편하고 저들도 자유를 얻게 되는 거야. 넌 아직 이해하기 힘들겠지만… 또 다른 사정도 있고 그래."

"우웅."

다우는 유검의 말이 불만인 듯 두 볼을 불룩하게 내밀었다. 턱을 괴고 일렁이는 파도를 보며 뭔가 생각에 잠겼다.

유검은 속으로 쓴웃음을 지었다.

'어렵겠지. 하지만 너도 나이가 들면 알게 될 거야. 만나고 헤어지는 것은 자기 마음대로 할 수 없다는 것을.'

이제 슬슬 일어설까 하는데 돌연 다우가 입을 열었다.

"너무 속단이 아닐까?"

"응?"

"다른 사람의 마음을 어떻게 알 수가 있지? 두 할아버지도 사실은 진심이었을지도 모르잖아. 나처럼 오빠한테 반해서 정말로 같이 있고 싶은지도 모르잖아. 그런데 왜 억지로 떼어내려고만 하지?"

"그건……."

"처음 오빠의 태도는 그렇지 않았어. 두 할아버지의 진심에 감복했었잖아. 그래서 할아버지들한테 잘 대해줬잖아. 어쩌면 귀찮아했을지도 모르지만 그래도 할아버지들의 마음을 헤아리고 배려해 줬어. 그런데 지금은 달라. 뭔지는 모르지만 오빠는 지금 할아버지들의 진심을 의심하고 있어. 그래서 단지 떨쳐 버리고 싶은 거 아니야?"

"다, 다우야……."

점점 날카로워져 가는 다우의 말에 유검은 당혹해했다. 다우의 나이 대에 맞지 않는 이야기였지만, 그녀에 대해서는 그보다 더한 경우도 이미 겪었었기에 크게 이상하게 생각하지는 않았다. 다만 자신도 살피지 못했던 감춰진 마음들을 다우가 끄집어내는 느낌에 크게 당혹스러웠다.

다우는 쓸쓸한 어조로 말했다.

"오빠가 했던 말은 모두 핑계라고 보여져. 왜 주종 간이라는 말에 얽매여야 하지? 반지로 인해서였든 다른 무엇이었든 서로가 진심이면 되지 않아? 살아가면서 좋아하는 사람 하나도 만나기 힘든데 왜 자꾸만 헤어질 생각을 해?"

그 말이 하나의 계기가 되어 갑자기 마음속에 있던 하나의 진실이 송곳이 되어 여린 의식의 표피를 뚫고 감정의 바다 위로 튀어나와 버렸다. 하지만 그 정체는 아직 알 수 없었다.

유검의 시선이 갑자기 망연해졌다. 돛대 넘어 푸른 하늘로 눈길을 돌린 유검은 자신도 모르게 혼잣말로 중얼거렸다.

"주종 간이란 그냥 서로 정한 약속에 불과하다. 왜 세속의 예법에 얽매여야 하는 걸까? 서로가 진심이면 그뿐인데, 난 왜 그들을 자꾸만 떨쳐 내려는 걸까? 왜 자꾸 헤어지려고만 하는 걸까?"

주종 간이라는 말이 혼약으로 바뀌는 순간 둥실 떠가는 구름이 뭉쳐지더니 하나의 얼굴을 만들어갔다.

유검은 구름이 완전한 형체를 이루기 전에 서둘리 지워 버렸다.

"푸하하하핫─!"

별것 아닌 양 파안대소를 터뜨리며 다우의 머리에 살짝 꿀밤을 때렸다.

“임마! 그런 이야기는 좀 더 크고 나서 해! 네가 다른 사람처럼 보이잖아.”

다우는 쓸쓸한 얼굴이었다.

“오라버니.”

“응?”

“만약……”

“만약?”

“내가 변해도… 이상하게 변해도… 날 좋아해 줄 거야? 그때 헤어지자고 하지 않을 거지? 떠나 버리지 않을 거지?”

유검은 하하 웃으며 그녀에게 다시 꿀밤을 먹였다.

“이놈! 왜 쓸데없는 말을 하는 거냐? 말했잖니. 네가 어떻게 변하든 넌 내 동생이다, 내가 이 세상에서 가장 사랑하는!”

원하는 대답을 들었지만 다우는 여전히 웃지 않았다.

그녀에게는 정말로 알고 싶은 게 있었고, 그것은 차마 드러내지 못한 금단의 질문이었다. 다우는 입술을 꽉 깨물었다. 그래도 욱하고 치밀어 오르는 충동을 참지 못하고 결국 심중에 든 말을 쏟아버리고 말았다.

“그 말은… 정말로 내게 하는 소리야? 정말로 날 보고 있는 거야?”

유검의 두 눈이 동그래졌다. 그녀의 두 뺨을 꼬집으며 하하 웃었다.

“무슨 소리니? 아무리 봐도 넌 다우인걸? 내 동생 다우!”

다우는 지금 이 순간 웃는 유검의 모습이 자꾸만 희미해져 보였다. 멀어져 가는 것처럼 보였다.

형언할 수 없는 슬픔에 주르르 눈물이 흘러내렸다. 다우는 자신도 모르게 내뱉고 말았다. 드러내어서는 안 되는 금단의 질문을.

"오라버니… 정말로 날 보고 웃는 거야? 지금 내 뒤에 누가 있어? 누구를 보고 있는 거지?"

순간 유검의 두 눈에 겹치는 한 꼬마 계집아이가 있었다.

무서운 할아버지의 손을 잡고 무당산 위로 오르던 한 계집아이였다. 예쁜 여자 인형을 꼭 품에 안고 있는, 커다란 두 눈이 귀여운 계집아이였다. 자신이 날린 횡소천군의 일초에 인형의 목이 달아나고, 계집아이는 폭포수처럼 눈물을 쏟아내었다.

그때 난생처음 검에 대고 맹세를 했다. 자신의 둘도 없는 친구를 그녀에게 알리는 의식이기도 했다.

유검의 눈은 시간의 흐름을 거슬러 올라가 여문의 그림자를 뒤쫓고 있었다.

'설마……'

가슴이 서늘해졌다.

유검은 아직도 눈물을 흘리고 있는 다우에게로 눈길을 돌리는 순간 느닷없이 찾아온 감정의 충격에 망연해지고 말았다.

자신은 정말로 누구를 보고 있었던 걸까? 혹시 다우에게서 여문의 어릴 적 모습을 본 건 아닐까? 그래서 그토록 처음부터 마음이 끌렸던 걸까?

'아니… 그건 절대 아니야!'

내심 그렇게 부르짖었지만 찾아드는 허탈감을 감출 수 없었다.

여문과 몇 해나 같이 지냈던가.

잊었다고 생각했지만 마음 깊은 곳에서는 여전히 뿌리 깊게 남아 있는 그녀의 존재를 다시금 자각하고 보니 허탈하기도 하고 또 한편으로는 남아 뒹굴거리는 미련의 잔재에 통쾌하기도 했다.

스스로 이해할 수 없는 감정의 흐름이었다.

유검은 밀려드는 감정의 격류에 더 이상 버틸 힘이 없었다. 애써 떨쳐 버리려 했던 여문의 존재를 인정하기로 했다.

설령 세속의 언약에 가로막혀 이루지 못할지언정, 그녀의 진심이 바뀌었다 한들 자신은 처음부터 끝까지 그녀만을 사랑하고 있었던 것이다.

그녀가 고개 돌릴까 봐 애써 먼저 떠나려 했던 자신이었음을 솔직히 인정했다.

그제야 마음이 편해졌다.

유검은 천천히 쪼그리고 앉았다. 커다란 다우의 두 눈과 마주하고 천천히 입을 열었다.

"다우야, 네 말이 옳아. 널 통해 내가 누구를 보고 있는지 알았다. 하지만 이건 알아줘. 지금 내가 보고 있는 것은 다우뿐이야. 더 이상 너를 통해 다른 사람을 보지는 않아. 왜냐하면… 이제 거짓말은 않기로 했거든. 내 스스로에게 말이야. 그래서 이제 너를 똑바로 볼 수가 있어."

"쳇, 순진하기는."

다우는 고개 돌리며 피식 웃었다. 세상살이가 다 그렇지 뭐, 하는 표정이었다.

"세상 살면서 한 사람만 그렇게 좋아할 수 있다는 것도 나쁜 건 아니야. 하지만 이 다우가 옆에 있다는 것도 같이 기억해 줘. 동생으로라도… 그럼 만족, 대만족이야!"

그리고는 몸을 휙 돌려 달아나려 했다.

"다우야!"

유검은 황급히 다우를 뒤쫓으려 했다.

다우가 갑자기 뒤돌아서더니 힘껏 유검의 정강이를 찼다. 하지만 유검은 금강불괴인지라 오히려 자기 발만 아팠다.

유검은 일부러 과장되게 아픈 표정으로 깡충깡충 뛰며 괴성을 질렀다.

"아이쿠, 아야! 아파 죽겠다. 아파 죽겠어!"

"쳇, 엄살은."

다우는 훌쩍 뛰어올라 유검의 목에 매달려 말했다. 커다란 두 눈에서 흘러내리던 눈물은 그쳤지만 눈물 자국은 여전했다.

"이제부터 난 나야! 알았지? 다우라구! 절대 잊어버리면 안 돼! 내가 어떻게 변하더라도 다우라는 거 잊지 마! 알았지?"

유검은 마음 한편이 뭉클해져 와 그녀를 품에 꼭 껴안았다.

"그래… 넌 다우다. 절대 잊지 않으마. 절대로!"

유검은 미안하다는 말은 하지 않았다.

그 점은 마음에 든다고 다우는 생각했다. 만약 자신을 타인으로 여겼다면 자신의 마음을 깨닫는 순간 사과와 변명부터 늘어놓았을 테니까.

'쳇, 괜히 손해 본 기분이야. 그나저나 더운데 언제까지 껴안고 있을 셈이야? 빨랑 떨어져! 덥다구! 이 멍청아!'

다우는 속으로 연신 투덜거렸지만 소리되어 나오지는 않았다.

선실로 들어간 진삼원은 복도를 지나 사다리를 타고 아래층으로 가서 마지막 '출입금지'라고 적힌 방문 앞에 섰다. 피식! 그의 입가에 가소로움이 담긴 웃음이 새어 나왔으나 곧 표정을 가다듬었다.

삐이걱—

보이지 않는 손이 문을 열어젖힌 것 같았다. 진삼원은 서슴없이 안으로 들어갔다. 선실 안에는 세 명의 노인이 각기 단정한 자세로 앉아 있었다.

"도착했나 보군."

"흐흐, 그렇지 않다면 저 녀석이 이곳에 올 리가 없지."

"아미타불… 선재로다. 선재로다."

팔 척 거구에 관운장 수염을 기른 노인, 안색이 음산해 보이는 백발노인, 외팔이노승, 이렇게 무림맹 안의 금역을 지키던 세 명의 노인들이었다. 모두 약속이라도 한 듯 하얀 도포와 승복을 나눠 입었는데, 지루함에서 드디어 벗어나게 되었다는 기쁜 얼굴을 하고 있었다.

"여행에 불편한 점은 없으셨는지요? 준비가 되셨으면 부탁드린 대로……."

진삼원이 포권하며 입을 열자 거구의 노인이 말을 가로챘다.

"자네가 부탁하지 않았어도 올 일이었다네. 신물(神物)이 없는 금역 따위야 지킬 이유가 없으니까."

음산한 얼굴의 백발노인이 말을 이었다.

"흐흐, 그러니까 오해해서는 곤란하지. 이곳으로 온 것은 우리의 의사였으며 누구의 지시나 부탁을 받은 게 아니라는 사실을 명심하게나."

외팔이 노승도 한마디 했다.

"아미타불… 그 아이가 신물의 주인이란 사실은 아직 믿기 힘들지만, 자네가 허언(虛言)을 할 리가 없으니 일단 우리가 지켜보겠네."

진삼원은 세 명의 노인에게 맹(盟)이라는 글자가 새겨진 은색의 네

모난 신물(信物)을 각기 나눠 주었다.

"무공을 가르치는 교두는 동색, 총교두인 저와 섬의 총업무를 맡으신 노(盧) 장로님은 은색을 지니고 있습니다. 만일 무슨 일이 생겼을 경우 이것을 내보이시면 아무도 거역하지 못할 것입니다."

세 명의 노인은 동시에 고개를 끄덕였다.

"그럼 준비되는 대로 나와주십시오."

진삼원이 예를 취하고 나가려 하자 음산한 안색의 백발노인이 슬쩍 지나가듯 말을 걸었다.

"그런데 이 섬으로 왕래하는 수단은 배뿐이던가? 아마 다른 경로도 있을 법한데……."

진삼원은 무례하게 보일 정도로 딱 잘라 말했다.

"없습니다."

"흐흐… 그런가? 믿기 힘들군."

"모르죠. 육지비행술에 능공허도를 익힌 고수가 무한한 내공을 지니고 있다면 바다를 건너올 수도 있겠지요. 아니면 날개가 달렸거나."

백발노인은 그의 말을 믿을 수 없는 듯 눈살을 찌푸렸지만 더 이상의 대화가 필요치 않다고 느꼈는지 고개를 끄덕였고, 진삼원은 예를 취한 후 밖으로 나갔다.

음산한 얼굴의 백발노인은 혀를 차며 고개를 저었다.

"이런이런, 저 녀석도 옛날과 많이 변했군. 최소한 거짓말은 하지 않는 아이였는데……."

꽝—!

거구의 노인이 탁자를 후려치며 화난 음성으로 외쳤다.

"오는 삼 일 동안 배 안을 샅샅이 뒤져 봤지만 찾을 수가 없었다! 아무리 살펴보아도 일 장이나 되는 큰 물건이 있을 만한 곳은 더 이상 없다. 그렇다면 당연히 신물은 우리가 모르는 다른 경로를 통해 이 섬으로 옮긴 게 틀림없어! 그리고 그 사실을 우리에게 절대 가르쳐 주지 않는군. 마치 우리가 훔쳐 가기라도 할 것처럼 꼭꼭 숨기고 있어!"

나간 진삼원에게 따지기라도 하듯이 흥분해서 삿대질까지 했다.

"흐흐… 훔쳐 간다는 말은 이상하지만, 어쨌든 회수해야 하는 건 틀림없지."

외팔이노승이 한 손으로 가슴에 합장하며 말했다.

"아미타불… 그거야 당연한 일이오. 신물을 발견했는데도 제자리에 돌려놓지 않는다면 우리 세 늙은이는 그야말로 할 짓이 없어지는 게 아니겠소이까."

거구의 노인은 더욱 흥분해 외쳤다.

"그리고 그 조그만 계집아이기 신물의 주인이라니… 말이 되오? 신물에게 주인이 있다는 이야기는 생전 들어보지도 못했잖소? 소양력을 얻었다 하더라도 믿기 힘든 이야기인데 하물며……!"

"자자, 흥분은 가라앉히시오."

백발노인은 음산한 미소를 지으며 말했다.

"그 녀석의 태도로 보아 신물을 찾은 것은 분명하고, 또 아무리 생각해도 섬에 감춰두었을 가능성이 크다고 생각하오. 그러니 섬으로 가서 천천히 찾아봅시다. 사실 그리 급한 것은 아니지 않소? 신물이 무사하기만 하다면."

목이 마른지 탁자 위에 놓여진 차를 한 모금 마시고 나서 말을 이었다.

"그리고 그 꼬마 계집아이가 신물의 주인이란 말은 믿기 힘들지만,

관련은 없지 않을 것이오. 그러니 그 아이를 지켜보면 뭔가 단서가 나올 것이라 생각하오."

그 말에 거구의 노인은 크게 고개를 끄덕이며 동의했다.

"옳소이다. 그렇게 하면 되겠군."

백발노인은 흐흐 웃으며 말했다.

"흐흐… 진가 녀석이 제 딴에 우릴 속이려 들지만, 흥! 그게 가당키나 하오? 뛰어봤자 부처님 손바닥이지!"

나머지 두 노인도 옳다고 소리쳤다.

"하지만 경적필패(輕敵必敗)라, 경시하는 것은 옳지 못하오. 자칫 그놈의 술수에 말려들 수도 있으니 항시 의문이 나는 일이 있을 때에는 독단적으로 움직이지 말고 회의를 하도록 합시다."

외팔이노승이 기뻐하며 찬성했다.

"아미타불… 참으로 옳은 소리외다. 빈승은 시주의 의견에 동의하오."

음산한 얼굴의 백발노인은 득의만연한 미소를 띠며 말했다.

"흐흐, 사실 말해서 너무 조심스러워하는 느낌은 있소이다. 진실을 말하자면 힘을 합친 우리들에게 누가 감히 대적하겠소? 일월쌍괴조차도 우리의 합공에 힘겨워하였는데 하물며 진가 정도야! 그런 애송이 녀석이야 애당초 우리의 적수가 아니었지요."

"아미타불… 참으로 신기묘산(神機妙算)다우신 고견이외다."

세 노인은 서로의 얼굴에 미소가 떠오르는 것을 보고 더욱 만족해했다.

이들 세 노인은 이미 수십 년 동안 금역을 벗어난 일이 없었다. 이번에 강호로 나서게 되자 은연중에 세상에 대한 두려움과 어색함을 느끼

고 있었다. 그런 와중에 신물을 되찾아야 한다는 큰일을 맡았다고 생
각하니 부담은 가중되었다. 또한 자신들을 꼬여낸 진삼원에 대해 은연
중 경계심을 가지고 있었다.

그런데 백발노인의 말을 듣고 보니 자신들은 위대하기 그지없는 인
물들, 애송이 진삼원이 어떤 수작을 부리든 당랑거철(螳螂拒轍)에 불과
하다 생각되었다. 이에 여태까지의 걱정이 괜한 기우였다 여기게 되어
마음이 뻥 뚫린 듯 편해졌다. 세상만사 모든 일이 자기들 뜻대로 될 것
만 같았다.

하지만 이들 세 노인은 알지 못했다, 이미 진삼원의 의도에 말려들
었다는 사실을. 비록 무공은 강할지 모르나 강호의 경험은 사실 애송
이나 마찬가지, 당연히 능구렁이 같은 진삼원의 손짓에 꼭두각시처럼
춤추지 않을 수 없었다.

간단히 말해 세 노인은 알게 모르게 화를 지키기 위한 호위 무사로
임명되었던 것이다. 세 개의 은패와 함께.

그것을 전혀 자각하지 못한 채 세 마리의 개구리는 조그만 우물 속
에서 서로가 이 세상에서 가장 잘난 것처럼 개골개골 노래를 불렀다.

말괄량이 다우

말괄량이 다우

“정말로 같이 가고 싶어?”

“응!”

“좋아! 대신 소리 지르면 안 된다.”

유검은 아무도 눈치 못 챈 가운데 다우를 안고 바다로 뛰어들었다. 뛰어들기 직전 다우의 머리를 중심으로 조그만 공기막이 생겨났다.

유검은 다우를 품에 안은 채 바다 아래로 깊숙이 잠수해 갔다. 배 아래로 길다란 쇠사슬이 늘어져 있었는데, 그 끝에는 사방 일 장 크기의 커다란 쇠 상자가 달려 있었다.

쇠사슬을 붙잡고 쇠 상자 위에 올라서니 우우웅― 하는 소리가 울려 나왔다.

―잘 있었나, 고철덩어리 씨.

유검이 전음으로 말을 건네자 우우웅― 하는 소리가 커졌다.

‘풍환! 저 고철덩어리가 무슨 소리를 하는 거야?

―무척 반갑다고 합니다. 바다 속은 햇빛이 별로 들지 않아 두려웠다는군요. 약속을 지켜줘서 고맙다고도 합니다.

‘흠, 이제야 자신의 주제를 파악했나 보군.’

―저… 이제부터 다시 주인님께 말을 걸어도 되나요?

‘미안해. 조금만 더 기다려 주려무나. 다른 사람… 으로부터 내 마음을 알게 되는 건 꽤 괴롭거든.’

―…예, 주인님.

“우와― 예쁘다!”

갑자기 다우가 탄성을 질렀다.

푸른 수면 위에서 새어 들어오는 햇빛 사이로 알록달록한 무늬의 열대어 무리들이 곁을 스쳐 지나갔다.

생전 처음 보는 남국의 바다 밑 정경에 흠뻑 젖어 있는 다우의 모습에 유검은 미소 지었다.

유검이 슬쩍 손을 흔들자 조그만 소용돌이가 일더니 지나간 열대어 무리들을 다시 불러들였다. 열대어들은 흐르는 해류의 흐름을 벗어나지 못하고 원을 그리며 다우 곁을 빙글빙글 돌기 시작했다. 재미난 광경에 다우는 손뼉 치며 좋아했다.

유검은 쇠 상자를 향해 일장을 뻗었다. 쇠 상자 안의 수압이 일시에 증가하며 여섯 개의 철판이 사방으로 펑! 하고 터져 나갔다. 여러 가닥의 쇠사슬로 친친 묶여진 은빛 구체가 그 모습을 드러내었다. 스스로 은은한 빛을 발하고 있었다.

우우웅―

은빛 구체는 기쁨의 노래를 불렀다.

열대어를 잡기 위해 손을 뻗어 장난치고 있던 다우는 갑자기 아래에서 뻗어 나오는 빛에 고개를 돌렸다. 은빛 구체가 은은히 빛을 발하는 것을 보고 두 눈이 동그래졌다.

전에 보았던 여러 개의 팔을 사방으로 쫙 벌리고 있는 흉측한 몰골이 아니라 은은하게 빛나는 하나의 은빛 구슬이 되어 있었다.

"와―! 본래 저렇게 귀여웠어?"

귀엽다는 다우의 말에 유검의 이마에 몇 개의 주름살이 생겼다.

'아무리 취향 차이라지만……'

유검은 은빛 구체를 둘러싼 쇠사슬을 붙잡고 앞으로 헤엄쳐 갔다. 바람을 일으키듯 물살의 흐름을 조절할 수 있기에 육중한 은빛 구체를 들고 있었지만 유유히 앞으로 헤엄쳐 나가는 것은 별로 힘든 일이 아니었다.

열대어의 무리를 뚫고 조금 더 전진하니 세찬 해류의 움직임과 함께 소용돌이가 나타났다.

유검은 그 소용돌이의 주변을 따라 왼쪽으로 방향을 돌렸다. 다우는 산호초와 햇빛과 열대어, 그리고 은빛 구슬이 빚어내는 영롱한 빛의 잔치에 흠뻑 정신이 팔려 있었다.

반 각 정도를 헤엄쳐 나가자 유검은 '이 정도면 되겠지' 라고 생각하며 물 위로 떠올랐다.

남국의 열정 어린 태양이 눈부신 햇살 조각들을 마음껏 뿌려주고 있었다.

"본래 태양이라는 게 따뜻한 거였군."

눈꺼풀에 매달린 물방울에 햇살은 칠색의 무지개가 되어 세상을 뒤덮고 있었다. 이렇게 보자면 세상은 참으로 아름답다고 느껴졌다.

마음이 평온해졌다.

스스로 납득할 수 없는 거대한 힘을 얻은 탓이었을까? 돌이켜 바라보면 어쩐지 여태까지 자신도 모르게 쫓기듯 살아온 것 같았다. 최소한 어릴 적 사부와 함께 무위이화(無爲而化)하는 자연의 나날들은 아니었다.

이제 자신의 감정에 대한 솔직함을 불어넣고 보니 마음의 장벽을 가로막던 검은 그림자가 모두 사라져 버린 듯했다. 눈꺼풀을 덮고 있던 오해와 편견의 덮개가 어느새 치워져 있었던 것이다.

물속에서 나와 이렇게 바닷내음이 가득 담긴 상큼한 공기를 들이마시니 그 모든 것이 새삼 실감났다. 자연의 아름다움과 순간순간의 절실함, 그리고 곁에 있는 모든 것들의 소중함이 피부로 와 닿기 시작했다.

두 눈을 감고 전신으로 몸에 와 닿는 파도의 느낌을 즐기고 있는데 다우가 불렀다.

"오빠."

"응?"

자신을 부르는 소리에 눈을 떠보니 다우가 섬 쪽의 절벽을 가리키며 고개를 갸우뚱거렸다.

"할아버지들이 안 계셔."

"흐음… 정말로 없구나. 아직 도착하지 않았나? 분명 왼쪽으로 가서 기다려 달라고 했는데."

유검과 다우는 그로부터 한참 동안 섬의 절벽을 바라보았다. 커다란 도마뱀이 삐죽 고개를 한 번 내밀었을 뿐 더 이상 나타나는 생명체는 없었다.

묵묵히 섬을 바라보던 다우가 불쑥 물었다.

"섬의 왼쪽?"

"당연하지!"

잠시 후 유검은 자신없는 목소리로 덧붙였다.

"…아마 그랬으리라 생각해."

"……."

유검은 머리를 긁적거리며 머쓱하게 웃었다.

"뭐, 길이 어긋났나 보다. 할 수 없지. 우리끼리 그냥 올라가자."

다우는 목전에서 소용돌이치는 바다와 엄청나게 무거워 보이는 은빛 구체를 번갈아 쳐다보며 '어떻게?' 라는 눈빛을 던졌다.

유검은 허리춤의 한천검 손잡이를 꽉 쥐었다. 철컥 하는 소리와 함께 한천검이 뽑혔다. 그리곤 미소 지으며 다우에게 말했다.

"자, 이제부터 꽤 즐거울 거야. 장담하지."

말이 끝나기도 전에 한천검에서 하얀 빛이 뿜어져 나오기 시작했다.

다우가 두 눈을 동그랗게 뜨며 입을 벌리는 순간 유검은 발을 박찼다. 수욱― 돌고래가 물 위로 뛰어오르듯 유검은 다우를 품에 안은 채 수면 위로 빠져나왔다.

어느새 그의 두 발은 하얀 빛을 내뿜는 한천검 위에 올려져 있었다.

"꽉 잡아라!"

한천검은 허공을 뚫고 섬을 향해 일직선으로 날아가기 시작했다. 커다란 물 웅덩이를 만들며 은빛 구체도 뒤따라 튀어 올랐다.

다가오는 바람의 풍압에 둘의 머리카락이 마구 휘날렸다.

"우와앗―!"

다우는 이기어검술이 펼쳐졌다는 사실에 경악을 느끼기도 전에 심장이 오그라드는 듯한 짜릿한 쾌감에 한껏 즐거운 비명을 질렀다.

섬 주위를 날던 갈매기가 깜짝 놀라 길을 비켰다.

저 멀리 범선 위에서 작업하고 있던 한 선원은 그 광경을 목격하고 이상한 비행 물체라며 수군거렸다.

한천검은 주인을 싣고 절벽을 지나 곧바로 화산 정상으로 오르기 시작했다.

지옥의 입구처럼 입을 쩍 벌리고 있는 중심부에서 연기가 뭉게뭉게 피어오르고 있었다. 북쪽으로 난 산등성이를 따라 시뻘건 용암이 흘러내리고 있었는데, 해수에 닿으며 하얀 연기 같은 수증기를 자욱하게 뿜어 올리고 있었다.

살아 있는 것처럼 꿈틀거리며 지상 위의 모든 것을 삼켜가는 용암의 모습에 다우는 두려운 표정을 지었다. 혹시나 그 위로 떨어질까 봐 유검의 목을 잡고 있는 팔에 꽉 힘을 주었다.

유검은 쇠사슬로 묶여 있는 은빛 구체를 휙 하고 지옥의 입구로 던져 넣었다.

다우는 깜짝 놀라 앗! 하고 소리쳤다.

"자, 네가 원하던 용암 목욕이다. 실컷 즐기기를. 회복된 다음 만나자, 고철덩어리야."

유검은 그렇게 중얼거렸다.

은빛 구체는 화답이라도 하듯 우우웅― 소리를 내었다.

한천검은 갑자기 고도를 낮추더니 용암이 흐르는 북쪽을 향해 빠르게 날아갔다.

이글거리며 주위를 불태우는 시뻘건 용암의 광경이 순식간에 눈앞으로 다가오자 다우는 목청이 찢어져라 비명을 질렀다.

“내려줘! 내려줘!”

다우는 두 눈을 꼭 감은 채 유검의 머리카락을 붙잡고 늘어지며 마구 잡아당겼다.

“어어~ 그러다 떨어진다.”

“빨랑 내려달라구!”

“흠, 그럴까?”

“빨랑!”

한천검은 오른쪽으로 선회했다. 넓게 펼쳐진 원시림 사이로 여기저기 크고 작은 온천들이 있었고, 그 위로 넓게 수증기가 깔려 있었다. 조그만 공터가 보이자 유검은 그곳으로 착지했다.

다우의 눈에는 꽤 겁이 났던지 찔끔 눈물방울까지 매달려 있었다.

유검은 머리를 긁적거리며 중얼거렸다.

“네가 재미있어할 거라 생각했는데……”

다우는 내리자마자 유검의 말에 대꾸도 없이 다급히 원시림 속으로 뛰어갔다.

유검은 당혹해 외쳤다.

“어라, 어디 가니?”

다우는 힐끔 유검을 째려보며 외쳤다.

“바보! 멍청이!”

그리고는 멍청한 표정을 짓는 유검을 뒤로하고 재빨리 원시림 속으로 들어갔다. 경신술을 펼쳐 휙 하고 삼십여 장을 지나자 수증기가 뭉게뭉게 피어오르고 있는 온천이 나타났다.

다우는 바닷물에 젖은 흑포를 벗을 여가도 없이 그대로 온천에 뛰어들었다.

첨벙!

머리끝까지 잠수했던 다우는 곧바로 튀어 올랐다.

"앗, 뜨거!"

온천 위로 뛰어오름과 동시에 허공에서 방향을 틀어 간신히 물가에
내려설 수 있었다.

"쳇, 도대체 날 뭐라고 생각하는 거야?! 내가 어린애야? 그 딴 거나
좋아하게? 그리고 숙녀에게 물어볼 걸 물어봐야지! 그게 뭐야! 바보!
멍청이!"

두 손으로 긴 생머리를 말아 쥐고 물기를 짜는데, 어느새 그녀의 신
체는 변화되어 있었다. 헐렁한 흑포장삼이 팽팽하게 부풀어 오를 정도
로 성숙한 여인의 몸으로 바뀌어져 있었던 것이다. 변화된 키로 인해
흑포장삼 아래 날씬한 종아리가 드러나 있었다.

그 상태에서 다우는 한 모금 진기(眞氣)를 들이마시며 공력을 끌어
올렸다. 그녀의 주위로 은은하게 붉은 빛이 감돌며 모락모락 수증기가
피어올랐다. 속옷과 흑포장삼은 금방 물기가 말랐다.

"쳇, 불편해."

다시 유검이 있는 곳으로 돌아가려 발길을 옮기던 그녀는 이상한 느
낌에 고개를 돌렸다. 원숭이를 닮은 한 청년이 자신을 보고 있었다. 두
팔 가득 열대과일을 한 아름 품고 있었는데, 볼일을 보던 중이었는지
엉덩이를 깐 채로 쪼그리고 앉아 있었다. 그는 두 눈을 부릅뜬 채로 완
전히 넋이 나간 표정이었다.

다우는 깜짝 놀라 비명을 질렀다.

"까아—악!"

물론 소리만 지른 것이 아니라 품속에서 손에 잡히는 대로 화기(火

器)를 던졌다

퍼펑! 파파파파팡!

요란한 폭죽 소리와 함께 하얀 연기가 피어올랐다.

다우는 도망치듯 그 자리를 벗어났다.

유검은 갑자기 여인의 비명 소리가 나자 혹시나 싶어 다우가 간 방향으로 황급히 달려갔다. 원시림 속에 깔려진 안개 사이로 한 흑영(黑影)이 빠르게 달려오고 있었다.

"무슨 일이냐, 다우……?"

다우인 줄 알고 말을 걸었으나 곧 아님을 깨달았다. 흑영은 그대로 품속으로 달려들었다.

"흠, 암습치고는 너무 한심하군."

일장을 후려쳐 내려다 유검은 곧 살기(殺氣)가 없다는 사실과 다가오는 흑포장삼의 여인이 예전 서호루에서 보았던 혼이 나갈 정도로 아름다운 다우의 언니라는 것을 깨달았다.

그녀가 왜 여기에 있나 하는 소박한 의문을 미처 떠올리기도 전에 유검은 품속으로 달려드는 그녀를 두 팔로 안았다. 얼떨결, 아니면 본능적 둘 중 하나였다.

유검은 신형을 날려 나비처럼 품속으로 날아든 그녀를 안은 채 부드럽게 한두 걸음 물러섰다. 달려드는 그녀의 기세가 강하거나, 혹은 몸이 무거워서는 아니었다.

코끝을 스치는 상큼한 머리카락의 내음, 정성 들여 다듬어진 대리석을 만지는 듯 매끄러운 피부, 고무공처럼 탄력있는 몸매, 두 팔로 자신의 목을 껴안고 있는 그녀의 거역할 수 없는 마력에 유검은 순식간에 빠져들었다.

품속의 그녀가 달려온 방향을 손가락으로 가리키며 외쳤다.

"오라버니! 저, 저기……!"

그녀를 품고 싶은 욕망 속에서도 유검은 다행히 한 가닥 평온한 마음과 투명한 눈으로 넋이 빠져 있는 자신을 지켜볼 수 있었다. 덕분에 아슬아슬한 이성의 끈을 가까스로 놓치지 않을 수 있었다.

떨어진 사고의 능률에 한참 동안 입속을 맴돌며 버벅거리던 단어들이 드디어 제자리를 찾아 밖으로 뛰쳐나오는 데 성공했다.

"에… 소저, 이런 방식은 너무 과격한 것이 아닐까요? 최소한 술이라도 한잔하면서 많은 대화를 나눠보아야 하고, 또 서로에 대해 알아야만이……."

솔직히 유검은 자신이 무슨 소리를 하고 있는지 몰랐다.

"에?"

반문하던 그녀는 뭔가 깨달은 듯 아! 하고 소리치며 황급히 유검의 품속을 벗어났다.

"아참, 오랜만이야 하네요. 호호호……."

그녀는 자신이 뭔가 이상한 소리를 내뱉었다는 것을 깨닫고 어색한 웃음을 뚝 멈추었다.

유검은 애써 친절한 미소를 띠는 데 성공했다.

"아, 혹시 동생 못 봤어요? 이쪽으로 왔는데……."

"날씨 참 좋죠? 그럼 다음에 또!"

그녀는 유검의 말은 무시하고 서둘러 작별 인사를 했다. 그 후 즉시 경신술을 펼쳐 빠르게 유검의 곁을 스쳐 지나갔다.

한참이 지나자 유검은 스르르 무너지듯 털썩 주저앉았다.

“후아……!”

길게 안도의 한숨을 내쉬며 이마 위로 흐르는 식은땀을 훔쳤다. 웃고 있던 얼굴이 맥없이 풀렸다.

“근데… 오라버니?”

“정말로 천천히 갈 거죠?”

다우가 미심쩍어하며 묻자 유검은 자신의 가슴을 쳐 보이며 단호하게 말했다.

“물론이야! 난 네가 좋아할 줄 알고 그랬던 거야. 이제는 정말로 천천히, 안전하게 갈게.”

“…좋아요.”

다우는 이기어검 된 한천검을 타는 것에 질색을 했다. 그럴 만한 것이 너무 놀라 자신도 모르게 오줌을 찔끔거렸고, 또 씻기 위해 온천으로 갔다가 이상한 사람에게 자신의 본모습까지 들켜 버리고 말았지 않은가.

그래서 원시림을 뚫고 경공술로 약속 장소인 촌락으로 가려 했지만 여기저기 습지(濕地)에 사는 이름을 알 수 없는 징그러운 벌레와 각종 파충류들 하며 갑자기 나뭇가지에서 떨어지는 뱀 등으로 인해 결국 다시 유검의 의견에 따라 한천검을 타고 가기로 했다.

유검은 육지비행술이나 혹은 그에 버금가는 경공 능력이 있었지만 굳이 이기어검술을 고집했다. 실용적인 무엇을 위해서가 아니라 단순히 그의 취향이었기 때문이다.

유검은 다우를 품에 안고 하얀 빛을 발하는 한천검 위에 올라타서 다시 시원하게 허공을 가르며 원시림 위를 날아갔다.

저 멀리 타고 온 범선이 보이고 사람이 살고 있는 촌락 가까이에 이르자 유검은 사람들 눈에 띄지 않기 위해 땅으로 내려섰다.

수림을 헤치고 조금 걸어가니 사람들에 의해 새로이 만들어진 길이 나왔다. 완만한 언덕 경사를 이루고 있었다.

유검은 중천에 떠 있는 태양을 보고 대략 시간을 어림잡아 보았다. 아직 오시(午時)가 지나지 않은 것 같았다.

"아직 약속 시간이 많이 남았군."

섬의 반대 편으로 가서 일월쌍괴를 불러올까 하다가 나중으로 미루기로 했다.

일단 하늘에서 보았던 촌락 쪽으로 방향을 잡아 천천히 언덕으로 된 길 위를 걸어가다 유검은 문득 생각난 듯 다우에게 물었다.

"아참, 조금 전 물으려다 만 건데, 네 언니를 보았다."

"정말요?"

다우는 처음 듣는다는 듯 깜짝 놀란 표정을 지었다.

"그래, 정말이야. 흠… 너도 몰랐던 모양이구나."

유검은 고개를 갸웃거리며 말을 이었다.

"근데 이상하지? 나보고 오라버니라고 부르더라."

다우는 내심 바짝 긴장했으나 겉으로는 시큰둥한 표정을 지으며 말했다.

"그게 뭐가 이상해요? 내 언니면 오라버니에게 동생이 되잖아요. 그래서 오라버니라고 부를 수도 있죠 뭐."

"…듣고 보니 그러네."

생각해 보니 그걸 이상하다고 여긴 자신이 오히려 멍청했던 것 같았다.

"뭐… 그건 그렇다 치고, 네 언니는 도대체 어떤 사람이야? 전에 물어도 대답해 주지 않았지? 밝혀서는 안 될 무엇이라도 있는 거니?"

다우는 돌연 앞으로 깡충깡충 뛰어가더니 힐끔 뒤돌아보았다. 그리곤 고개를 삐딱하게 숙이더니 두 눈을 게슴츠레 내리깔고는 유검의 내심을 떠보려는 듯 은근한 어조로 물었다.

"호홍~ 언니에 대해 알고 싶어요? 말해 봐요. 관심이 있는 거죠?"

유검은 머쓱한 표정으로 어깨를 으쓱거렸다.

"뭐… 진짜 이해할 수 없을 정도로 예쁘니까 호기심이 안 생길 수는 없지."

예쁘다는 말에 다우는 슬며시 미소 지었다. 하지만 다음 유검의 말에 입술을 삐죽 내밀고 말았다.

"근데 아무래도 미혼술(迷魂術)을 익힌 것 같더라. 그렇지? 맞지?"

"절대 아니에요!"

다우가 화를 내자 유검은 황급히 자신의 말을 취소했다.

"아, 아니, 사실은 그만큼 예쁘더란 거였어. 나도 무공을 아는데 미혼술쯤 분간 못하겠니? 나도 알 건 다 안다구."

"쳇, 알긴 뭘 알아."

시큰둥한 다우의 태도에 유검은 연신 머리만 긁적거릴 수밖에 없었다.

"음… 그러니까 하고 싶은 말이 뭐였냐면… 어쨌든 다음에 네 언니 만나면 전해줘. 함부로 저잣거리를 돌아다니지는 말라고."

"왜~요?"

"그게… 위험하니까."

"왜~ 위험한데요?"

다우는 말을 주고받으면서도 무공을 연마하는지, 아니면 춤을 추는지 계속 빙글빙글 돌았다.

유검이 한동안 대답이 없자 돌연 멈춰 서서 허리를 굽히더니 커다란 흑포장삼을 젖히고 가랑이 사이로 빼꼼 얼굴을 내밀었다.

다우는 대답을 요구하는 눈망울을 초롱초롱 빛내며 거꾸로 된 유검의 얼굴을 뚫어져라 쳐다보았다.

유검은 입맛을 다시다 어쩔 수 없이 대답하고 말았다.

"너무 예쁘니까."

다우는 저절로 옆으로 벌어지는 입을 억지로 모아 삐죽 앞으로 내밀었다.

"쳇! 알고 보니 오라버니도 언니한테 반했군요. 맞죠? 하여간 전해 드릴게요, 늑대 오라버니~"

한껏 기쁜 음성이었다. 유검은 아니라는 소리도 못하고 멋쩍은 미소만 지었다.

이때 언덕 너머에서 한 청년이 갑자기 언덕 위로 모습을 드러내었다. 뾰족한 턱에 두 눈 모두 시퍼렇게 멍이 들어 있었다.

그는 급하게 경신술을 펼쳐 달려오고 있었는데 언덕을 넘자마자 착지해야 할 길 한복판에 다우가 허리를 굽힌 채 있자 버럭 소리를 질렀다.

"뭐야, 거치적거리지 마!"

청년은 아무 망설임 없이 다우를 발로 밟고 지나가려 했다. 그리고 다시 땅을 박차고 경신술을 펼치려 했지만 자신도 모르는 사이에 허공을 달리고 있었다.

물론 능공허도(凌空虛渡)는 아니었다. 다만 제자리에서 헛걸음질만 하고 있었는데 그 원인은 그의 멱살을 낚아채고 있는 하나의 팔에 있었다.

팔의 주인 유검의 안색은 딱딱해져 있었다.

"뭐야? 이 새끼는!"

뾰족한 턱의 청년은 전혀 기척조차 감지 못하고 제압당하자 기겁하여 소리쳤다. 반사적으로 유검을 향해 다섯 번의 발길질과 일곱 대의 주먹을 날렸다.

퍼—퍽—! 파파—팍!

타격음이 거의 하나로 들릴 정도로 빠른 발길질과 주먹질이었다.

'열두 대 맞아주었으니까 한 대 정도 되돌려주어도 상관없지 않을까?'

주먹을 들어 올려 청년의 턱을 향하는데,

"오라버니!"

부드러운 잠력(潛力)에 의해 잠시 옆으로 비껴난 다우가 황급히 유검을 불러 세웠다.

"응? 불렀어?"

다우는 걱정스러운 눈빛으로 고개를 도리도리 저었다.

"설마… 이놈을 그냥 놔두라는 거니?"

다우는 고개를 끄덕였다.

유검은 그녀의 눈동자에 어린 걱정의 빛을 눈치 채고 묵묵히 있다가 청년의 멱살을 슬쩍 밀치며 풀어주었다.

다우는 물론 자신이 다칠 것을 걱정하는 것은 아닐 것이다. 아마도 섬에 온 첫날부터 사람들과 충돌이 일면 별로 좋지 않을 것이라 싶어

말렸을 것이다.

'네 나이 또래라면 먼저 화부터 내야 옳은 거잖니. 나원.'

천방지축인 듯하다 때로는 사려가 깊은 모습을 보이니, 어떤 장단에 맞춰야 할지 알 수 없는 아이였다.

마구 공격을 퍼붓다 엉덩방아를 찧고 땅에 떨어진 청년은 곧바로 신법을 발휘해서 신형을 바로 안정시켰다.

"넌 누구냐! 감히 내가 누군지도 모르고… 모르고……."

울화통이 터진 사람처럼 벌겋게 얼굴이 달아오른 청년은 마구 노성을 지르다 갑자기 말끝을 흐렸다. 동시에 청년의 두 눈이 서서히 커졌다. 멀뚱히 자신을 바라보고 있는 유검의 얼굴을 확인하면서였다.

"유, 유, 유, 유… 거엄?"

끝마디는 거의 괴성에 가까웠다.

그리고 그의 얼굴에는 경악과 외경, 공포, 불신(不信), 기타 여러 가지 감정이 복합된 희한한 표정이 떠올랐다. 그때부터 청년은 죽어라 도망치기 시작했다.

유검은 상처받은 얼굴로 중얼거렸다.

"괴물이라도 만난 것처럼 구네."

청년은 처음 보는 얼굴이었다. 만난 기억은 없었다. 그런데도 자신의 얼굴을 알아보다니 이상했다. 그리고 그보다 왜 그렇게 놀란 모습을 보이는지 이해할 수 없었다.

청년은 죽어라 달리더니 곧 휘어진 모퉁이를 돌아 모습이 사라져 버렸다.

유검은 혀를 찼다.

"저 녀석도 이 섬에 모아놓았다는 기재 중 한 명인가? …생각보다 형편없군."

　어쨌든 유검은 사람들이 모여 있는 촌락(村落)에 가까워졌으니 이제 슬슬 변장을 해야겠다고 생각했다. 공식적으로는 분명 무림맹에서 쫓기는 입장이니까.

　유검은 마음속으로 풍환을 불렀다.

　'풍환! 부탁했던 것… 지금 가능하나?'

　─예, 주인님. 어떤 모습으로 해드릴까요?

　'음… 사오십 대 정도의 중년인이 좋겠는데.'

　─제가 빛을 굴절시켜 변화시켜 드릴 수 있는 주인님의 모습은 저와 만난 이후, 즉 반지를 끼신 이후 주인님께서 이미 보셨던 인물의 형상밖에 되지 않습니다. 주인님의 의식과 교감이 되면서부터 주인님의 눈과 귀를 통해 비로소 모든 정보를 받아들이기 시작했으니까요. 혹시 생각해 둔 얼굴은 없으신가요?

　유검은 여러 가지 얼굴들을 떠올려 보았다.

　일단 무림에 알려진 얼굴은 일찌감치 대상에서 제외시켰다. 또 너무 특이하거나 인상이 강한 얼굴도 제외시켰다. 되도록 평범하면서도 겉보기에 무림인다워야 했다.

　이런저런 조건을 따지고 보니 남는 사람은 얼마 되지 않았다. 그중 한 사람의 얼굴이 선명하게 떠올랐다. 예전 무림맹 사신당에 들어갈 때 접수를 보고 있던 염소수염의 중년인이었다.

　'그 얼굴은 싫은데……'

　하지만 달리 더 적합한 얼굴을 찾을 수 없었다.

　'할 수 없지. …고철남이라고 했던가?'

　유일하게 마음에 걸리는 것이라면 그가 무림맹에 속해 있다는 것인데, 그런 하급무사가 이곳에 와 있을 리도 없고, 또한 이 섬의 기재들이 그런 무림맹의 일개 무사를 일일이 기억하고 있을 리도 없다고 판단했다.

사실 보다 더 진실에 가깝게 이야기한다면, 한번 다툰 바 있던 고철남이 쉽게 기억에 남아 있었고 그 외에 다른 사람을 떠올리자니 귀찮았다. 그런 이유로 다른 여러 가지 고려는 전혀 염두에 두지 않은 채 그냥 간단히 정해 버린 것이다.

유검이 고철남을 택하자 풍환이 주의점을 말했다.

―한 가지 주의하실 점이 있습니다. 얼굴의 윤곽은 빛의 굴절로 교묘히 바꿀 수 있지만, 별도로 튀어나온 수염의 경우는 실체가 없기에 빛이 통과되어 이상하게 보일 수도 있습니다.

'그래? 차라리 잘됐군. 애당초 그 염소수염은 보기 싫었거든.'

유검의 얼굴이 서서히 변하기 시작했다. 광대뼈와 턱의 윤곽이 변하고 이마와 눈가에 주름살이 생기더니 곧 사십 대 중반의 중년인 모습으로 바뀌었다. 염소수염이 있을 때는 다소 교활해 보였지만, 수염이 사라지고 나니 오히려 진중해 보이는 인상이었다.

멍하니 유검을 지켜보고 있던 다우가 두 눈을 동그랗게 뜨며 물었다.

"그게 무슨 역용술(易容術)이야?"

유검은 설명이 힘들어 그냥 근육과 골격을 바꾸는 특이한 역용술이라고 대답했다. 물론 사부로부터 배운 몇 가지 역용술이 있으나 일단 파문당한 처지이니 그 수법은 쓸 수가 없었다.

"근데 이 얼굴 어때 보이니? 볼 만은 해?"

다우는 입술을 삐죽거렸다.

"너무 못생겼어!"

이왕이면 좀 더 잘생긴 얼굴로 해달라는 다우의 요청을 정중히 거절한 대가로 유검은 그녀의 오 장 뒤에서 홀로 쓸쓸히 뒤따라가야만 했다.

너무 못생겼다는 말은 유검에게 상처를 주긴 했지만, 금강불괴의 몸을 손톱으로 꼬집는 정도밖에 되지 않았다.

언덕을 넘자 안개 사이로 촌락의 모습이 한눈에 들어왔다. 유검은 놀랐다. 생각보다 촌락의 규모가 컸던 것이다.

'남자 육십여 명, 여자 이십여 명… 그 정도라 하지 않았던가?'

교두들이나 기타 무림맹 인물들을 합친다 하더라도 백여 명은 넘지 않을 듯한데 촌락은 거의 천여 명 규모였다.

안력을 집중해서 보니 화강암 지대라 수림(樹林)은 적었으며 여기저기 하얀 수증기를 허공으로 내뿜는 간헐천(間歇川)이 있었다. 그중에는 거대한 물보라를 거의 십여 장 이상의 높이로 뿜어 올리는 곳도 있었다. 그런 화강암 지대 가운데 인공적으로 만들어진 커다란 공터가 있었는데, 그 위에 집을 짓고 마을을 만든 듯하였다.

마을은 맹수들의 침입을 막기 위해서인지 사방으로 목책을 두르고 있었는데, 적의 침습에 대비해 동서남북 각 방향으로 높은 망루가 세워져 있었다.

마을 중앙에 하나의 광장이 있었고, 그곳을 중심으로 동서남북 사방으로 대로(大路)가 나 있었다.

광장에는 오늘따라 많은 사람들이 모여 있었다.

많은 사람들이 북적거리며 활발히 움직이는 모습이 아무래도 무공

연마를 하고 있는 것처럼 보였다.

'오늘은 모든 무공 수련을 쉰다고 들었는데… 생각보다 꽤 열심인 걸?'

그 생각은 곧 바뀌고 말았다. 아무래도 무공 수련이나 비무가 아니라 두 부류의 집단이 서로 싸우고 있는 것 같았다.

호기심을 느낀 유검은 다우를 데리고 경신술을 펼쳤다.

가까이 다가가면서 알게 된 사실은 두 부류의 집단에 대한 정체였다.

검은 무복을 걸친 큰 집단은 모두 남자들이었고 붉은 무복을 걸친 작은 집단은 모두 여자들이었다.

생사(生死)를 건 싸움은 아닌 듯 서로 병장기를 들고 있지는 않았지만 싸움은 치열하기 그지없었다. 그리고 이기고 있는 것은 오히려 작은 집단인 여인들이었다.

유검은 다우를 돌아보며 무심코 물었다.

"어떻게 된 걸까? 남자들이 세 배는 더 많을 텐데……."

왜 싸우게 되었을까 하는 의문보다 여인들이 이기고 있다는 사실이 더 호기심을 자극했다.

다우 역시 답을 알 리가 없다. 멀뚱거리다 유검의 표정을 살피며 물었다.

"남자들이 이기길 바래요?"

유검은 곰곰이 생각해 보다 고개를 저었다.

"아니."

마을에 도착하자 유검은 다우를 데리고 목책(木柵)을 넘어 망루(望

樓)로 올라갔다. 두 명의 무사가 그곳을 지키고 있었는데, 허공에 주먹을 휘두르며 열렬히 남자 기재들을 응원하고 있었다.

유검은 손쉽게 그들의 수혈(睡穴)을 제압한 다음 다우와 함께 느긋하게 마을 광장 안의 싸움을 구경했다. 세상에서 가장 재미난 것이 불구경 다음으로 싸움 구경일진대 이런 공짜 기회를 놓칠 수는 없었다. 게다가 무공을 익힌 남녀가 서로 편을 갈라 치열하게 싸우는 모습을 본다는 것은 돈 주고라도 못 보는 장면이 아닌가.

홍미진진하게 싸움을 구경하다 유검은 의외의 사실을 발견할 수 있었다. 남녀 기재들의 성별 비율이 삼 대 일이었으니 여자 한 명이 제각기 남자 세 명을 상대하며 우세를 점하고 있으리라 보았는데, 실제로는 거의 일 대 일이었던 것이다.

나머지 대부분의 남자 기재들을 상대하는 것은 어이없게도 단 두 명의 여인이었다.

한 여인은 앞머리를 이마가 보이도록 남자처럼 짧게 깎은, 흔치 않은 단발머리에 날렵한 청색의 경장 차림을 하고 있었는데, 날렵하기 그지없는 경신술로 동서남북 사방을 휘젓고 다니며 뒤따라다니는 상대의 혼을 빼놓고 있었다.

동쪽으로 가는가 하면 이미 서쪽에 있고, 제자리에 멈춰 서 있다 싶으면 이미 허공을 가로질러 지붕 위로 옮겨져 있었다. 그야말로 허깨비와 같은 경신술이었다. 남자 기재들은 모두 우르르 그녀의 뒤를 쫓아다녔지만 모두 허탕 칠 뿐 옷자락 하나 건드리지 못하고 있었다.

또 한 여인은 특이하게도 붉은색 바탕에 금색 문양의 꽃이 새겨진 기포(旗袍:치파오)를 입고 있었다. 그녀는 조용히 보법을 밟으며 우아한 몸짓으로 짧게 손과 발을 휘둘렀는데, 그때마다 사방에서 달려들던 남자 기재들은 저마다 팔이나 무릎 등이 꺾여 비명을 지르거나 혹은 땅을 뒹굴었다. 그녀의 무공은 아주 단순하면서도 단숨에 상대의 허점을 파고들어 제압하는 예술과도 같은 몸놀림이었다.

유검은 두 여인이 펼치는 무공의 노수(路數)를 보고 각각 화산파(華山派)의 제자와 제갈세가(諸葛世家)의 여식임을 알 수 있었다. 그리고 중간중간 들려오는 사람들의 고함 소리를 통해 그 두 여인의 정체 또한 알 수가 있었다.

"삼봉(三鳳)? 저 두 여인이 바로 삼봉 중의 두 명인가 보군."

유검의 중얼거림에 다우가 힐끔 곁눈질하며 지나가듯 물었다.

"예쁘지?"

"응?"

"저 두 여자들 말야. 예쁘지 않아?"

은근한 유도 신문을 하는 다우의 말에 유검은 피식 웃으며 고개를 저었다.

"아니, 별로야."

"거짓말!"

"아니, 정말이야. 다른 사람들 눈에는 어떻게 비치는지 몰라도 내게는……."

혹시나 자신이 거짓말하는 게 아닐까 싶어 다시 한 번 두 여인을 자세히 관찰한 후 단정적으로 말했다.

"확실히 별로야."

다우는 못 믿겠다는 듯 슬쩍 시선을 돌리며 시큰둥한 어조로 물었다.

"쳇, 오라버니 취향이 좀 이상한 거 아냐?"

“내가?”

“본래 강호에서 후기지수를 뽑을 때는 말야, 전통적으로 남자의 경우는 무공을 우선시하고 여자의 경우는 미모를 더 따져. 물론 출신 문파의 입김이 영향을 미치기는 하지만 애당초 능력과 미모가 없다면 후보로 뽑힐 수도 없지. 그렇게 강호에서 인정받은 두 미녀를 보고 별로라구? 좀 솔직해져 보시지?”

“다우야.”

“왜?”

“그게 어린애의 말투라고 생각하니?”

“쳇, 괜히 찔리니까 남의 말투 가지고 트집 잡네.”

유검은 다우의 말에 곤혹스러움을 감추지 못했다. 가끔 내뱉는 저런 투의 말을 듣노라면 도저히 다우의 나이 대가 헷갈리는 것이다.

유검은 딱 잘라 말했다.

“좋아. 정확히 내 평가를 말해 주지. 저 두 여인은 미녀라고는 할 수 있을지 몰라도 예쁘다고는 말 못해!”

“…그게 무슨 소리야? 미녀라면 예쁜 거잖아! 괜히 얼렁뚱땅 넘어가려구!”

“음… 다우야, 내가 너를 말할 때 미녀라고 하지는 않아. 하지만 예쁘다고 하지. 그 차이를 알겠어?”

“내, 내가 왜 미녀가 아니야?! 난 미녀라구!”

다우는 화를 내며 유검의 정강이를 찼다.

“아, 알았어. 다우는 미녀이기도 하고 예쁘기도 하다. 자, 됐지?”

“쳇, 갈수록 능구렁이에 늑대가 되어가네. 처음 볼 땐 순진했는데.”

“……”

마치 질투하는 연인 같은 태도를 보이는 다우의 말과 모습에 유검은 울지도 못하고 웃지도 못한 채 어정쩡한 표정을 지었다.

사실 두 여인은 각기 이목구비가 섬세하면서도 뚜렷하여 상당한 미인형이었다. 게다가 몸매도 꽤나 그럴듯했지만, 유검은 그렇게 큰 매력은 느낄 수 없었다. 그래서 예쁘다고는 말할 수 없었다.

두 여인의 경우 신비로운 미모에 있어서는 다우의 언니에 비할 바 못 되었으며, 묘한 보호 본능과 독특한 감성을 자극하는 중성적인 매력을 가진 화에 비해서는 개성이 모자랐다. 그리고 한없이 아늑하고 편안하면서도 자신의 모든 것을 드러내어도 좋은 가족 같은 친근함에 있어서는 여문에 못 미쳤다.

당연히 유검의 평가는 소금처럼 짤 수밖에 없었다. 차라리 귀엽고 순진한 남궁혜나 사악한 매력과 톡톡 튀는 맛이 있는 진여영의 평가가 더 높을 것이다.

다시 싸움 구경에 열중하면서 힐끔 다우를 곁눈질해 보니 양 손바닥을 턱에 괴고 입술을 쭉 내밀고 있는 것이 삐쳐 있는 얼굴이다.

괜한 말싸움이 되었다고 후회하며 어떻게 기분을 달래줄까 고민하는데 다우가 시큰둥한 어조로 말을 걸었다.

"인정해. 방금 예쁘다고 생각했지?"

침 흘리며 지켜보는 유검의 얼굴은 보고 싶지 않다는 듯 그녀의 시선은 아예 먼 하늘로 향해 있었다.

순간 유검은 망설였다.

이대로 인정하면 말싸움은 끝이 날 것이다. 하지만 과연 다우가 기뻐할 것인가? 다행히도 유검의 감성은 그럴 것이라고 생각할 만큼 최악으로 둔감하지는 않았다. 뭔지는 몰라도 끝까지 아니라고 우겨야 한다는 사실은 본능적으로 알고 있었다.

"전혀 아니야!"

딱 잘라 부인하는 유검의 말에 다우는 가소롭다는 듯 피식 웃었다.

"강호 사람들이 모두 인정하고 뽑았는데도?"

"그건……."

적절한 변명거리를 찾아 어둠의 미로를 필사적으로 헤매던 유검은 홀연히 밝은 광명이 자신에게 비치는 것을 보았다. 정답을 찾은 것이다.

유검은 어깨를 펴고 당당하게 외쳤다.

"그건 사람들의 눈이 낮은 거야!"

그 말에 다우는 어이없어하는 눈으로 유검을 돌아보았다. 뚫어져라 유검의 표정을 살피는 것이 진짜로 그렇게 생각하는지 진실 여부를 가리기 위한 것 같았다.

유검은 더 이상의 변명은 없다는 듯 입술을 한일 자로 굳게 다물고 내심 흘러내리는 식은땀을 감춘 채 다우의 반응을 기다렸다.

저 멀리 아련히 들려오는 싸움 소리를 뒤로하고, 한 호흡이 영겁 같은 침묵의 시간이 흐른 뒤에야 다우의 서늘한 판결이 나왔다.

"배고파."

"……."

저 멀리서 갑자기 날카로운 휘파람 소리와 장소성이 길게 울려 퍼졌다.

휘이이익!

"우우우우우—!"

소리난 곳을 돌아보니 자신들이 걸어왔던 길을 따라 두 명의 청년이 빠른 속도로 경공술을 펼쳐 달려오고 있었다. 하나는 화산파의 상승 경공술인 천리호정(千里戶庭)을 펼치고 있었고, 또 다른 하나는 곤륜파(崑崙派)의 운해비영(雲海飛影)을 펼치고 있었다.

그리고 그 한참 뒤로 다우로 인해 시비가 붙었던 뾰족한 턱의 청년이 뒤따라오고 있었다.

앞선 두 청년은 마을 가까이에 이르자 신형을 날려 단숨에 광장 쪽으로 날아갔다. 옷자락을 펄럭이며 광장 쪽의 두 여인을 향해 떨어져 내리며 크게 외쳤다.

"멈춰라!"

그 말이 없더라도 장소성이 울릴 때부터 싸움은 이미 멈춰 있었다.

삼봉 중의 두 여인을 포위하고 있던 남자 기재들은 뒤로 물러섰다. 두 청년에게 길을 열어준 것이다. 그들은 하나같이 여기저기 옷이 흙먼지로 더럽혀지고 얼굴에 멍이 들거나 긁힌 상처가 나 있는 모습들이었다.

금색 실로 매화가 수놓아져 있는 검은 무복을 걸친 날카로운 눈매의 청년이 한 걸음 나서서 단발머리의 여인에게 말했다.

"영매(瑛妹), 도대체 무슨 일이냐? 총교두님이 오시는 날인데 하필……."

"흥!"

단발머리의 여인은 싸늘하게 코웃음을 치며 말했다.

"빨리 아원(阿猿)을 내놓으세요. 설마 하니 사형도 그를 두둔할 셈이에요?"

곤륜파의 경신술을 펼쳤던 둥글둥글한 느낌의 청년이 슬쩍 끼어들며 물었다.

“아원이 또 무슨 일이라도 저질렀어? 설마…….”

“맞아요! 바로 그 설마예요! 그렇지 않다면 왜 시비가 일었겠어요? 이번에도 우리가 목욕하는 곳으로 와서 훔쳐보려고 했다구요! 그를 뒤쫓다 놓쳐서 할 수 없이 여기로 왔죠. 그리고 아원을 내놓으라고 했더니 저들은 무조건 모른다더군요. 나참, 어이가 없어서.”

화산파의 사형이 곤혹스러운 표정으로 주위를 둘러보며 물었다.

“아원은 어디 있지? 알고 있는 사람 없어?”

여기저기서 대답이 튀어나왔다.

“아원은 아침부터 어디 있는지 코빼기도 보이지 않고 있어.”

“아니, 어젯밤부터야! 아원은 어제부터 오늘 새로 오는 사람 중에 삼봉… 아니, 정말로 예쁜 여자가 있다면서 하여간 내기를 걸자고 하더라구. 다들 내기를 걸었는데 그때부터 보이지 않고 있어.”

“아니, 아니야! 어젯밤 아구와 서로 이야기를 하더니 그 후로 보이지 않았다구. 하여간 여기 없는 것은 확실해. 그런데 무조건 아원을 내놓으라니! 너무한 거 아냐?”

여기저기서 찬동의 야유가 터져 나왔고 두 여인은 또다시 화를 내었다. 다른 여자들도 그녀들의 말에 동조하며 남자들 모두를 싸잡아 욕하기 시작했고 분위기가 다시 흉흉해졌다.

다시 싸움이 일 듯하자 화산파의 사형이 버럭 사자후를 질렀다.

주위가 잠잠해지자 그는 남자 기재들을 향해 준엄하게 꾸짖었다.

“도대체 무슨 일인가? 무림의 협객이 되어야 할 몸으로서 그런 파렴치한 짓을 저지르다니! 같은 잠룡회의 동료라는 사실이 참으로 부끄러울 따름이다. 이번에야말로 용서치 않겠다! 너희들은 아원을 발견하는 즉시 우리에게 알려라. 만약 그를 두둔하거나 숨겨주는 사람이 있다면 같이 벌할 것이다!"

남자 기재들은 강압적으로 명령하는 그의 말과 태도에 욱하는 표정들이었다.

'너는 우리들의 상관도 아니고 사부도 아니다. 그런데 왜 명령을 하는 거지? 또 네가 뭔데 용서하고 말고냐?'

'쳇, 왜 우리들까지 싸잡아 욕하는 거지? 너는 하늘에 대고 네 사매에 대해 엉큼한 생각을 품은 적이 없다고 맹세할 수 있느냐?'

'나원, 부끄러워할 일도 많군. 너 혼자 부끄러우면 됐지 우리들까지 부끄러워해야 한다는 법이 어딨냐? 정말로 잘났구만.'

'젠장, 아원은 본래부터 그런 놈이란 거 뻔히 알면서 뭘 새삼스럽게! 그리고 넌 괜히 사매에게 잘 보이고 싶어서 그런다는 거 누가 모를 줄 아나? 눈 가리고 아웅 하기군. 뻔뻔스럽기도 하지.'

'남자라면 어쩌다 그럴 수도 있는 거지! 별걸 가지고 다 따지는군. 오만한 데다 어거지 부리는 건 둘 다 똑같아.'

모두들 속으로 불만이 일었지만 그의 위엄과 뒷배경에 눌린 듯 아무도 소리 내어 말하지는 못했다.

어쨌든 두 청년의 힘에 의해 싸움은 일단 중단되었고 사태는 수습되었다.

유검은 시시하다며 투덜거렸다.

본래 강호는 힘이 지배하는 세계다. 그것을 충분히 인정한다 할지라도 오만하고 독선적인 두 청년의 행동이 유검에게 별로 고와 보이지는 않았다.

곧 그들에게 흥미를 잃은 유검과는 달리 다우는 눈빛을 반짝이고 있었다.

'내기? 내기란 말이지. 흐음~'

유검은 무사들의 수혈을 풀어주고 나서 다우와 함께 훌쩍 망루에서 뛰어내렸다. 약속 시간이 아직도 남은 듯하여 그동안 마을 구경이나 해볼까 해서 다우와 함께 길거리를 어슬렁거렸다.

사람들은 다시 하던 일을 계속하기 시작했는데, 모처럼 방문하는 총교두의 준비 행사로 바빴다.

마을 안의 집은 대부분 목재로 만들어져 있었는데 대부분 일, 이층이었다.

길거리를 쭈욱 따라 걷다 병기점을 발견했다.

'가만, 한천검을 사람들에게 보이면 문제가 생길 테니… 새로운 검이나 하나 장만해야겠다.'

병기점으로 들어가니 오십 대로 보이는 중년인이 낯선 얼굴에 경계심을 띠며 맞았다. 유검이 진삼원에게서 받은 교두의 신물인 동패를 내보이니 그제야 안도해하며 웃어 보였다.

동패는 만능이었다. 공짜로 철검 하나를 구한 뒤 유검은 만족한 미소와 함께 병기점을 나올 수 있었다.

여기저기 구경하며 광장 쪽을 향하는데 어디선가 구수한 음식 냄새가 풍겨왔다. 두리번거려 보니 왼쪽 한 건물의 차양 위로 쓰여진 편복루(蝙蝠樓)라는 조그만 간판을 발견할 수 있었다.

'희한하군. 주루(酒樓)까지 있다니.'

기재들을 모아놓은 곳이라고 해서 뭔가 특별할 줄 알았는데 역시 사람 사는 곳은 어디나 비슷한 모양이었다.

"배고프다고 했지?"

슬쩍 다우의 눈치를 보며 물어보았다. 무슨 생각에 잠겨 있는지 그냥 웅웅거리며 건성으로 고개를 끄덕였다.

모처럼 술로 목을 축이리라는 기대와 함께 안으로 들어갔다.

하지만 유검의 기대는 들어서는 순간부터 어긋나기 시작했다. 기대했던 점소이는 없었다. 손님 또한 없었다.

"주인의 장사 수단이 고명치 못한 모양이군."

유검은 투덜거렸지만, 차라리 그러기를 기대했다. 그게 아니라면 나오는 음식이 지독하게 맛없을 게 분명하니까. 혹은 술이 식초 같거나.

"틀렸네."

듣노라면 저절로 맥이 풀릴 듯한 힘없는 음성과 함께 한 노인이 주방으로 통하는 문에서 걸어나왔다. 뼈다귀 위에 거죽만 입혀놓은 듯 깡마른 체구의 노인이었는데, 관에 들어갈 날이 얼마 남지 않은 듯 얼굴은 물론 겉으로 보이는 모든 부위가 검버섯으로 뒤덮여 있었다.

유검이 돌아보자 노인이 맥 풀린 음성으로 말했다.

"사정을 알고 나면 나의 장사 수단이 얼마나 고명한지 감탄을 금치 못할 걸세."

사람을 차별하는 것은 아니지만, 유검은 노인의 행색을 보고 더 더욱 음식 맛에 대한 기대를 잃어갔다.

힐끔 다우를 바라보았다. 차라리 나가서 다른 음식점을 찾는 것이 낫지 않을까 하는 의견을 묻기 위함이었는데, 다우는 벌써 의자에 앉아 또 무언가를 곰곰이 생각하는 표정이었다.

어쩔 수 없이 유검도 다우 옆 길쭉한 나무 의자에 앉았는데, 쑥—! 하고 한 접시의 만두가 네모난 탁자 위에 놓여졌다. 도대체 언제 그의 손에 만두가 담긴 접시가 있었더란 말인가? 주방에서 나올 때 분명히 빈손이었고 주위에는 일절 만두가 담긴 접시를 꺼내올 곳을 찾을 수 없었다.

"이번에 새로 온다는 교두인가 보군. 왜 총교두와 같이 오지 않았을까."

질문이 아니라 혼잣말인 듯싶었다.

자신의 손에 들려 있는 동그란 동패를 살피면서 한 말이었다.

그 모습에 유검은 혹시나 싶어 품속을 뒤지다 흠칫했다. 비어 있었다. 곧 노인이 지금 들여다보고 있는 동패가 자신의 것임을 깨달았다.

유검은 감탄해 말했다.

"대단한 손놀림이군요!"

노인은 몇 개 남지 않은 누런 이빨을 드러내며 히죽 웃었다.

"헐헐… 그럭저럭 써먹는 소매치기 수법이라네."

그 말은 겸손이었다. 그 정도의 수법이라면 공수입백인(空手入白刃)도 가능할 것이다. 금방 관에 들어갈 것 같은 이 노인은 사실 대단한 금나술의 고수였던 것이다.

하지만 금나술의 고수가 요리도 잘한다는 보장은 없었다.

접시에는 어른 주먹만한 만두 다섯 개가 김을 모락모락 피어 올리며 놓여져 있었다.

"교두들에게 음식은 공짜라네. 술은 물론 은자를 지불해야 하네만. 허헐."

그 말과 함께 만두를 권하자 유검은 어색하게 웃으며 만두를 하나 집어 들지 않을 수 없었다.

"하하… 마, 맛있겠군요."

모락모락 김이 나는 하얀 만두, 그 자체만 보자면 먹음직스럽지만 노인이 꺼내온 것이라는 사실을 자각하면 느낌은 전혀 달랐다. 한 입 베어 물면 온갖 벌레와 구더기, 그리고 파리가 한꺼번에 씹힐 듯한 기분이 드는 것이다.

노인이 빤히 바라보자 유검은 입 안으로 쳐들어온 파리를 씹어버린 듯한 표정으로 만두를 서서히 입으로 가져갔다. 등골 사이로 식은땀이 흘러내렸다.

먹지 않겠다고 말할 수 없었다. 그런 말을 했다가는 노인이 충격을 받아 갑자기 게거품을 물고 운명해 버릴 것만 같았기 때문이다.

이때 엉뚱한 곳에서 구원의 손길이 뻗쳤다.

"노인장!"

두 쌍의 남녀가 안으로 들어서며 노인을 불렀다. 조금 전 광장에서 보았던 오룡삼봉 중 이남 이녀였다.

그들은 탁자 주위로 둘러앉았다. 화산파의 사형은 말없이 네 냥은 되어 보일 듯한 황금을 탁자 위에 내려놓았다.

"허헐… 알겠네. 곧 가져오지. 달리 원하는 안주가 있는가?"

"안주는 필요없소. 그냥 술만 가져다 주시오."

유검은 노인이 챙겨 드는 황금 네 냥을 보고 두 눈이 휘둥그레졌다. 도대체 얼마나 많은 술을 마시려고 하는 것일까?

'알고 보니 술꾼들이었군.'

그런 유검의 생각은 틀렸다. 노인이 가져온 것은 단 두 병에 불과했다. 엄청나게 귀하고 비싼 술인가 하는 의문을 잠시 가졌지만 그것도 아니었다. 그 술병에서는 시금털털한 식초 냄새가 여기까지 풍기고 있었던 것이다.

"못 보던 얼굴인걸?"

동글동글한 느낌의 청년이 힐끔 유검 쪽을 바라보며 노인에게 슬쩍 질문을 던졌다.

"허헐… 이번에 새로 온 교두라네. 들어는 봤겠지?"

"호오~ 그래요?"

화산파의 초영영(楚瑛瑛)은 반문하며 과장되게 놀랍다는 표정을 지었다. 경극하듯 부자연스러운 것을 보아 이미 알고 있었던 것 같았다.

그녀는 술 한 병을 들고서 사뿐사뿐 걸어오더니 유검 옆에 찰싹 달라붙어 앉았다.

"흐응~ 새로 온 검술 교두시라구요? 우리에게 무엇을 가르칠 셈인가요?"

그녀는 유혹하듯 단발머리를 찰랑거리며 고개를 삐딱하게 돌려 유검의 두 눈과 마주치려 했다. 그리고 섬섬옥수를 뻗어 유검의 뺨을 쓰다듬었다.

유검은 약간 망설였다.

그녀의 손을 탁! 하고 낚아챈 뒤 '예의부터 가르쳐야겠군!' 이라고 말하며 교두로서의 위엄을 내보이든지, 아니면 '뭘 알고 싶지?' 라고 부드럽게 대꾸하는 것, 둘 중 무엇을 택할지 약간 고민이 되었던 것이다.

쨍그랑!

갑자기 술병이 그녀의 머리와 충돌을 일으키며 박살이 났다. 안의 내용물이었던 시금털털한 냄새를 풍기는 술은 당연히 그녀의 머리를 수원(水源)으로 하여 아래로 아래로 옷을 적시며 주르르 흘러내렸다.

초영영은 갑자기 일어난 일에 대해 일시지간 이해를 하지 못하고 얼어붙어 있었다.

"앗! 미안해요. 손이 미끄러져 버렸어요."

다우가 어느새 중간에 끼어들어 싱글벙글 웃으며 그렇게 사과했다.

"이 꼬마가!"

초영영이 앙칼지게 외치며 다우의 뺨을 때리려 하는 순간, 억센 손아귀에 잡혀 버리고 말았다.

유검은 혀를 차며 말했다.

"쯔쯧, 애들이 실수도 할 수 있는 건데 때리려 하다니. 어른스럽지 못하잖아."

화산파의 사형 사우량(査優梁)은 노성과 함께 벌떡 일어섰다.

"저놈이 감히!"

초영영이 굳은 얼굴로 손을 들어 그를 막았다. 자신에게 맡기라는 의미.

그녀는 얼굴 위로 흘러내리는 술을 훔친 뒤 싸늘한 음성으로 유검에게 말했다.

"사이좋게 지내고 싶었는데, 유감이군요."

그리고 살기 띤 눈으로 다우를 째려보았다.

다우는 겁에 질린 듯 울먹울먹거렸다.

"미, 미안하다고 했잖아요. 미안해요. 우아앙~"

종내 울음보를 터뜨리자 유검은 다우를 품으로 끌어안으며 다독거렸다.

"괜찮아, 괜찮아. 무서워할 필요 없단다. 무서운 아줌마는 곧 갈 거야. 그러니 무서워하지 말아라."

아줌마라는 말에 초영영은 충격을 받아 휘청거렸다.

유검은 그녀를 향해 점잖게 타일렀다.

"그렇게 무서운 눈으로 보다니… 애가 경기(驚氣)를 일으키면 어쩌려구 그러나. 이번 일은 용서해 줄 테니 다음부터는 조심하게."

빠드득! 빠드득!

그녀는 듣기 괴로울 정도로 이빨을 갈더니 싸늘한 음성을 내뱉었다.

"오늘은 이대로 가죠. 일단 한 가지만 명심해 둬요. 우리 오룡삼봉은 누구에게도 가르침을 받지 않아요. 그러니 당신에게서 배울 것은 없습니다. 괜히 우리에게 쓸데없이 참견하다가는… 흥!"

두 쌍의 남녀는 모두 유검을 한 번씩 살기 띤 눈으로 째려보더니 일제히 나가 버렸다. 애당초 여기로 들어온 목적이 낯선 사람인 유검에 대한 정보를 듣고 일단 만나보기 위해서인 듯싶었다.

유검은 다우에게 말했다.

"이제 우는 척하지 않아도 된다."

"쳇, 진짜로 무서웠어요! 너무 무서웠다구요!"

"그래그래, 너무 무서워서 술병을 내려친 거구나."

다우는 방긋 웃었다.

"그렇죠. 바로 그거예요!"

유검은 다우에게 이유를 묻지 않았다. 어차피 그들이 마음에 들지 않기는 마찬가지였으니까.

이때 맥 풀린 노인의 음성이 들려왔다.

"괜찮겠나?"

고개를 돌려보니 노인이 걱정스러운 눈빛으로 말을 잇고 있었다.

"사실 이 섬을 실제로 다스리는 건 교두들이 아니라 오룡삼봉이라네. 벌써부터 눈에 가시가 박히면……."

유검은 신경이 쓰였다. 노인이 언급한 말의 내용 때문이 아니라 그의 시선이 조금씩 내려앉으며 자신의 손으로 향하는 것을 보았기 때문이다. 손에는 물론 식지 않은 만두가 여전히 방긋 웃으며 입속으로 들어가길 기다리고 있었다.

오랜 침묵의 시간이 흘렀다.

등골 사이로 흘러내리는 식은땀이 폭포수가 되어갈 즈음 이번에도 구원의 손길은 있었다.

두둥! 두두둥! 하는 북소리가 마을 전체에 울려 퍼졌다. 총교두 진삼원이 왔음을 알리는 북소리였다.

간신히 주점을 빠져나와 북소리가 들리는 곳으로 가려는데, 다우가 유검의 손을 잡아끌었다.

"오라버니 혼자 다녀올 수 있죠? 가끔은 혼자 다녀봐요. 강호인에게는 독립심이 필요하다구요."

마치 보호자라도 된 듯한 말투에 유검은 울지도 못하고 웃지도 못한 채 야릇한 표정을 지었다. 어쨌든 다우가 뭔가 꺼려하는 눈치였고, 또 이곳에 큰 위험한 일은 없을 듯싶어 유검은 쉽게 허락했다.

"그렇다면 잠시 놀고 있거라, 끝나는 대로 바로 찾을 테니까."

유검이 떠나자 다우는 투덜거렸다.

"진 가가는 만나지 않는 게 좋아. 또 괜히 칭얼댈지 모르니까. 귀찮다구!"

그리고는 새로운 세계에 당도한 모험자처럼 마을 이곳저곳을 탐색해 나갔다. 뭔가 흥미를 끌 만한 게 없나 싶어서였다.

여기저기를 돌아다니다 마을 밖에서 갑자기 십 장(十丈) 높이로 치솟는 간헐천을 보았다. 솟구친 물보라는 바람 부는 동쪽으로 자욱이 안개처럼 퍼져 나갔다.

유검과 함께 허공에서 바라볼 때는 그냥 신기한 느낌이었지만 땅에서 보니 대단히 웅장하면서도 신비로운 광경이었다.

다우는 감탄하며 그곳을 향해 경신술을 펼쳤다.

그 모습은 한 마리 제비처럼 날렵하고 깨끗했다. 오룡들이 펼쳤던 경공술보다도 오히려 더 빠르고 깨끗했다.

간헐천 가까이 가니 한 노인과 소녀가 그곳에서 솟구친 물을 항아리에 퍼 담고 있었다.

노인은 소녀에게 말했다.

"땅에 떨어진 것은 안 된다. 허공에 뿌려져 있는 것들만 모아야 한단다. 순양(純陽)의 기운이 함유된 물이라야만 해."

"알고 있답니다. 명심할게요."

소녀는 그렇게 말하며 유려한 경신술로 물보라 근처에 다가가더니 바가지를 교묘히 휘둘러 허공에 뿌려진 물보라들을 모았다. 그리고는 다시 잽싸게 뒤로 물러섰다.

노인이 걱정스런 어조로 그녀에게 말했다.

"뜨거울 텐데… 너무 무리하지 말아라."

"괜찮아요. 다만 어르신께 제가 죄송할 따름이에요. 너무 귀찮게 해 드리는 것 같아서."

"허허… 너의 정성과 노력이 참으로 가상하니 내 어찌 수고로움을 꺼려하겠느냐."

다우는 두 사람의 행동을 지켜보다 별 흥미를 못 느끼고 다시 다른 곳으로 향했다. 수풀 쪽으로 돌아서는데 그녀의 귓가로 흘러 들어온 이름이 하나 있었다.

'여문?'

유검의 입에서 한번 나왔던 이름이기에 다우는 당연히 기억하고 있었다.

다우는 쪼르르 가까이 있는 한 나무 위로 잽싸게 올라갔다. 나뭇잎 사이로 몸을 숨기고 청력을 끌어올린 채 그들을 훔쳐보았다.

어느 정도 물을 모았는지 노인은 항아리 위로 가져온 기름종이를 덮었다. 그리고는 여문에게 말했다.

"이 정도면 약 달일 물은 충분한 듯하구나."

그리고 흠뻑 물보라에 젖어 있는 여문의 모습을 보고 걱정했다.

"너도 빨리 가서 고약을 바르는 게 좋겠다. 아무리 내공을 끌어올렸다지만 화상(火傷)을 입을 우려가 크다."

항아리를 챙겨서 길을 떠나는 그들의 뒤를 다우는 몰래 뒤따랐다.

마을과는 조금 떨어진 곳으로 향해 걷다가 노인이 입을 열었다.

"그나저나 어떡할 셈이냐? 네 정혼자는 네가 지극정성으로 간호한 덕분에 서서히 몸이 나아가고 있다. 비록 약을 먹이기 위해서라고는 하나 입을 맞추기도 하고 벗은 그의 몸을 닦아주기도 했으니 이미 남이 아니라고 할 수 있다. 이제 날을 잡아 혼례식을 올려도 좋을 것 같다만……."

돌연 여문은 걸음을 멈추었다.

입술을 질끈 깨물더니 노인을 향해 날아갈 듯 대례(大禮)를 올렸다.

노인은 깜짝 놀라 물었다.

"왜 이러느냐? 내가 혹시 말을 잘못한 게냐?"

여문은 노인의 부축에 몸을 일으켰지만 입술만 깨문 채 아무런 말을 하지 못했다.

노인은 한숨을 쉬며 말했다.

"네가 그 녀석을 구하기 위해 얼마나 큰 노력을 기울였는지 알고 있다. 기재들이 아닌 한 별도로 여기 들어온다는 게 쉬울 리 없건만, 너의 정성이 얼마나 컸으면 무림맹의 그 고집쟁이들이 허락을 했겠느냐. 모두 너의 정혼자에 대한 사랑에 감복을 하여……."

여문은 돌연 세차게 고개를 저었다. 조금 전까지 그토록 순종적인 태도를 보이던 그녀라고는 믿기 힘들 정도로 거친 행동이었다. 시선은 망연했으며 얼굴은 처연하기 이를 데 없었다.

"어르신, 죄송합니다. 그를 위해 목숨은 바칠 수 있지만 혼례는 불가(不可)합니다."

"…무슨 연유가 있느냐?"

여문은 머뭇거리다 길게 한숨을 내쉬며 말했다.

"제가 그에게 목숨을 바칠 수 있는 것은 의리 때문이에요. 그는 저를 위해서 목숨을 바치려 했기에… 하지만 저의 심중(心中)에 다른 사람이 있으니 어찌 혼례를 올릴 수 있겠습니까."

"그렇다면 심중에 있다는… 그와의 혼례를 바라는 것이냐?"

여문은 힘없이 고개를 저었다.

"아니에요. 다만… 다만……."

노인은 탄식하며 말했다.

"생각해 보아라. 의리라고는 하나 네가 그에게 기울인 정성은 보통이 아니다. 만약 네가 마음에 품고 있는 그 사람이 그 지경에 이르렀다 할지라도 그 이상은 하기 힘들 것이다. 그러니……."

노인은 흠칫하여 말문을 닫았다. 여문의 두 눈에서 맑은 액체가 눈물이 되어 흐르고 있었다.

여문은 떨리는 목소리로 말했다.

"그런… 그런 상상은 절대 하고 싶지 않지만… 만약 그런 일이 생긴다면 저는 그의 생명을 구하기 위해 노력하지 않을 거예요. 아니, 못해요."

노인은 의아해했고 여문은 쓸쓸히 말했다.

"왜냐면… 두 다리는 힘이 없어 그를 업고 뛰지 못할 것이며, 두 눈은 이미 멀어 그 자리에 주저앉고 말 거예요. 그러니 어떻게 노력할 수가 있겠어요. 유 사형이 목숨을 잃게 되면… 그냥 따라 죽고 말겠죠."

노인은 탄식했고 더 이상 묻지 않았다.

다우는 점점 멀어져 가는 두 사람의 모습을 멀뚱히 바라볼 뿐 더 이상 뒤를 쫓지는 않았다.

후두둑─!

또다시 비가 쏟아져 내리기 시작했다.

다우는 멍하니 하늘을 올려다보다 손뼉을 짝! 쳤다.

"좋아! 못 들은 걸로 하자."

그렇게 외치고는 깡충깡충거리면서 다시 마을로 돌아갔다.

마을 안에서 제일 커다란 집. 전각(殿閣)이라 부르기에는 초라하지만 백여 명 이상의 인원이 의자에 앉아 있어도 꽉 차 보이지 않을 정도로 안은 널찍했다.

바닥보다 한 단 높은 단상 위에는 총교두 진삼원이 남녀 기재들을 내려다보며 입을 열고 있었다. 좌우로 각기 열 명의 무사들이 엄정한 자세로 서 있었고 그 뒤로 중주일검을 비롯한 아홉 명의 교두들이 앉아 있었다.

"다시 말해……."

삐이걱―

뒷문이 열렸다.

유검은 안을 두리번거리며 살피다 목적지가 맞다는 것을 확인하고 나무 문을 열고 조심스레 안으로 들어섰다. 갑자기 쏟아진 비에 흠뻑 젖은 모습이었다.

사람들의 시선이 일제히 자신에게 집중되는 것을 보고 머쓱한 표정으로 머리를 긁적거렸다.

―혹 유 소협인가?

진삼원의 전음이 들리자 유검은 고개를 끄덕였다.

―단상 앞으로 오게.

유검은 진삼원의 말대로 기재들이 앉아 있는 중앙의 복도를 따라 천천히 단상 앞으로 걸어갔다. 조용하기 이를 데 없는 이곳에 비에 젖어 질퍽거리는 발자국 소리가 울려 퍼졌다. 유검은 발자국 소리를 없앨까 하다 이제 와서 새삼 그러기에는 너무 어색하여 그냥 걸어갔다.

단상 앞으로 가자 무사 한 명이 앞으로 나와 인도했다. 유검은 그를 따라 단상 위 교두들 옆 빈 의자로 가서 근엄한 모습으로 앉았다.

진삼원이 다시 좌중을 향해 입을 열었다.

유검에게로 집중되던 시선들이 다시 진삼원에게로 향했다.

"다시 말해 두 번째 단계로 들어간다는 이야기다. 여태까지처럼 각 검술, 기문병기, 경공술, 권장각 등으로 나뉘어 모두 배우는 것이 아니라 자신이 모자라고 부족한 부분에 있어 한 교두 아래서 전문적으로 배우는 것이다. 사제지간처럼."

그 이야기에 대한 반향은 컸다. 대개는 놀란 표정이었으며, 몇몇 음모를 꾸미고 있던 기재들은 전혀 뜻밖의 이야기에 얼굴이 일그러졌다.

그들은 서로 전음으로 이야기를 나누었다.

—괜찮아. 어차피 대부분의 교두들은 포섭해 놓은 상태이니 크게 문제될 것은 없다.

—아니, 문제가 된다. 일단 우리들의 힘이 분산되지.

—근데… 혹 진삼원이 우리들의 계획을 알아차린 것은 아닐까? 그렇다면 큰일이잖아.

—사전에 아무런 정보가 없었던 것을 보아 진삼원 홀로 예정하고 있었던 계획이라고 본다. 크게 염려할 것은 없는 듯하다.

—혹시… 이번에 새로 온 저 멍청한 교두하고 무슨 관련이 있는 것은 아닐까? 그렇다면 저 교두부터 손을 쓰는 것도…….

—그럴 일은 없다고 단정해도 좋다. 진삼원이 여태까지 남에 의해 자신의 계획을 바꾼 적은 없었으니까. 일개 교두 때문에 그럴 일은 없어. 역시 애당초 그의 심중에 예정되어 있었던 계획으로 보는 게 옳다.

—으음… 초우, 네가 그렇게 본다면 그게 옳은 거겠지.

그렇게 결론이 났다.

진삼원은 좌중을 둘러보며 힘찬 어조로 말했다.

"이는 올해 말까지 이행될 것이며, 그동안 몇 가지 시험을 통해 선택된 기재들에게는 내가 직접 실전비무를 통해 가르칠 계획이다."

진삼원이 직접 가르친다는 소리에 웅성웅성하는 소리가 났다. 절대 정숙해야 할 자리지만 너무 흥분하여 저마다 한마디씩 내뱉지 않을 수 없었다.

진삼원이 좌중을 날카로운 시선으로 훑어보자 금세 조용해졌다. 대단한 위엄이었다.

좌중이 조용해지자 그는 단상 뒤에 앉아 있는 교두들을 가리키며 말을 이었다.

"배우고 싶은 교두의 선택은 그대들이 직접 하도록 한다. 이에 남녀의 구분은 없으며 일절 예외도 없다."

기재들은 또다시 웅성거렸다.

비록 교두라고는 하나 제자로 하여금 사부를 선택하게 만드는 전대미문의 방식은 참으로 그들에게는 자극적이었다. 또한 여태까지와는 달리 남녀가 한데 모여 무공을 수련한다는 데 대한 기대와 흥분도 있었다.

그리고 마지막 일절 예외가 없다는 말에 기재들의 시선은 은근히 중앙에 모여 앉아 있는 오룡삼봉에게로 향했다.

그들만은 교두들의 간섭을 받지 않고 스스로 무공을 익혀왔었다. 그들에게만 허용되던 특별 대우였는데, 이제 진삼원의 말을 빌면 그 예외를 인정 않겠다는 이야기가 아닌가.

혹시나 반발하지 않을까 하여 힐끔힐끔 쳐다보았지만 오룡삼봉은 얼굴을 딱딱하게 굳힌 채 조용히 있었다. 제아무리 오룡삼봉이라 할지라도 천하제일검 진삼원 앞에서는 어쩔 수 없이 다섯 마리의 지렁이와 세 마리의 닭이 되어버린 것처럼 보였다.

진삼원은 그들 오룡삼봉에게 체면을 차릴 여유를 주지 않았다.

"모두 내 말을 알아들었는가?"

기재들은 급격한 상황 변화에 흥분하여 크게 소리쳐 답했다.

"예!"

답하는 소리가 얼마나 우렁찼는지 지붕이 흔들리고 벽이 금방이라도 무너질 것 같았다.

진삼원은 기재들의 반응에 만족해하며 여태까지의 딱딱한 어조가 아니라 지극히 선동적인 어조로 외쳤다.

"좋다! 이제부터 그대들이 선택한 교두 앞으로 가라! 지금 당장!"

은은히 사자후까지 끌어올렸기에 듣는 이로 하여금 기혈이 진탕되게 만들었다. 이는 기재들의 흥분을 더욱 부추겼다.

남녀 기재들은 모두 벌떡 일어나 단상 위로 올라갔다. 그리고 자신이 선택한 교두들 앞으로 가서 섰다. 중주일검 앞에 제일 많은 기재들이 모였으며, 유일한 여교두인 능파선자(凌波仙子) 앞에 제일 많은 여자 제자들이 모였다.

물론 오늘 처음 당도한 유검 앞으로 온 이는 아무도 없었다.

아직 움직이지 않고 있는 이들은 있었다. 모두 여덟 명, 오룡삼봉이었다. 기재들은 물론 무림맹의 무사들, 교두들까지 모두 그들의 행동을 주시했다. 과연 어떻게 나올지 궁금했던 것이다.

화산파의 초영영이 벌떡 일어나더니 뚜벅뚜벅 걸어나왔다. 누구를 선택할지 모든 사람들의 시선이 집중되었다. 그녀의 발걸음은 뜻밖에도 유검 앞이었다.

그녀는 오만하게 팔짱을 끼더니 싸늘한 음성으로 말했다.

"과연 어떤 새로운 검술이 있을지 무척 궁금하군요. 앞으로 잘 부탁해요."

그녀의 말은 의미심장했다. 지금 있는 교두들로부터는 더 이상 배울 무공이 없다. 새로운 교두가 왔으니 혹시라도 배울 만한 게 있을지 몰라 일단은 총교두의 말에 따르겠다. 그녀의 말에는 이런 의미가 내포되어 있었다. 교묘하게 자신들의 권위를 보존하고 자존심을 챙긴 것이다.

그녀의 사형 사우량이 호탕하게 웃으며 일어서서 말했다.

"과연 그렇군요. 이번 총교두님께서 특별히 모셔온 분이니 그 검술의 경지가 범상치 않으리라 생각합니다. 한번 배워볼까요?"

그리고는 뚜벅뚜벅 걸어서 단상 위로 올라가더니 역시 유검 앞에 섰다. 오룡삼봉의 나머지 사람들도 저마다 한마디씩 하거나 혹은 조용히 유검 앞으로 가서 섰다.

유검은 얼떨떨한 표정으로 그들의 얼굴을 살폈다. 한결같이 어디 할 테면 해봐라. 맘대로 되는지 어디 두고 보자. 그런 비웃음과 가소로움이 담긴 미소를 짓고 있었다.

유검은 진삼원에게 전음으로 투덜거렸다.

―이거 고의적인 것 아닙니까?

―뭘 말인가? 설마 하니 내가 고의적으로 저 녀석들을 자네에게 맡겼다고 보는 건가? 일부러 여태까지 잘해오던 규칙까지 바꿔가면서?

―뭐… 아니라면 됐습니다.

오룡삼봉은 분명 뚜렷한 적의를 내비쳤지만 유검은 크게 신경 쓰지 않기로 했다. 어차피 잘못 보이면 고달픈 것은 제자가 아닌가. 사부 현풍과 자신의 경우만 살펴봐도 그것은 명확했다.

사부와 다투었을 때 항상 비굴하게 용서를 빌어야 하는 것은 자신이었으며, 사부 홀로 맛있는 것을 먹어도 불평 한마디 할 수가 없었던 것도 바로 자신이었다. 그게 모두 자신이 제자라는 굴레에 묶여 있었기 때문 아니던가!

유검은 오룡삼봉 모두 마땅히 자신처럼 그렇게 행동해야 한다고 믿었다. 그게 바로 제자로서의 올바른 도리였으니까.

진삼원은 기재들을 향해 물었다.

"혹시 빠진 사람은 없나?"

한 사람이 답했다.

"아원, 아니, 추소원이 지금 이 자리에 없습니다."

"아원이? 좋아, 누구든 그놈을 만나면 나중에 나한테 오라고 그러게."

그 음성이 준엄하여 사람들은 아원을 동정해 마지않았다. 진삼원과 얼굴을 마주하고 꾸짖음을 당한다면 웬만한 담력으로는 버티고 서 있지도 못할 터였다.

전각 안의 공기는 새로운 사제 관계로 인해 묘하게 들떠 있었다. 암암리에 기재들 간의 묵약처럼 지켜온 위계 질서가 지금 이 순간 흔들리고 있었던 것이다.

함께 모여 무공 수련을 할 때와는 달랐다. 이제부터 각 기재들은 저마다 교두 밑으로 가서 서로 새로운 위계 질서를 형성시킬 것이다. 그리고 각기 우두머리들은 서로들 간에 우세를 점하기 위해 치열한 자리 다툼을 벌일 것이다.

그런 미래의 변화에 대한 불안과 기대가 한껏 분위기를 들뜨게 만들었다.

고무된 것은 기재들뿐만이 아니었다. 교두들 역시 가르치는 방식의 변화를 이 자리에서 진삼원에게 처음 들었다. 미리 알려주지 않았다는 불쾌감을 느끼기에는 부풀어 오르는 기대감이 너무 컸다.

교두들끼리 함께 서로 힘을 합해 각 분야에 걸쳐 기재들을 가르치던 시기는 이제 끝났다. 이제부터는 자신들 밑에 천하에서 인정받은 기재들을 제자로 거두게 된 것이다.

그 누가 욕심이 일지 않겠는가. 자신에게서 배운 기재들이 강호에서 가장 크게 이름을 떨치게 되기를. 혹 모른다. 자신에게서 배운 기재가 후일 천하제일인이 될지 어떨지. 만약 그런 일이 일어난다면 그때 가서 자랑스럽게 말할 수 있으리라. 그를 가르친 것은 다름 아닌 바로 나라고.

오룡삼봉에 의해 포섭되었던 교두들조차 그런 야망을 가지게 되었으니 전각 안의 분위기가 한껏 달아오르는 것은 당연했다.

진삼원은 단 한 수로써 편복도에 팽배해 있던 나태함을 없애고, 교두들의 가르치고 싶은 열망을 부추겼으며, 기재들이 저마다의 재능을 확실히 꽃피울 수 있도록 그들의 경쟁심에 불을 붙였다.

그는 무공뿐만 아니라 우두머리로서의 재능 역시 풍부한 것이 틀림없었다. 그의 일가(一家)에서 계속해서 무림맹주가 나온 것도 무리는 아니었다.

진삼원이 기재들을 다시 제자리로 착석시켰지만, 달아오른 분위기는 여전했나. 노두들 능궁허도를 펼친 듯 붕붕 떠 있는 기분을 느끼고 있었다.

하지만 이와는 달리 착 가라앉은 분위기에 싸늘한 냉기를 뿌리고 있는 부류가 있었다. 오룡삼봉이었다. 이들은 자신에게 충성을 맹세하던 기재들이 너무도 가볍게 그 대상을 바꾸고 있는 것을 차가운 눈으로 지켜보고 있었다.

어느 정도 분위기가 수그러들 때였다.

화산파의 초영영이 자리에서 일어서더니 진삼원을 향해 외쳤다.

"총교두님!"

나긋나긋한 교성이었지만 그 어조에는 싸늘한 냉기(冷氣)가 담겨 있었다.

좌중은 갑자기 찬물을 끼얹은 듯 조용해졌다.

사람들의 시선이 그녀에게 집중되었다. 오룡삼봉이 이대로 물러서지 않으리라 생각했기에 사람들은 저마다 드디어 올 게 왔구나 하는 표정들이었다.

"무슨 일인가?"

진삼원은 분위기를 전혀 감지하지 못한 듯 능청스럽게 반문했다.

초영영은 서늘한 시선으로 좌중의 기재들을 둘러보았다. 눈이 마주친 이들은 슬그머니 고개를 돌렸다. 오룡삼봉이 그동안 그들에게 미쳤던 영향이 결코 적지 않았음을 보여주는 증거였다.

전각 안은 새로이 긴장된 공기로 서서히 메워지고 있었다.

이제 새로운 변화인가, 아니면 예전으로의 회귀인가 하는 결정이 곧 나리라는 것을 사람들은 감지했기 때문이다.

그런 미묘한 느낌을 촉수로 느끼듯 예민하게 감지하며 초영영은 진삼원을 향해 입을 열었다. 짤랑짤랑한 교성이었다.

"다른 교두들께서야 그동안 저희들에게 열심히 그 가진 바 재간을 물려주셨습니다. 그야말로 모든 열정을 다 바쳐 가르침을 베푸셨음을 믿어 의심치 않습니다."

교두들은 찔끔하는 표정들이었다. 자신들에게 하는 비꼼의 의미를 읽었기 때문이다.

"그런데……."

그녀의 시선이 돌연 유검에게로 향했다. 사람들의 시선 역시 덩달아 유검에게로 향했다.

"새로 오신 교두님께서는 저희들에게 어떤 재간을 가르쳐 주실지 참으로 궁금하기 이를 데 없군요."

말은 궁금증이지만, 과연 그대가 우리를 가르칠 자격이 있을까? 하
는 가소로움이 담겨 있었다. 좌중의 그 누구도 그 의미를 읽지 못하는
이는 없었다.

전각 안의 긴장이 삽시간에 고조되었다.

그녀의 말은 진삼원에 대한 정면 도전이었다. 새로 온 교두는 분명
진삼원이 데리고 온 바, 그의 능력을 의심한다는 것은 분명한 반항의
의지였던 것이다.

사람들은 바짝 긴장한 채 진삼원과 유검을 번갈아 쳐다보았다.

진삼원은 자신에 대한 거역을 용납하지 않았다. 과연 오룡삼봉의 도
전을 어떻게 받아들일 것인가? 그리고 새로 온 교두는 어떻게 나올 것
인가?

전각 안에는 무거운 정적이 흘렀다.

진삼원이 드디어 입을 열었다. 그리고 그의 태도는 전혀 예상과 어
긋나 있었다.

"자네는 어떻게 생각하나?"

싱긋 웃는 미소와 함께 유검을 돌아보며 의견을 묻는 진삼원의 태도
에 기재들은 잠시 혼란에 빠졌다.

감히 반항의 의지를 내보인 그녀에게 노기(怒氣)를 보이지도 않았고
또한 자신이 데리고 온 새 교두에게 한바탕 재간을 보여주라고 명령을
내리지도 않았다.

먼저 유검의 의견을 묻는 그의 태도는 평소 오만하던 그의 행동에
비추어보건대 정중히 초빙해 온 노선배에게 대하는 것보다 오히려 더
했다.

진삼원이 웃으면서 다른 이의 의견을 먼저 물어보다니? 기재들은 참

으로 믿기 힘든 일을 보는 대가로 두 눈을 있는 대로 크게 부릅떠야만
했다.

유검은 딴생각에 잠겨 있다가 갑자기 사람들의 시선이 자신에게 집
중되자 어리둥절해졌다. 오늘 저녁에 나올 음식을 만드는 숙수(熟手)가
혹시 편복루의 그 노인이 아닐까 의심하며 불안해하고 있는 참이었던
것이다.

"뭘 말입니까?"

유검이 진삼원에게 태연한 어조로 그렇게 되묻자 기재들은 어이가
없었다.

'설마 하니 지금껏 귀를 막고 있었단 말인가?'

유검이 일부러 감히 진삼원의 체면을 구기는 짓을 했다고는 볼 수
없었고, 또한 지금 이 긴장된 순간 자신의 이야기가 거론되는데도 불구
하고 딴생각을 하고 있었다고는 아예 떠올리지도 못했다.

기재들은 점입가경으로 더 더욱 혼란에 빠져야만 했다.

무례하기 짝이 없는 유검의 태도에도 불구하고 진삼원은 태연히 다
시 자신이 했던 말을 반복한 것이다.

"자네가 사부 될 자격이 있는지 궁금해하고 있구만."

"누가요?"

"저 녀석들 말일세."

"흐음……."

일어서지도 않고 팔짱을 낀 채 초영영을 내려다보는 유검의 태도에
기재들은 부르르 오한이 일 정도였다.

어리둥절하고 어이없기는 초영영 역시 마찬가지였으나, 계획된 일
을 미룰 수는 없었다.

그녀는 짤랑짤랑 울리는 목소리로 정중하게 포권하며 말했다.

"실례가 되지 않는다면 한 수 가르침을 내려주실 수 있으신가요? 저희들 중 누구를 선택하든 겸허한 마음가짐으로 가르침을 받겠습니다. 부탁하건대 부디 손속에 인정을 남겨주시길."

유검은 좌우로 두리번거리다 자신을 가리키며 물었다.

"나보고 한 소리요?"

초영영의 화사했던 얼굴이 결국 일그러졌다.

"예!"

살기(殺氣)를 품은 날카로움이 가식의 목소리를 뚫고 삐져 나왔다.

유검은 머리를 긁적거리며 일어났다.

전각 안 모든 사람들의 시선이 자신에게로 집중되어 있는 것을 보고 유검은 입맛을 다셨다. 어떻게 된 영문인지 그다지 신경을 쓰지 않아 자세히 알 수 없었지만 방관자의 입장에서 갑자기 주역으로 돌변해 버린 것은 틀림없는 것 같았다.

유검은 난상 가운데로 천천히 걸어갔다.

진삼원은 아예 뒷짐을 진 채로 뒤로 물러나 버렸다.

'그대의 수작이군. 도대체 나보고 뭘 어떡하라구.'

머리를 긁적거리며 좌중을 둘러보았다. 초영영도, 오룡삼봉도, 팔십여 명의 남녀 기재들도, 아홉 명의 교두들도, 무림맹의 무사들도 모두가 두 눈에 한가득 호기심과 표현하기 힘들 정도의 다양한 감정을 담고서 자신을 뚫어져라 바라보고 있었다.

"험험……."

어색한 느낌에 헛기침을 내뱉었으나 아무도 들은 척하지 않았다.

아직도 날카롭게 자신을 쏘아보고 있는 초영영의 태도에 유검은 곤혹스러워졌다.

'이거 참… 한 수 가르침을 달라고? 도대체 뭘 어떻게 가르쳐 달라는 거지?'

할 줄 아는 거야 뻔했다.

스르릉—

유검은 오늘 병기점에서 구입한 철검을 천천히 허리춤에서 빼내어 느긋하게 들어 올렸다.

"할 수 없지."

좌중을 둘러보다 혼잣말로 중얼거렸다.

"가르쳐 달라니 어떻게든 가르쳐 줄 수밖에. 쳇, 이게 바로 녹봉을 받는 처지라는 거군."

진삼원이 사악하게 웃었다.

"잘 알고 있구만 그래."

『무상검』 제5권으로…

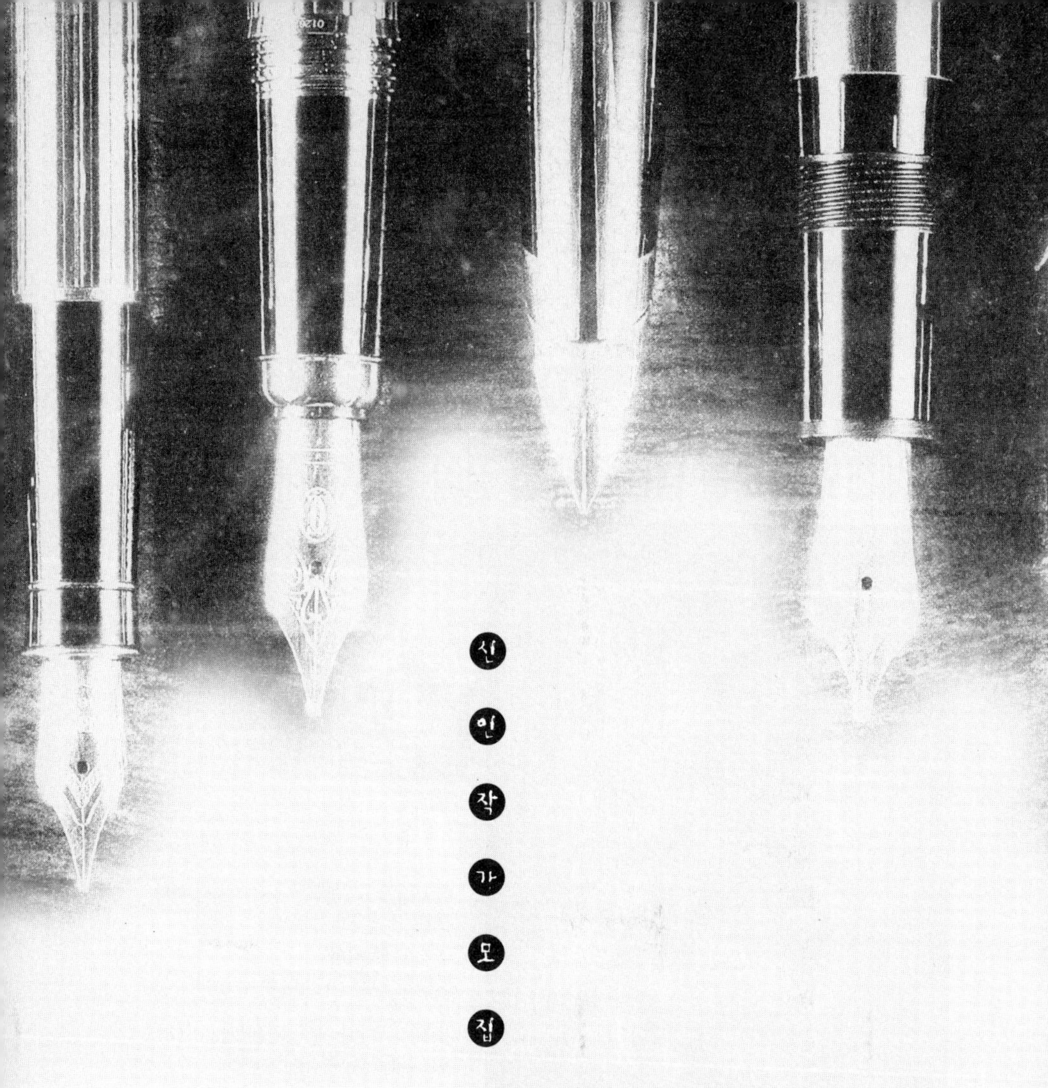